Villegas ★ Fantasía

Crónicas de

Mistmantle

M. I. McALLISTER

Las crónicas de
Mistmantle

M. I. McALLISTER

Libro III

La heredera de Mistmantle

Traducción del inglés
Helena Salazar

Villegas
editores

Para Brenda Mearns, con amor,
y con amor y agradecimientos para todos los que me ayudaron
en los momentos más difíciles

Prólogo

esde el torreón más alto de la Torre de Mistmantle, Urchin la ardilla de pelaje claro y el anciano hermano Fir, el sacerdote, se inclinaron hacia fuera para lograr la mejor vista posible. Vieron el mar resplandeciente, la arena dorada, las copas de los árboles y el pelaje rojo oscuro de una ardilla que saltaba de rama en rama.

—¡Allí está! —dijo Urchin.

Las ardillas despejaban el camino, los topos se erguían en un saludo respetuoso y los erizos se apresuraban a abrir las puertas, mientras el rey Crispín atravesaba presuroso los claros bosques veraniegos en dirección a la Torre de Mistmantle, con sus ágiles patas estiradas y su cola ondeando tras él. Crispín subió a saltos por la escalera, pero justo al llegar a las puertas de los aposentos reales, escuchó el agudo chillido de una ardilla recién nacida.

El topo de guardia abrió la puerta de un cuarto lleno de hembras atareadas. La madre Huggen exultaba al inclinarse en dirección a la reina. El topo hembra Moth se estaba lavando las patas mientras las ardillas doncellas susurraban muy excitadas en un rincón. Pero Crispín, al tiempo que se deshacía de su espada y la lanzaba a un rincón, no tenía ojos sino para la reina Cedar que miraba embelesada el pequeño envoltijo que apresaba en sus brazos.

—Una hija —dijo ella, mientras Crispín se sentaba a su lado.

Los ojos de la ardilla bebé estaban cerrados y sus patas se enroscaban sobre su hocico. Cuando Crispín tocó sus diminutas orejas rosadas, abrió los ojos, parpadeó, y, como si no hubiera descubierto nada que valiera la pena mirar, se volvió a dormir. Pero Crispín, al tomar al bebé en sus brazos, sintió que nada podría jamás hacerle desviar su mirada de ese pequeño y adormilado rostro.

Una sola vez en su vida había alzado a un bebé tan pequeño como éste. En ese entonces era mucho más joven y estaba rescatando a una ardilla recién nacida, en el mar. Esa pequeña y pálida ardilla, encontrada en la costa y bautizada en honor de los erizos de mar, se había convertido en un joven animal excepcional que se había enfrentado a la tiranía y a infinitos peligros, pero todavía disfrutaba encaramándose por las paredes y retozando en el mar con sus amigos. Al mirar al bebé recién nacido, Crispín se preguntó cuál sería su futuro.

—Es una pequeña hermosura, Su Majestad —dijo la madre Huggen—, una verdadera princesa. Que dos de las ardillas jóvenes vayan a buscar al hermano Fir y le rueguen que venga a darle su bendición.

—Y envíen al mensajero Longpaw a difundir las buenas nuevas en toda la isla —dijo Crispín, sin dejar de mirar al bebé—. ¡Que le cuente a todo el mundo!

—Y ¿puede contarles también su nombre? —inquirió la madre Huggen.

Y así, en una mañana de verano, nació Catkin, la hija de la reina Cedar y del rey Crispín. Nació en Mistmantle, la isla que gobernaban con justicia y sabiduría sus padres y sus capitanes, la isla rodeada y protegida por las brumas encantadas. Durante su crecimiento, ella aprendería todo sobre la isla y sabría que muy pocos barcos podían atravesar las brumas, y que nadie que perteneciera a la isla podía irse por mar y regresar por él. Pocos animales abandonaban la isla y menos aún regresaban —pero la mayoría de los animales jamás pensaban en irse de su isla, poblada de valientes nutrias, sagaces ardillas, leales y acuciosos topos y erizos. Había bosques y playas, madrigueras y túneles, cuevas y cascadas, colinas y valles, alimento en abundancia, buenos amigos y el rey y la reina que los protegían desde la Torre de Mistmantle en lo alto de las rocas. Pero, por ahora, Catkin dormía en brazos de su padre, con sus patas enroscadas sobre su hocico, completamente ignorante de su nacimiento en calidad de heredera de Mistmantle.

Capítulo 1

Cuando Catkin creció lo suficiente como para poder mirar a su alrededor y cuando su pelaje empezó a crecer suave y rojizo, la isla inició los preparativos para la ceremonia de su bautizo. Ese verano había producido una excelente cosecha y había, por lo tanto, granos, nueces y bayas que recolectar y almacenar, ahora que había entrado el otoño seco y cálido. Las nutrias, al ser animales de la playa, no se alejaban nunca del mar, de su fresca brisa y sus tibias olas saladas, pero trabajaban tan duro como todos los demás, transportando pesadas cargas desde las rocas hasta la torre. En todo Mistmantle, el trabajo era arduo y ensuciador y los animales comentaban con ilusión sobre las celebraciones y la diversión del día del bautizo que estaba por llegar. *Pronto, muy pronto.*

En la noche anterior al día del bautizo, tuvieron lugar dos eventos en la isla. El primero fue visto, disfrutado y admirado por todos y cada uno de los animales. El segundo no fue advertido por nadie.

Pasó bastante tiempo antes de que alguien se enterara. Para ese momento, el daño había empezado a producirse.

¡Estrellas fugaces! ¡Una noche de estrellas fugaces! Estas noches ocurrían en ocasiones cuando las estrellas se salían de sus órbitas, se movían, revoloteaban en el cielo, bailaban y caían tan bajo que casi se podían tocar. El hermano Fir siempre sabía cuándo iba a haber estrellas fugaces y los isleños hacían una gran fiesta en esas noches, con hogueras en las playas y en las cimas de las colinas y, por supuesto, con una buena cena. Una noche de estrellas fugaces antes del día del bautizo de la princesa Catkin era todavía más excitante, pues algo importante siempre ocurría después de una noche de estrellas fugaces, ya fuera para bien o para mal. Claro está, esta vez debía ser para bien, para el bautizo de la princesa.

Los abuelos de las ardillas dijeron que las estrellas eran mejores cuando ellos eran niños, pero siempre decían eso, como siempre decían que las cáscaras de las almendras se habían endurecido últimamente. Algunos topos y erizos negativos que se quejaban de todo, decían que las últimas noches de estrellas fugaces habían traído cosas buenas y que, por lo tanto, esta vez traerían algo malo. Los demás solo reían y les decían que se fueran y buscaran algo útil que hacer. ¿Cómo podían las estrellas ser un aviso del mal, si estaba por llegar el día del bautizo de Catkin? Los tiempos habían sido buenos desde que Crispín se había convertido en rey.

Iba a ser una noche excepcionalmente buena para las hogueras en las cimas de las colinas y en las playas, en parte porque el topo carpintero Twigg estaba trasladando su taller. Por muchos años, toda la carpintería se había hecho en una cueva ubicada cerca de la torre, detrás de Seathrift Meadow, pero ahora se necesitaba hacer muchos trabajos en la torre, se requerían nuevos marcos para las tapicerías, sillas para los visitantes, muebles más confortables para los animales de la torre y, por supuesto, una cuna, un corral y una cómoda para la ropa. Twigg, que estaba siempre cubierto de aserrín, había necesitado conseguir más aprendices. Él también era un excelente constructor de barcos, y tenía tantos pedidos que había decidido que era mejor trabajar lo más cerca posible del mar sin llegar a caer en él, por supuesto. Se estaba trasladando a un taller nuevo en una cueva cerca del embarcadero. Claro está, a medida que Twigg y sus asistentes iban y venían del antiguo al nuevo taller, retazos de madera, cortezas de árbol y ramas viejas se les caían por ahí. El grito de "¿Podemos usar esto para las fogatas, señor Twigg?", lo seguía por doquier.

La ardilla Júniper estaba ayudando a Twigg. Júniper estaba aprendiendo el oficio del sacerdocio, pero el hermano Fir creía que los sacerdotes novicios debían hacer trabajos físicos de vez en cuando. También creía que era cruel mantener a un joven animal encerrado en una torre en un día como ese y por eso se lo había enviado a Twigg.

En el antiguo taller, con su penetrante y limpio olor a madera recién cortada, Twigg sostenía una conversación con su amiga Moth. Júniper, que no quería interrumpirlos, esperaba en la entrada. Cuando los dos jóvenes sobrinos de Moth, Tipp y Todd, llegaron corriendo a la puerta, él estiró su pata para impedir que siguieran derecho. Todd se detuvo, pero el mayor, Tipp, con su característico afán, no hizo caso.

—¡Tipp! —exclamó Moth—. ¡Oh, hola, Todd! ¡Y Júniper! Tipp, espero que no hayas empujado al hermano Júniper.

Tipp se volvió e hizo una venia tan impresionante que pareció como si se fuera a tirar a los pies de Júniper y a pedirle una bendición.

Todd murmuró: "Buenos días, hermano Júniper", y luego, "¿Qué hay que hacer, Twigg?".

—Sí ¿Qué hay que hacer? —preguntó Júniper.

—Pueden cargar el resto de las herramientas pequeñas en una carretilla para que el hermano Júniper las pueda llevar al nuevo taller —dijo Twigg—. Todos los retazos de madera que puedan resultar útiles, pueden ponerlos en otra carretilla.

—¡De inmediato! —gritó Tipp. Y se dedicó a la tarea, pero como cada trozo de madera se convertía en una espada, un escudo o un arco, progresaba lentamente. Todd trabajaba concienzudamente.

—Si necesitan una espada, haré un par de madera —dijo Twigg—. Sin filo, por supuesto, y se las quitaré si llegan a hacer algún daño con ellas. Supongo que querrán escudos también.

—Sí, ¡Por favor! —exclamaron los dos topos.

—Y un poco de madera para su fogata —dijo Twigg—. Me pregunto cómo supe que querían eso.

—¿Quieren que barra el piso? —preguntó Júniper.

—Yo haré eso —dijo Moth rápidamente, pues sabía que los pulmones de Júniper estaban enfermos desde hacía tiempo y que las nubes de polvo le harían daño. Después de unos cuantos viajes empujando las carretillas desde la torre hasta la nueva cueva en la playa, con Tipp intentando ayudarlo y ladeando las carretillas de manera que la mitad de la madera se caía en la playa, Júniper regresó al antiguo taller y lo encontró barrido y limpio, quedaban tan solo unas pocas herramientas viejas y algunos maderos largos arrumados en un montón contra la pared.

—Ellos pueden quedarse aquí —dijo Twigg. Y abrió un escotillón en el piso en el fondo de la cueva y desapareció—. Sacaré las últimas cosas del cuarto de almacenamiento y habremos terminado.

—¡Yo iré contigo! —ofreció Tipp.

—No, no vendrás —se oyó decir a Twigg desde el fondo—. Nunca podría volver a sacarte.

—¿Hay túneles? —preguntó Todd, con ojos brillantes de ilusión.

—Definitivamente no —dijo Twigg con convicción—. ¡Ten cuidado! —. Y empezaron a salir martillos volando por el hueco del piso como si estuvieran bailando—. Ponlos en una carretilla, y hazlo con cuidado, porque son muy pesados.

Júniper se agachó para que Twigg pudiera pasarle las herramientas.

—Me parece recordar que aquí hubo alguna vez túneles —murmuró Twigg—. Hay una puerta con cerrojo aquí y estoy seguro de que tras ella hay túneles y por lo menos otra puerta sellada. Puedo saberlo por los ecos y las vibraciones. Pero eso no se lo contaremos a ellos dos.

—Por ningún motivo —aprobó Júniper y volvió su rostro para toser—. Vengan, amigos, cargaremos estas herramientas.

Por la tarde, el trasteo había finalizado, habían traído bebidas de la torre y los jóvenes topos estaban armados con espadas romas y pequeños escudos de madera. Se encendieron las hogueras. Todo el mundo esperaba la caída del sol y observaba el cielo en busca de la primera estrella fugaz. Algunos animales jóvenes jugaban el antiguo juego de las escondidas que empezaba con el canto de "Encuentre al rey, encuentre a la reina, encuentre al heredero de Mistmantle". De vez en cuando uno de ellos señalaba la torre y gritaba: "¡Ella está allá!", y todos se reían a carcajadas, pues les seguía pareciendo muy divertido aun cuando lo repitieran 10 o 20 veces. En la playa más cercana a la Torre de Mistmantle, los animales de la costa y los que trabajaban en la torre se habían reunido alrededor de una hoguera en la que estaban asando pescado. Las nutrias Padra y Arran, luciendo sus anillos de capitanes y con sus espadas al cinto, alistaban trozos de pescado para sus mellizos, Tide y Swanfeather. Tide se comía su ración lenta y cuidadosamente, mientras Swanfeather estaba encendida por el calor excesivo de un inmenso bocado que trataba de engullir.

—No deberías comer tanta cantidad en un solo bocado —le dijo Arran. Su pelaje tupido sobresalía sobre su anillo de capitán—. Esos no son buenos modales. Pronto traerán sopa de la torre, así es que debes dejar un poco de apetito para ella.

—Supongo que me heredó sus modales —dijo el joven hermano de Padra, Fingal—. Yo soy el responsable de sus malas costumbres.

—¿Y qué opinas de las mías? —preguntó Tide.

—Tú no tienes ninguna mala costumbre —dijo Fingal y luego, para que no se sintiera dejado de lado, añadió—: tú eres realmente muy bueno con los barcos. Tan pronto tenga mi barco, te llevaré a pasear en él.

El capitán Padra, quien tenía un rostro agradable y siempre parecía a punto de reír, se rió. Buscó con la mirada a Urchin que no se hallaba muy lejos.

—¡Urchin, gané! —gritó.

—Felicitaciones, señor —dijo Urchin acercándose.

—¿Quién ganó qué? —preguntó Fingal.

Urchin se imaginaba que iba a perder pero no le importaba.

—El capitán Padra apostó que hablarías sobre tu barco antes de que llegara la sopa —dijo— y yo dije que ni siquiera tú podías hacer eso.

—¡Oh, Urchin! —dijo Fingal—. ¡Me siento muy herido!

—Y el perdedor tiene que sacarle brillo a los dos cinturones de las espadas para mañana —dijo Padra—. Pero pienso que debería hacerlo yo. Ya me atraparon una vez esta noche.

—Ah, qué bueno —dijo Fingal. —¿Quién te atrapó?

—Tú —dijo Padra—. Tú acabas de decir que eras el responsable y nunca pensé oírte decir eso.

—Yo solo dije que era responsable de…

—Las malas costumbres de Swanfeather, lo sé—dijo Padra—. Afortunadamente no tiene muchas. Y tenemos otro gran día que festejar después del día del bautizo, así es que quedaremos festejados a saciedad.

—¡Oh! ¿Va a ocurrir algo más?—preguntó inocentemente Fingal—.

Claro que sabía perfectamente lo que iba a ocurrir. Urchin y su amiga más antigua, una joven erizo con espinas muy puntiagudas llamada Needle, pronto serían admitidos al Círculo, el grupo de los animales adultos más cercano al rey. Ninguno de los dos era muy mayor, pero ambos eran compañeros del rey y ya hacían muchos de los trabajos de los animales del Círculo y el rey había decidido que los nombraría oficialmente. Eso significaba que la madre de Needle tenía que limpiar cada tercer día las espinas de Needle para darles brillo y Apple, la madre adoptiva de Urchin, le había dado un pote de una pasta roja para aplicarla a la punta de su cola y a sus orejas, que eran sus únicas partes verdaderamente rojas. (Él se lo había agradecido mucho, pero no la usaba.)

Urchin pudo ver a Twigg un poco más alejado en la playa. Como quería saber cómo estaba progresando el trabajo en el barco que estaba construyendo para Fingal, se le acercó dando saltos, pero se detuvo cuando vio que su viejo amigo el capitán Lugg y su esposa Cott, se dirigían hacia él.

—¡Aquí está Urchin! —exclamó Lugg. Su hocico se veía más blanco que nunca, estaba caminando un poco tieso y llevaba un jarro de cerveza espumosa en su pata.

—Twigg dice que quiere casarse con nuestra Moth —dijo Lugg orgullosamente—. Sin embargo, yo le he dicho que no la verá nunca. Ella siempre estará dándole sus cuidados a la princesa Catkin, igual que ahora, le hizo una seña amistosa a Tipp y a Todd que estaban saltando olas en la playa, allí están los dos críos de Wing y nuestra Wren acaba de casarse y, ahora, Moth y Twigg se han comprometido. Uno de estos días levantaré mis patas y me dedicaré a jugar con mis nietos.

El cielo se fue oscureciendo y el aire se enfrió. Los animales estaban contentos alrededor de las hogueras que despedían calor intenso y olor a madera ardiente, y gozaban de la sopa, que abría un apetito desaforado al olerla y calentaba las entrañas al beberla. Se encendieron los faroles.

—¡Una estrella! —gritó Todd.

—¡Allá arriba! —exclamó Tipp, con la esperanza de que creyeran que él la había visto primero.

Hubo exclamaciones de la multitud y repetidas preguntas de Hope: "¿En dónde, por favor?". El pequeño erizo miope admiraba inmensamente a Urchin. Luego hubo un "auch" de Urchin cuando Needle, que estaba mirando las estrellas y no se fijaba hacia dónde iba, se tropezó con él.

—Lo siento —dijo—. Supongo que debería quedarme parada y quieta cuando estoy mirando las estrellas.

La madre de Hope, Thripple, se acercó para llevarlo a la torre de Fir. Ellos siempre eran bienvenidos a ella y allá tenían la mejor vista de las estrellas fugaces. Un pequeño grupo de amigos se reunió alrededor de Needle y Urchin mientras ellos miraban hacia arriba. Fingal se les unió y quedó repentinamente inmóvil y admirado cuando una inmensa estrella descendió veloz en el cielo, dio una vuelta y volvió a subir. Crackle, quien trabajaba en la panadería de la torre, se había quitado su delantal azul y blanco y se había reunido con sus amigos en la playa, para disfrutar, tanto de su compañía como de las estrellas. Sepia de las Canciones, quien cantaba mucho más de lo que hablaba y prefería admirar la belleza que hablar de ella, absorbía cada detalle de la forma en que las estrellas bailaban por doquier y cambiaban de lugar, reflejadas en el mar. La luna esparcía una luz temblorosa sobre el agua como si quisiera invitarla a caminar sobre ella.

Júniper, cojeando como siempre, se hizo al lado de Urchin. Su pelaje oscuro todavía desprendía un agradable aroma a madera recién cortada y a aserrín. A su lado estaba Whittle, la ardilla alumna del hermano Fir, y Tay, la nutria abogada. Whittle estaba aprendiendo la historia y las leyes de la isla y trabajaba en eso con ahínco. Al unirse a ellos, estaba repitiendo su última lección, "... un pájaro para la libertad, una concha de berberecho para un sacerdote, un arco para un hogar..."

—Olvídate de tus lecciones ahora, Whittle —dijo Júniper—. Disfruta las estrellas mientras están aquí.

—¡Oh, sí, sí! Lo siento, sí, muy bien —dijo Whittle y volvió su cabeza hacia el cielo.

La última en unírseles fue Scatter, la ardilla, que miraba hacia arriba con sus ojos brillantes y su boca abierta. "¡Ooh!", suspiró lentamente. Fingal sonrió y pasó su brazo sobre sus hombros.

Scatter no había vivido siempre en Mistmantle. Ella había llegado como parte de un complot contra la isla, pero al descubrir cómo eran Mistmantle y sus habitantes quiso quedarse para siempre. La forma en que había sido perdonada, amada y aceptada, todavía la asombraba y alegraba incluso más que las estrellas fugaces. Se había vuelto particularmente amiga de las nutrias y estaba construyéndose un cálido hogar en una cueva cerca de la costa en donde podía estar cerca de ellas.

—¡Oh! —exclamaron todos al unísono esta vez. Una tormenta de estrellas se movía, daba vueltas y ascendía en el cielo. Se volvieron para verlas hacer círculos alrededor de la torre como si fueran una bandada de pájaros, para luego desaparecer en la noche.

—¿No tiene un significado el que las estrellas hagan algo así? —inquirió Crackle —. ¿Qué sabes tú, Whittle?

—Umm, lo siento, ¿qué dices? —dijo Whittle—. Lo siento, no te estaba escuchando. Estaba repasando el Código de los bordadores de nuevo. Lo siento.

—¿Qué es el Código de los bordadores? —preguntó Scatter.

—Tú sabes acerca de los bordadores —dijo Needle—, los que trabajan en las tapicerías pintadas, tejidas y bordadas que relatan las historias de la isla. Pues bien, todos los detalles de las tapicerías significan algo. Las flores y las cosas, todas representan algo.

—Angélica para la santidad, ajenjo para la amargura —dijo Whittle—. Hasta ahí me sé.

—No te preocupes Scatter —dijo Fingal—. Los animales comunes y corrientes como nosotros no tenemos que sabernos eso. Entonces, alguien sabe qué significa cuando las estrellas hacen eso, esa vuelta alrededor de la torre que acabamos de ver.

—Mi abuelita decía que había que mirarlas y pensar en todos los sueños, esperanzas y ambiciones que uno tiene— dijo Needle—.

Uno se queda mirando las estrellas y pensando en sus sueños como si los dos fueran uno solo. Eso es porque, cuando las estrellas dan vueltas alrededor de la torre, desaparecen y vuelven a aparecer, así es como puede suceder con nuestras esperanzas y sueños.

—Miren las estrellas fugaces, miren sus sueños —dijo Sepia, estirando sus patas hacia el fuego—. Ahora lo recuerdo.

—Yo en lo único que sueño es en tener mi bote propio —dijo Fingal—. ¡Todos al tiempo, miremos y soñemos!

Todos sonrieron, pero sus corazones estaban con las estrellas. Urchin y Needle pensaron en la nueva vida que les esperaba como miembros oficiales del Círculo con todas sus responsabilidades y exigencias. Urchin pensó también en los padres que nunca había conocido. Él entornó su pata alrededor de su brazalete de pelaje de ardilla que era lo único que tenía de ellos.

Júniper miraba hacia el cielo muy concentrado. Tenía dos esperanzas y sueños. Uno, era servir al Corazón y a la isla siendo el mejor sacerdote que pudiera ser. El segundo, era descubrir quién era él realmente.

Al igual que Urchin, él había sido encontrado. Damson, la ardilla, lo había encontrado cuando era un bebé y lo había criado en secreto en la época en que cualquier animal con una pata torcida, como la suya, era sacrificado. Estaba seguro de que Damson sabía más acerca de él y de dónde venía pero nunca le había querido contar. El hermano Fir lo había apodado "Júniper de los viajes" y sabía que ese nombre no se debía únicamente a su viaje a la isla de Whitewings. Allí, Urchin había descubierto quiénes habían sido sus padres. Eso era lo que Júniper quería que le sucediera.

Una estrella centelleó y descendió tan rápidamente que el destello obligó a Júniper a cerrar los ojos. Súbitamente se estremeció, tragó saliva y tuvo que presionar su barriga con la pata para no vomitar.

—¿Estás bien? —inquirió Urchin.

—No lo sé —susurró él.

Con los ojos cerrados y con la imagen de la estrella todavía grabada en ellos, había visto algo con intensa claridad. Durante una milésima de segundo había visto garras, garras muy blancas estiradas, también había algo azul, algo que sintió que debía haber reconocido, y luego el destello plateado de un cuchillo.

—Estoy bien —le dijo a Urchin. Las garras ya no estaban, el color azul y el cuchillo tampoco. Pero él los había visto.

Nadie notó la gaviota que voló sobre la isla esa noche con un pez en su pico. Había tenido la intención de aterrizar y comérselo, pero el pez estaba enfermo y sabía mal, por lo cual la gaviota lo soltó y siguió volando entre las brumas, sin que nadie en absoluto la viera.

Capítulo 2

Pasados varios días de intenso calor, los animales estaban contentos de sentir una brisa fresca en la mañana del día del bautizo de Catkin. Todavía hacía demasiado calor para usar capas y sombreros, pero muchos de los animales —especialmente los más viejos— pensaban que no se debía asistir a una celebración en la torre sin ellos, razón por la cual las capas se agitaban y era necesario sostener los sombreros mientras las ardillas, los erizos, los topos y las nutrias luchaban contra el viento en su camino a la Torre de Mistmantle. Apple, la madre adoptiva de Urchin, una ardilla regordeta, se acercaba a la puerta al final de las escaleras de la torre mientras se sacudía una que otra hoja de su capa, identificaba las que pertenecían a su sombrero y las acomodaba en su lugar. Al ver a su amiga Damson, la madre adoptiva de Júniper, que subía penosamente las escaleras, la esperó.

—¡Qué día! —exclamó Apple mientras Damson se detenía para tomar aliento—. ¡Qué día para un bautizo, y allí estarán todos, instalados al frente, tu Júniper y mi Urchin, arriba al lado de los del Círculo y los capitanes. ¡Cómo nos sentiremos de orgullosas!

—¡Y Needle también estará al frente! —comentó un pequeño erizo que se encontraba cerca.

—¡Oh! —dijo Apple, mirando hacia abajo—. El pequeño Scufflen. Sí, Scufflen, tu hermana mayor Needle, también estará allí, como siempre; los veremos a los dos en el mismo lugar, a Urchin y a Needle; en donde está el uno, está la otra, desde niños ha sido así. Ahora, pequeño Scufflen, asegúrate de ubicarte en la primera fila para que puedas ver bien. Si yo fuera tú, sacaría a relucir mis espinas, aunque no lo debes hacer, "porque no sería bien visto…"

Pero Scufflen, entretanto, ya había encontrado a su hermana Needle y ya no podía escucharla. Apple y Damson se unieron al tumulto de animales que invadía la Cámara de Reuniones.

La ventana de la Cámara de Reuniones que daba a la bahía casi llegaba al piso y daba hacia un mar agitado por olas blancas y espumosas. Las tapicerías adornaban las paredes con brillantes y alegres colores. Los alféizares y los anaqueles estaban decorados con hojas doradas de otoño, flores anaranjadas o de un rojo profundo, conchas y guijarros de la playa. Los miembros del Círculo se estaban situando alrededor del estrado en el cual una concha de vieira descansaba junto a un tazón de plata lleno de agua. Whittle había dispuesto unas hojas en forma de arco, cada una marcada con la huella de la pata de cada animal del Círculo, para que se supiera dónde debía pararse cada cual. Algo nervioso, iba anunciándolos uno a uno a medida que iban llegando.

—Docken el erizo… La madre Huggen, la erizo hembra… Russet la ardilla… Heath la ardilla…

Justo a tiempo recordó que no debía anunciar todavía a los capitanes, ni a la señora Tay, ni al hermano Fir, quienes llegarían más tarde.

En la antesala de la Cámara de Reuniones, los capitanes de Mistmantle —Padra, Arran y Lugg— se estaban poniendo sus túnicas. Como Urchin ayudaba a Padra a vestirse desde cuando se había convertido en su paje, entonces sacó la túnica color turquesa del baúl en madera de sándalo como lo había hecho tantas otras veces.

—Ya no es necesario que hagas eso —dijo Padra—. Ya pronto serás un miembro del Círculo y dejarás de ser un paje.

—Pero quiero hacerlo, señor —dijo Urchin—. Y esta tal vez será la última vez.

—Incluso deberías dejar de llamarme señor —dijo Padra.

—No creo que pueda, señor —dijo Urchin, colocando la pesada túnica sobre los hombros de Padra. Y pensando que cuando él mismo se convirtiera en miembro del Círculo, toda una etapa de su vida quedaría atrás. En cierta forma, una tristeza.

—No te pongas así, Urchin —dijo Arran, ajustando su anillo. No tendrás que volverte tan digno de un momento a otro. Incluso el rey corre todavía por las paredes de la torre, si le dan ganas. ¡Hola, Needle!

Needle, después de haber ubicado a sus padres y a Scufflen en buenos lugares, tenía que entregar un mensaje en la antesala. Ella usualmente usaba un sombrero azul en invierno, pero lo había reemplazado por una elegante gorra dorada para esta ocasión.

—El cortejo real está listo —dijo—. Podemos empezar tan pronto estén todos adentro. La reina dice que Catkin está de muy buen humor, por eso debemos hacer todo antes de que le dé hambre o se quede dormida.

—Estoy de acuerdo —comentó la capitana Arran firmemente mientras Padra le ajustaba el anillo en su lugar—. Todos estamos listos. Avísenles a los trompeteros que es hora de dar el toque de trompetas.

—Esconde la cola, Urchin —le aconsejó Padra en voz baja, y Urchin ocultó discretamente su cola. Un llamado al orden de las trompetas plateadas silenció el murmullo de la muchedumbre de excitados animales reunidos en la Cámara de Reuniones. Todos estiraron sus cuellos y muchos se pusieron de puntillas para poder ver por encima de los demás.

—Es su turno, entonces —les susurró Padra a Urchin y Needle. Lado a lado, con las cabezas en alto, entraron en la Cámara de Reuniones, sin mirar a los costados, y ocuparon sus lugares a cada lado de la puerta principal.

La señora Tay, la nutria abogada e historiadora de la isla, entró de primera, con sus bigotes oscuros arreglados en una línea recta. Se decía que nadie la había visto nunca reír.

Ella lucía, pensó Urchin, como si estuviera dispuesta a pisotear a cualquier animal que se interpusiera en su camino. Whittle la seguía en la procesión, muy solemnemente y muy concentrado en hacer todo a la perfección, incluso ir contando sus pasos. No quería perturbar en nada a la señora Tay.

El hermano Fir los seguía y, con el solo hecho de verlo, Urchin sintió que se le reconfortaba el corazón, pero el cojeo de Fir parecía haber empeorado esta mañana. Como siempre sus ojos oscuros reflejaban una felicidad profunda que Urchin no había visto en nadie más, pero tenía el ceño fruncido como si estuviera sufriendo y la distancia entre Fir y Whittle se iba agrandando, como si Fir no alcanzara a seguirle el paso.

Luego Júniper, delgado y oscuro con su túnica de sacerdote, se puso al lado de Fir y sostuvo la pata del sacerdote bajo su brazo, y Urchin sonrió. Él y Júniper por haber enfrentado juntos tantos peligros se consideraban hermanos. Firmemente y con mucha paciencia, Júniper ayudó al hermano Fir a llegar a su silla.

Padra, Arran y Lugg habían ocupado sus lugares correspondientes tras las dos sillas talladas de alto respaldo sobre el estrado, pero nadie los estaba observando. Las orejas y los bigotes se agitaban, los ojos resplandecían, los padres alzaban a los niños para que pudieran ver, y murmullos de admiración salían de la multitud mientras el rey Crispín y la reina Cedar, ataviados con túnicas, verde y dorado, aparecieron en el umbral de la puerta de entrada. Hubo vivas y aplausos y algunos de los más jóvenes saltaban de excitación y era necesario calmarlos a medida que una oleada de dicha estremecía a todos los asistentes.

Crispín y Cedar ocuparon sus lugares en el estrado. "Un verdadero rey y una verdadera reina de los cuales se podía estar orgulloso", pensó Urchin. Cuando el rey y la reina miraron hacia la puerta y sus rostros se iluminaron de felicidad, todo el mundo se volvió para ver la entrada de la princesa Catkin en brazos de Thripple, el erizo hembra.

Thripple tenía encorvada la espalda y un aspecto extrañamente aplastado que podría haber sido muy feo de no ser por la bondad que reflejaba su mirada. Sosteniendo a la bebé cuidadosamente contra su hombro, para evitar picarla con sus espinas, caminó hasta el estrado.

La princesa Catkin estaba, como lo había dicho la reina, de excelente humor. Mirando con los ojos muy abiertos por sobre el hombro de Thripple, parecía fascinada con todos esos rostros o tal vez, pensó Urchin, con los sombreros. Thripple depositó al bebé en los brazos de la reina, el canto se inició y Catkin sonrió. Oraciones de alabanza y gratitud se ofrecieron al Corazón. Guirnaldas de otoño, adornadas con hojas y bayas de un rojo profundo fueron entregadas al rey y a la reina. Las nutrias llevaron redes llenas de guijarros y conchas que depositaron a los pies de la reina y de los talleres llegaron dos erizos y dos ardillas exhibiendo entre los cuatro el chal de bautizo del bebé.

El trabajo de bordado del chal era tan intrincado y bello que se escuchó un "¡Ooooh!" de admiración en todo el salón. En forma de estrella y tan finamente bordado como una tela de araña en oro, azul, morado y verde, resplandeció al envolver en él a la princesa. Tocando sus cuatro patas y su rostro con el agua del tazón de plata, Fir le impartió la bendición con una voz que sonó algo temblorosa y débil.

Hija de Crispín, hija de Cedar,
Que tu corazón lata al mismo ritmo del Corazón que te dio vida
Que camines y bailes
Reces y hables
Rías y llores
Con los latidos del Corazón.
Que el amor del Corazón y de todas las criaturas te colmen
Que encuentres el amor en toda estación
En todo lugar
Y en toda criatura.
Que crezcas fuerte y bondadosa
Que seas una estrella en la oscuridad
Que sientas calor en invierno
Que seas la brisa del mar en verano
Y el aliento de la primavera
Que seas Catkin de Mismantle.

Sepia de las Canciones, la voz más dulce de la isla, entonó un canto. El coro se le unió, y sus voces se mezclaron tan hábilmente que parecía imposible que fueran voces de animales, más bien se sentía como si un sonido encantado surgiera desde el fondo de las brumas. Entonces Urchin notó una inclinación de cabeza de una ardilla del Círculo en dirección a la galería, en donde un topo estaba halando una cuerda.

Hojas otoñales y pétalos de rosa cayeron del techo, con gráciles movimientos, sobre los sombreros, orejas y hombros de los animales que miraban hacia arriba y reían deleitados. Cayeron pétalos sobre los bigotes de la señora Tay y ella se los sacudió irritada. Hojas de nogal se depositaron suavemente sobre los hombros del rey. Un pétalo de rosa cayó sobre la nariz de Catkin y la hizo reír. Otros cayeron sobre su suave pelaje. Finalmente, entre aplausos y más música, la familia real salió de la Cámara y se dirigió por los corredores adornados con tapicerías hasta su apartamento con Urchin y Needle dedicados a atenderlos. Needle estaba tan empeñada en hacer reír a Catkin que se tropezó en un peldaño y si Urchin no la hubiera rescatado habría desaparecido del panorama. Ya había recuperado su dignidad cuando por fin entraron a los aposentos reales.

—Excúsenme, Sus Majestades —dijo Needle, retirando un pétalo de rosa que se había clavado en sus espinas—, sería una lástima que las niñeras no participaran en la celebración de esta noche. A mí, en cambio, no me importaría quedarme a cuidar a Catkin.

—Ese ofrecimiento es muy amable de tu parte —dijo Cedar—, pero tenemos una rotación de niñeras organizada para que todas tengan la oportunidad de disfrutar la fiesta. Jig y Fig, las niñeras topo, serán las primeras, luego Moth y la madre Huggen, por supuesto, y hay dos ardillas…

En ese momento, Moth la niñera topo, casi sin aliento, llegó ante ellos e hizo una reverencia. Llevaba a Tipp y Todd asidos de las patas. Todd, quien, como su abuelo el capitán Lugg, era un topo sólido y con los pies bien puestos en la tierra, caminaba firmemente a su lado. Tipp, en cambio, blandía una espada imaginaria y halaba su pata mientras enfrentaba numerosos enemigos invisibles.

—Por favor, Sus Majestades —dijo Moth— hay un mensaje de las dos ardillas que estaban en la rotación. Ninguna de las dos se siente bien y quieren irse a casa. No quisieran cuidar a la princesa para evitar que se le prenda alguna enfermedad contagiosa.

—Está bien —dijo Crispín—. Enviaré a dos guardias a escoltarlas.

—Dales nuestro amor y nuestros deseos de pronta mejoría —dijo Cedar.

—Ten cuidado con lo que haces con esa espada, Tipp —dijo Crispín—. Por poco le cortas la cabeza a Urchin.

Tipp miró su pata asombrado. Crispín dedicó algún tiempo a conversar con los jóvenes topos y le preguntó a Moth sobre la salud de Lugg y sobre su compromiso con Twigg, mientras Cedar se volvía hacia Urchin y Needle.

—Aceptaré tu oferta de cuidar a Catkin —dijo—. Y hay una ardilla a la que se lo podemos pedir también. Catkin debería pasar la noche dormida.

—Yo espero que no lo haga —dijo Needle.

La Cámara de Reuniones estaba llena de luz y vibraba con la música. Los animales bailaban, disfrutaban los entretenimientos, cantaban y celebraban. En las cimas de las colinas y en las playas, se encendieron teas para celebrar el bautizo de la princesa. La princesa Catkin, en su dormitorio, contiguo al de Crispín y Cedar, dormía profundamente en su cuna. Needle y Urchin tomaron su turno pero quedaron desilusionados al ver que ella reposaba envuelta en una cobija blanca bordada con candelillas, con sus ojos bien cerrados y un dedo en su boca, sobre una manta rosada, y profundamente dormida. Los pétalos de rosa de la ceremonia del bautizo habían sido dispuestos a su alrededor para que le sirvieran de nido. Needle mecía la cuna mientras cantaba una canción de cuna que todos los bebés de Mistmantle escuchaban desde recién nacidos.

Olas en el mar
Viento en los árboles
Brisa con aroma de primavera
Para que duermas, para que duermas
Duerme mientras yo pido
Que la paz te acompañe
Que el Corazón te proteja
Y te cuide, y te cuide.

Ella estaba todavía cantando cuando la reina entró en las puntas de los pies.

—Hemos sabido de otra ardilla y un erizo que han enfermado —dijo en un susurro—. Sienten fiebre y dolores. Espero que no sea nada grave.

En la noche siguiente, se habían enfermado más animales y las dos primeras ardillas enfermas habían empeorado. La reina, una sanadora sabia y hábil, dio instrucciones sobre el cuidado de los pacientes y supervisó la elaboración de medicamentos, pero Crispín y Fir le rogaron que no visitara a los enfermos. Urchin hacía guardia en la puerta.

—No puedes tomar el riesgo de traerle la infección a Catkin —dijo Crispín. —Y ella no debe ser atendida por nadie que haya estado en contacto con la enfermedad.

—Su Majestad tiene razón —dijo Fir. —Querida Reina Cedar, simplemente capacita a los sanadores de la isla, prepara los medicamentos y déjanos lo demás a nosotros. Si, mientras lo haces, esta crisis te deja sin niñeras suficientes, estoy seguro de que hay muchos animales que acudirán en tu ayuda. Urchin y Needle, ¿Tal vez?

—Sí, ¡hermano Fir! —exclamó Urchin.

—Gracias, Urchin —dijo Crispín—. Tú y Needle pueden hacer el segundo turno esta noche.

Otra ardilla vino a la torre a incorporarse al equipo de niñeras, una ardilla viuda llamada Linty. Urchin la recibió en la puerta principal y cogió su cartera mientras la escoltaba a los aposentos reales. Recordaba, vagamente haberla visto antes en algún lugar —debió haber sido en algún evento en la Cámara de Reuniones— pero ella no provenía de su propia colonia en Anemone Wood. Tenía una belleza marchita en su rostro puntiagudo y en sus grandes ojos oscuros y una forma nerviosa y preocupada de mirar a su alrededor como si esperara que algo aterrador fuera a saltar de las tapicerías. Hablaba muy poco y su voz era suave y tímida, pero ya estaba tarareando la canción de cuna suavemente.

Urchin dejó a la madre Huggen dándole instrucciones — "aquí está su taza, aquí está su cereal si lo desea, y a ella le gusta que le canten" — y se fue para su dormitorio en Spring Gate, en donde Padra y Fingal lo recibieron. Tide y Swanfeather estaban dando botes en el suelo y el pelaje de Fingal estaba lleno de aserrín.

—¡Twigg me ha estado ayudando con mi bote! —exclamó ansiosamente. Solo necesita una capa de pintura y el mástil para la vela. Va a ser rojo con un borde anaranjado y un diseño de hojas verdes y quiero bautizarlo con el nombre de alguien pero no sé de quién. Iba a llamarse Princesa Catkin, luego Swanfeather, luego Tide y Swanfeather.

—Tide y Swanfeather ¿Están bien, señor? —le preguntó Urchin a Padra.

—Yo los veo bien —dijo Padra—. Parece que las nutrias no se contagian con esta enfermedad. ¿Ya están todos listos para ser admitidos en el Círculo?

—No lo creo, señor —admitió Urchin y bebieron un licor, acostaron a los bebés, brillaron sus espadas y conversaron sobre el ingreso al Círculo hasta que llegó el momento en que Urchin y Needle tuvieron que irse a reemplazar a Linty.

—Me iré ya, señor —dijo Urchin—. No quiero dejar esperando a Linty. Parecía que ella se asustaba con cualquier cosa, hasta con el bebé.

—¿Linty? —preguntó Padra y Urchin lo dejó muy ensimismado mirando hacia la nada, como si estuviera buscando un antiguo recuerdo.

—Todo está tranquilo esta noche —comentó el topo de guardia cuando Urchin y Needle llegaron a la puerta del dormitorio—. No ha habido ni un chillido de la princesa. Lo mejor es que entren sin hacer ruido.

—¿Señora Linty? —llamó Urchin suavemente mientras entraban en puntillas al dormitorio, iluminado levemente con una lámpara. No hubo respuesta y él se inclinó sobre la cuna. Estaba vacía. Linty debía estar meciéndola en una silla o paseándola por el cuarto. Buscaron y les preguntaron a los guardias. La ansiedad fue creciendo y los nervios se fueron exasperando.

No había rastro ni de Linty ni de la pequeña Catkin. Solo encontraron la cobija arrugada de Catkin en el fondo de la cuna y una ventana abierta.

Capítulo 3

Urchin salió corriendo del cuarto, gritó llamando a los guardias, regresó al dormitorio y saltó por la ventana abierta para deslizarse por la pared. De todas partes, llegaron guardias a inspeccionar los apartamentos. Una ardilla se apresuró a ir en busca del rey y la reina, y pronto Crispín y Cedar llegaron a la habitación, con sus ojos alarmados y sobrecogidos por el miedo. Hicieron llamar a Fir, a Padra y a Lugg, y Crispín ordenó a los animales del Círculo que organizaran grupos de búsqueda. Urchin regresó por la ventana casi sin aliento.

—No hay ni un rastro, Sus Majestades —informó—. El suelo está demasiado seco para que se marquen huellas.

—Y aquí ¿Hay alguna señal de lucha? —preguntó Crispín—. ¿Rastros de algo, huellas de patas o de garras, cualquier cosa de ese estilo?

—No he visto ninguna, Su Majestad —dijo Urchin tomando nota de que Crispín no había usado las palabras "sangre" ni "pelaje".

La reina ya estaba suficientemente preocupada como para asustarla más.

—¿Cómo estaba el cuarto cuando ustedes llegaron? —preguntó Cedar con voz angustiada e intensa—.¿Estaba abierta esa ventana?

—Sí, Su Majestad —repuso Urchin—. Yo salté hacia fuera sin tocarla.

—El chal del bautizo y la cobija con candelillas están aquí —comentó Crispín mientras examinaba la cuna—. La otra cobija no está.

—No hay señales de lucha —dijo Cedar, mirando al piso—. Ni huellas de patas. El tazón de cereal no está, ni su taza.

Urchin recordó un día terrible del pasado. Había intentado no pensar en ese día en que el último heredero de Mistmantle, el príncipe Tumble, había sido encontrado asesinado de una sola cuchillada. Nadie hablaba de ello pero él sabía que todos estaban pensando en eso. Cada vez que se escuchaban pisadas de patas en las escaleras, todos miraban hacia ellas. Iban llegando los animales del Círculo y Needle llegó corriendo sobrecogida por la ansiedad, pero nadie traía noticias de Linty ni de la princesa.

—Hemos enviado grupos de búsqueda —dijo Crispín, acercando una silla pues Fir estaba entrando al dormitorio—. Siéntese, hermano Fir.

—Entonces la niña y la niñera desaparecieron —dijo Fir. Suspiró e inclinó su cabeza hacia un lado—. Supongo que no habrá decidido llevar a la niña a tomar el aire fresco de la noche.

—La única forma de salir es por la ventana —dijo Crispín— y ella no le dijo a nadie que se iba.

—¿Cuál era la niñera? —preguntó Fir.

—La señora Linty —dijo Cedar.

—¿Linty? —vaciló Fir pensativamente.

—Existe la posibilidad —dijo Crispín— de que haya ocurrido algo que alarmó a Linty y ella se haya escapado con la niña o, también podría ser, que alguien haya entrado por la ventana y se las haya llevado a la fuerza. Eso no parece probable porque nadie escuchó nada y no hay señales de lucha. Y lo peor sería… —dirigió su mirada hacia Cedar—.

—Lo sé —dijo ella firmemente—. Lo peor sería que Linty fuera una traidora y que…

—tomó aliento para darse fuerzas— haya secuestrado a Catkin… y ella… ella quiera…

Urchin intentó no pensar en el recuerdo que le asaltaba, pero tuvo que hacerlo. El príncipe Tumble yacía inerte en el piso, siendo aún tan pequeño. La muerte había llegado rápidamente. Lo mismo le podría suceder a Catkin.

—Tal vez —continuó la reina, y él observó que luchaba por mantener su voz tranquila— Linty ya ha…

Fir había estado callado desde que habían mencionado el nombre de Linty. Ahora, levantó una de sus patas.

—Querida reina —dijo calmadamente— dudo mucho de que Linty tenga la intención de hacerle daño a su hija, pero sí creo que ella se podría asustar fácilmente. Si los grupos de búsqueda la encuentran, es muy importante, sumamente importante, que no la hagan entrar en pánico. Si se alarma, podría hacer cualquier cosa para no dejarse quitar a la princesa.

—¿Qué es lo que ocurre con Linty, Fir? —preguntó Crispín.

—¿Qué es lo que ocurre? —repitió Fir—. Hum. ¿Qué es lo que ocurre? Debemos rebuscar en nuestra memoria y yo hablaré con aquellos que la han conocido desde hace más tiempo.

Crispín dio descanso a los guardias. Cedar, la madre Huggen y todos los miembros disponibles del Círculo permanecieron con él. Enviaron a buscar a Longpaw, el mensajero ardilla, y a Júniper.

Padra llegó y comentó que Arran y Fingal estaban organizando una búsqueda en la costa. Urchin y Needle esperaban que el rey los despidiera, pero la propia reina hizo un espacio en el alféizar de la ventana para ellos. El capitán Lugg apareció, casi sin aliento, con aspecto triste y ensimismado e hizo una reverencia.

—La encontraremos, reina Cedar —dijo con voz ronca—. He apostado guardias en todos los túneles.

—Pero no se debe alarmar a Linty —insistió Fir—. Hay que dirigirse a ella con suavidad.

—¿Pero estás seguro de que no le hará daño a Catkin? —inquirió Crispín angustiado.

Hubo un momento de silencio. —Estoy seguro de que esa no sería su *intención* —dijo Fir. Su voz se estaba volviendo cada vez más ronca y Urchin le ofreció una copa de agua.

—Gracias, Urchin. Agua de Spring Gate. Muy buena. Yo no quisiera alarmarlos, Sus Majestades, pero deben entender la situación a fondo. Estamos enfrentando a un animal cuya mente está enferma. Ella está llena de amor y por esa razón estoy seguro de que protegerá al bebé… —. Hizo una pausa y luego añadió pausadamente—. Como si fuera de ella. Como ya lo dije, si se siente amenazada puede entrar en pánico y debido al pánico podría hacer algo muy peligroso.

—No puede irse de la isla —dijo Crispín.

—No, no puede —dijo Padra—. Estamos patrullando las costas y los topos de Lugg están vigilando los túneles.

—Si está en la isla, la encontraremos —dijo la reina firmemente—. Debemos aumentar los grupos de búsqueda.

—Es mejor que sean grupos pequeños, si no queremos alarmarla —dijo Crispín.

—Máximo cuatro en cada uno. Cada grupo debe tener al menos un animal con un buen sentido del olfato. Y es necesario involucrar a los jóvenes. Ella puede tenerles miedo a los guardias y a los miembros decanos del Círculo, pero no a alguien como Urchin o Needle o sus amigos.

—Nosotros queremos ayudar sinceramente —dijo Needle—. Y la pequeña Hope es muy joven, pero es muy buena para encontrar su camino con ayuda de su olfato. La encontraremos.

—Longpaw, necesitaremos que congregues a los animales en la Cámara de Reuniones —dijo Crispín—. Les impartiremos instrucciones sobre lo que deben y lo que no deben hacer. Y debe haber un animal decano aquí en todo momento, para que siempre haya alguien que reciba los informes.

—Excúsenme, Sus Majestades —dijo el capitán Lugg—. No me gusta hablar fuera de turno. Yo tengo tres hijas y sé cuán valiosa es la princesa para ustedes. Pero todavía queda una parte grande de la cosecha por recolectar y no sabemos cuánto va a durar la estación de calor.

Urchin observó un gesto de irritación en el rostro de Crispín, pero desapareció en un instante.

—Tienes razón —dijo Crispín—. No debemos descuidar la cosecha. Eso tendría graves consecuencias para toda la isla y la vida debe seguir su curso. Yo he vivido épocas muy difíciles y, si se hacen las cosas ordinarias, eso es lo que ayuda a poder enfrentarlas.

—La cosecha y todas las cosas de la vida diaria deberán seguirse llevando a cabo —dijo Cedar con tanta firmeza como pudo encontrar en sí misma—. Nadie debe ser forzado a abandonar la cosecha para buscar a Catkin, pero...

—La encontraremos —afirmó Crispín intensamente— porque debemos hacerlo. La encontraremos, así yo tenga que excavar la isla entera con mis propias garras.

—Tenemos que admitir dos nuevos miembros al Círculo dentro de pocos días —recordó Padra con gentileza—.

Urchin y Needle se miraron. Ellos estaban listos para unirse al Círculo. Sus nuevas capas especiales los estaban esperando. Habían preparado el gran día, se habían entrenado para él, habían soñado con él, hablado sobre él y habían estado de acuerdo con que lo mejor de ingresar en él era que Crispín, Cedar y los capitanes creían que ellos lo merecían. Pero, ahora, eso no estaría bien. Ahora nada importaba excepto recuperar a Catkin.

Ellos se entendieron sin siquiera tener que expresarse. Needle se puso de pie e hizo una venia.

—Quisiéramos esperar, por favor —dijo—. No estaría bien ser admitidos en el Círculo con todo esto que está pasando.

—Será muy duro para ustedes esperar —dijo Crispín amablemente.

—No disfrutaríamos la ceremonia —insistió Needle—. Nadie lo haría, no mientras Catkin esté desaparecida.

—Y eso tomaría tiempo, un tiempo que necesitamos para buscarla —dijo Urchin—. Su Majestad, usted no quiso ser coronado hasta que no se encontrara la Piedra de Corazón y yo regresara.

—Excúsenme —dijo Cedar con una voz afligida y tirante como si estuviera haciendo un gran esfuerzo para controlarse—; pero todos ustedes están asumiendo que la princesa no estará con nosotros mañana. Hemos concordado en que ella todavía está en la isla y los grupos de búsqueda ya están afuera. ¿A dónde podría llevarla Linty para que no podamos encontrarla? —abrió un arcón y sacó una espada con su cinto y luego una capa—. Yo misma voy a ir a buscarla.

—Russet acompaña a la reina —ordenó Crispín—. Y tú también, Spade. Hermano Fir, ¿Necesitas a Júniper?

—Necesito conversar con los animales que mejor conocen a Linty —dijo Fir— y ellos hablarán más libremente si no hay un joven presente. ¿Puedo irme ahora, Su Majestad?

Fir se retiró cojeando y más grupos de búsqueda y mensajeros fueron enviados en todas direcciones. Muy pronto, tan solo Urchin y Júniper quedaron a la espera de sus órdenes.

—Bueno —dijo Crispín enérgicamente—, ustedes dos deben ir a la Cámara de las Velas. Júniper, ¿tú la debes haber visitado con Fir?

—Sí, Su Majestad —replicó Júniper.

—Y Urchin también ha estado allí —dijo Crispín—. Pues bien, ustedes dos deben ir allá abajo con Docken y registrar toda la cámara y sus alrededores.

—Claro está, señor —dijo Urchin inmediatamente. La Cámara de las Velas le traía tantos recuerdos desagradables que no le sería fácil hacerlo, pero parecía que Crispín sabía eso y le estaba presentando un desafío. Él quería demostrarle que estaba a la altura de las circunstancias.

Entonces, acompañado de Júniper y Docken salió de la Cámara de Reuniones por una pequeña puerta y dio un giro forzado a través de una puerta que nadie habría visto siquiera de no haber sabido que allí estaba.

—Qué bueno que traje una linterna —murmuró Docken—. Mis ojos no son tan buenos como los suyos, ya que ustedes son ardillas y además jóvenes.

La estrecha escalera conducía a profundos y húmedos túneles y, a pesar de la linterna de Docken, el pelaje de Urchin se fue erizando a medida que penetraba en el subterráneo. Sus primeros recuerdos de este lugar aún ejercían poder sobre él.

—Todavía te aterra este lugar, ¿no es cierto? —dijo Júniper.

Estos túneles habían sido limpiados y cambiados desde la última vez que había estado allí. —No te preocupes —repuso Urchin.

Había lámparas en las paredes que iluminaban tenuemente. Ya no había criaturas desconocidas y que nadie podía ver haciendo extraños ruidos. Pero todavía corría agua por las paredes, formando manchas verduscas y, aquí y allá, había charcos de colores sospechosos. Se esforzaba por escuchar atentamente cualquier ruido de pisadas o el gangueo de un bebé.

Mucho tiempo atrás, lord Husk solía venir por aquí a una cámara oculta que tenía una historia tan terrible que había sido clausurada y sellada durante cientos de años y nunca se hablaba de ella, pero lord Husk la había descubierto. Su aire viciado que inspiraba un horror rampante lo había subyugado y había alimentado la maldad en su ser. Había sido un lugar de pesadillas.

Desde que Husk había sido derrocado, el hermano Fir tomó el control de la situación con su usual discreción. Él les había contado a los isleños sobre la época antigua en que un rey ardilla asesinó y realizó sacrificios en esa cámara. Fir había abierto y bendecido la cámara llenadola de velas, rezando y cantado en ella, de día y de noche, para limpiarla de su pasado. Ahora era la Cámara de las Velas, un lugar para rezar y estar en paz.

—¡Ssh! —dijo Júniper y se detuvieron, pero tan pronto empezaron a caminar de nuevo Urchin escuchó un ruido de pasos que venía de algún lugar del túnel.

—Es a la izquierda de donde estamos —susurró Docken.

—Debe haber una vía paralela a esta —dijo Urchin.

El ruido de pasos cesó de nuevo y en eso Urchin pensó que ninguno de los tres contaba con una espada. Eso estaba bien, si lo que iban a enfrentar era una ardilla asustada a la que no debían alarmar. Pero era un poco preocupante si se llegaba a tratar de algún animal desconocido y amenazador. Los pasos se oyeron más fuertes.

—Está delante de nosotros —susurró Docken y se adelantó, pero Júniper puso una pata sobre su brazo. Urchin acababa de ver lo que Júniper había visto. Su mirada estaba fija en una pequeña grieta en la roca a poca distancia.

Algo se movía. Urchin, estirando una pata hacia los demás para silenciarlos, se arrastró hacia delante. Fuera cual fuera el animal que se movía en esa estrecha grieta debía ser pequeño e inofensivo.

Ya iba a preguntar quién andaba allí cuando una débil voz dijo, "¡Oof! Estoy espichado". Un pequeño erizo asomó su nariz, olisqueó y miró a su alrededor con ojos miopes. "¡Hola, Urchin!" Y arrugó su nariz para olisquear de nuevo. "¡Hola, papito!"

—¿Qué estás haciendo aquí abajo? —inquirió Docken.

—¡Hola, Hope! —exclamó Urchin.

Aun cuando estaba irritado por el susto que les había propinado el pequeño topo, se sintió aliviado. Y además nadie podía enfadarse con Hope. Él era el hijo de Docken y Thripple, el erizo que había llevado a Catkin al bautizo. Hope siempre estaba tan deseoso de complacer que a menudo terminaba poniéndose en peligro, pero, de alguna forma, siempre salía ileso.

—Hola, hermano Júniper, señor —saludó Hope. —No me dieron ninguna orden, por eso resolví seguirlos y encontré un túnel que explorar y así lo hice.

—Pues no has debido —dijo Docken—. Es peligroso, estás solo y además por poco se me saltan las espinas del susto que nos diste. Tu mamá ¿Sabe dónde estás?

—Dije que iría a buscar a la princesa y ella me dijo que me quedara en la torre, eso hice y aquí estoy —repuso Hope.

—Sé que eres bueno para los túneles, Hope —dijo Urchin, amablemente—, pero es peligroso que andes solo aquí abajo. Debe haber toda clase de túneles que no conocemos.

—Sí, yo acabo de descubrir uno —dijo Hope—. Y hay otro nivel debajo de este, creo, por los ecos que se escuchan.

—Bueno, no vayas a ir a investigarlo —dijo Docken—. Ya tenemos suficiente con la desaparición de un bebé.

—Por eso es que estoy aquí —dijo Hope, caminando de un lado a otro—. Quiero buscar a la princesa, porque ahora que tenemos a Mopple, esa es mi pequeña hermana, hermano Júniper, ahora que la tenemos he pensado en lo terrible que sería que desapareciera y que no supiéramos en dónde buscarla, ni si está a salvo o no, y eso es lo mismo que ocurre con la princesa. Pero no creo que la princesa haya estado aquí abajo. Aquí no huele a bebé.

—Probablemente tiene razón —comentó Docken—. Él tiene un excelente olfato ¿no es así, Hope? Pero iremos hasta la Cámara de las Velas, pues así nos lo ordenaron.

Deteniéndose una y otra vez para que las ardillas escucharan y Hope olisqueara, fueron avanzando hasta llegar por fin a la Cámara de las Velas. Con solo ver la puerta, el pelaje de Urchin se erizó, pero cuando Docken la abrió, la suave luz amarilla lo tranquilizó y lo hizo sentirse acogido.

Había velas encendidas en el piso, sobre estantes y en nichos tallados en la piedra; velas muy largas pero también cortas, velas amarillentas con cera derretida y enroscada en sus costados. Reflejaban círculos de luz sobre la roca húmeda, haciéndola brillar. El soplo de aire que entraba por la puerta, agitaba las llamas y los dibujos que se formaban en las paredes incitaban a la risa.

—No hay rastro de nadie —dijo Urchin—. Pero debemos investigar.

Tomó una gran bocanada de aire, para tranquilizarse con la atmósfera de la cámara. Impregnada de rezos y de bondad, ella lo alimentó con una inmensa sensación de paz.

—Se siente tan diferente —dijo Urchin—. Nunca habría imaginado que esto fuera posible.

—Se siente bien —dijo Júniper—. Pero todavía no está acabada.

—¿No está acabada? —inquirió Urchin.

—Sí, pero no estoy seguro de qué quise decir con eso —dijo Júniper—. Simplemente se siente que queda algo por hacer.

—Terminada o no, haremos una buena pesquisa e informaremos al rey —dijo Docken—. Hay una alta probabilidad de que la princesa se encuentre sana y salva cuando regresemos.

Urchin así lo esperaba. Al abandonar la cámara, le dio una última mirada. Júniper permanecía allí, agitando sus orejas como si las tuviera mojadas.

Un cuchillo. Garras. Azul.

Júniper casi lo había olvidado, pero de alguna manera, vívidamente, lo había recordado mientras deambulaba por la Cámara de las Velas. Urchin estaba esperando. Júniper sacudió sus orejas y dio un salto hasta la puerta, pensando que en su cabeza había palabras que nadie había puesto allí, algo que tenía que ver con una pata y unas colinas. No lo entendía en absoluto. Pero era algo que tenía que ver con Catkin y con este lugar y con la sensación de que aún estaba inacabado.

Capítulo 4

Moth y las otras niñeras dejaron las cortinas del dormitorio de la princesa abiertas para que la luz de la lámpara le diera la bienvenida a la reina Cedar cuando regresara al hogar. El hermano Fir regresó primero y se paró, pensativo y silencioso, frente a la chimenea a calentar sus patas; la noche ya estaba bien avanzada cuando la reina apareció por fin en el umbral de la puerta con sus patas y su rostro aruñados, su pelaje lleno de sangre y de hojas y sus ojos muy abiertos con expresión de esperanza teñida de miedo.

—¿Está...? —comenzó ansiosa la pregunta.— pero al ver la cuna vacía con sus cobijas en desorden y la angustia de las niñeras, la esperanza abandonó su rostro. Impotentes, ellas la acompañaron en su dolor.

—¿Dónde está Crispín? —preguntó.

El hermano Fir se acercó lentamente con sus patas estiradas hacia ella para conducirla hacia el calor reconfortante de la chimenea.

—Él está todavía afuera buscándola, querida reina —dijo—. Le conviene calentarse un poco. ¿Está herida?

—El agua ya se está calentando para prepararle un baño, Su Majestad —murmuró Moth y condujo a las niñeras a la salida del dormitorio. La reina no pareció notarlo.

—Recorrí todo el camino hasta los Tangletwigs —dijo—. Fui tan lejos como pude, pero la maleza está tan densa que necesitaremos que los guardias despejen un camino y no me imagino cómo Linty haya podido penetrarla con la niña. ¿Habrá podido? ¿Qué crees tú? Comprendo que no debemos alarmarla, pero tenemos que encontrar a Catkin lo antes posible.

—Linty conoce todos los caminos de los Tangletwigs —dijo Fir—. Ella creció en una colonia allá adentro. Esas ardillas tenían toda clase de caminos secretos tanto encima como bajo tierra.

—Yo solo estuve arriba —dijo la reina—. Esos espinos están en todas partes, y... —escondió su rostro entre sus patas—. ¿Qué tal que Catkin se haya rasguñado como yo? ¡Es solo una recién nacida!

—Linty no la llevaría por ahí —comentó Fir, poniendo una pata sobre su hombro—. Ella conoce los Tangletwigs mucho mejor que cualquiera y no permitiría que a Catkin le hicieran ningún daño.

Con un arrebato de ira, la reina retiró la pata de su hombro. —¡Ella la secuestró! —gritó—. ¿No es eso un daño suficiente? ¡Yo solo quiero que me la devuelva!

Y se arrodilló para lamer la sangre que salía de una herida profunda en su brazo, luego se irguió de un salto y llegó hasta la ventana para observar las luces de los grupos de búsqueda. El resplandor de las antorchas y de las pálidas linternas se movía lentamente, en la oscuridad. —No puedo permanecer aquí. Saldré nuevamente.

—¿Le parece prudente? —inquirió Fir—. Las probabilidades de que alguien llegue en cualquier momento con Catkin a salvo son muy altas. He recordado algo sobre Linty. Cuando era joven, era bailarina y a menudo hacía parte de los grupos de baile de nuestros festivales. Muchos de nuestros grandes bailarines y acróbatas vienen de los Tangletwigs. El hecho de vivir en un lugar como ese, los vuelve veloces y hábiles. Linty podría cargar un bebé a través de los Tangletwigs y traerlo de regreso sin un solo rasguño. Los Tangletwigs la han herido a usted pero no habrían tocado siquiera a su hija.

Se escuchó un golpe suave en la puerta y Fir fue cojeando a abrirla. Dos sirvientas topo estaban de pie ataviadas con sus delantales blancos y traían blancas y esponjosas toallas en sus patas. Miraron tímidamente a la reina, con rostros graves y preocupados.

—Su baño está listo, Su Majestad —dijo una de ellas, haciendo una venia—. Moth vertió un delicioso aceite de lavanda en él.

—Entonces regresaré a mis plegarias —dijo Fir y salió.

Las sirvientas se dirigieron a la alcoba en donde un vapor perfumado con lavanda salía de la tina circular en madera de roble.

—Estamos muy afligidas por lo del bebé, Su Majestad —dijo una de ellas suavemente.

—Todas vamos a rezar por ella —dijo la otra.

—Y todas estamos pensándola mucho a usted —dijo Moth—. Todos nosotros, los que trabajamos en la torre, y todas nuestras familias —de una mesa recogió un gran cesto lleno de ramitos de flores de otoño, de conchas, de galletas, de hojas marcadas con huellas de patas y de botellas de licor.

—¿Qué es eso? —preguntó Cedar como si poco le interesara.

—Muchos animales han enviado obsequios a la torre, señora —dijo Moth—, porque quieren ayudar y no saben cómo hacerlo, a no ser que se unan a la búsqueda y eso también lo están haciendo.

Es sencillamente su forma de demostrar cuán preocupados están, señora.

La más pequeña de las sirvientas, dominando su timidez, se inclinó hacia delante y abrazó a Cedar. La otra la imitó y también la abrazó para luego enjugar sus lágrimas con el delantal.

—Gracias, benditas sean —dijo la reina, con voz cada vez más débil y temblorosa, hasta que las sirvientas se retiraron, y tan solo Moth permaneció a su lado. Movida profundamente por su amabilidad y cariño, la reina de Mistmantle se quebró y estalló en llanto.

Urchin, Júniper, Hope y Docken emergieron de una prolongada, exhaustiva, fría y retorcida exploración de la Cámara de las Velas y de los túneles que la rodeaban. No había el menor rastro del bebé ni de Linty. Tampoco una sola huella de patas.

Acompañado por la luz de la luna que danzaba sobre el mar oscuro, Padra depositó la capa en su recámara y se dirigió hacia la playa, con un sentimiento de desasosiego. Linty, Linty... en algún lado había un recuerdo sobre Linty, pero él no sabía cómo traerlo a su mente. Tal vez lo lograra. Nadó hasta su bote, en donde Fingal estaba sentado y asido a los remos.

—Me haré cargo del siguiente turno de vigilancia, Fingal —dijo—. Ya has vigilado bastante tiempo.

—¿Me puedo quedar otro rato? —preguntó Fingal—. No tengo frío, y, aun cuando sé que son órdenes del capitán, tal vez...

—Oh, está bien —dijo Padra y se subió al bote chorreando agua. Disfrutaría la compañía. Su corazón estaba en Spring Gate con Arran y sus hijos, que nunca antes le habían parecido tan preciosos ni tan vulnerables.

Linty. Hijos. ¿Había tenido, Linty, hijos?

Se encendieron hogueras en la playa, para calentar a las patrullas de vigilancia. Crackle y Scatter se acurrucaron para soplar las ramitas encendidas hasta que las hojas secas de otoño se prendieron y empezaron a calentar las ramas muertas. Tosiendo y protegiendo sus rostros del humo, estiraron sus patas hacia el fuego.

No dijeron nada, porque no había gran cosa que decir. Crackle deseaba ser ella la que encontrara a la princesa. Pero, pensó mientras movía las ramas con un palo, no importaba quién encontrara a la ardilla bebé, siempre y cuando alguien la encontrara. Scatter también deseaba poder hacer algo maravilloso para la isla, pero no quería que fuera esto. No quería hacer algo valeroso para rescatar a la princesa, porque simplemente esperaba que, a la mañana siguiente, la princesa Catkin apareciera sana y salva y todo siguiera como si nada de esto hubiera ocurrido nunca.

Ella se acercó un poco más a Crackle. Esta larga y lenta noche la hacía imaginar cosas en las cuales prefería no pensar.

—Sabes—, dijo— sabes que antes hubo un príncipe, y él…

—El príncipe Tumble —la interrumpió Crackle, rápidamente—. No hables de eso.

—Pero es casi como si… —insistió Scatter.

—¡Dije que no hablaras de eso! —repitió Crackle, para que ninguna de las dos pudiera decir: "Parecería que existe una maldición sobre los herederos de Mismantle". Sin embargo, ambas se adivinaban los pensamientos.

En su hogar, en la raíz de un árbol, Damson se encontraba ocupada empacando un bolso y cantando la canción de cuna de Mistmantle suavemente. Empacaba con cuidado pan, manzanas, avellanas, un frasco de leche y un chal; las cosas que necesitaría para un viaje, las cosas que podría necesitar una ardilla que estuviera escapando con un bebé. Había mantenido a Júniper durante toda su infancia, con la ayuda de las nutrias que vivían en la cascada. ¿Qué podían saber acerca de esto los guardias del rey y los miembros del Círculo? Si alguien podía encontrar a Linty era ella, además Linty confiaría en ella. Al amanecer, iría en su búsqueda. La joven Sepia podría ayudarla. Sepia era amable y confiable pero además era joven y pequeña, y sería más hábil que ella escabulléndose por entre túneles y encaramándose a los árboles y a los acantilados.

En la Cámara de Reuniones, Sepia estaba ayudando a Thripple a ordenar. Todavía no tendría lugar la gran ceremonia para admitir a Urchin y a Needle al Círculo. Podían quitar todas las colgaduras y las guirnaldas y podían cepillar las túnicas y guardarlas. Nada de eso se necesitaría por ahora. Hope y el bebé recién nacido, Mopple, se habían quedado dormidos en un nido improvisado con viejas telas y restos de guirnaldas.

Crispín se balanceaba en una rama del árbol más alto de un bosquecillo cercano a los Tangletwigs, mirando a derecha e izquierda, tan lejos como la noche oscura se lo permitía. Había entrado en todos los huecos y recovecos de cada árbol del bosquecillo y había salido de todos ellos. Lo sensato ahora sería regresar a la torre y averiguar si había alguna noticia, aun cuando su corazón lo impulsaba a seguir buscando.

—Corazón, protégela —rezaba—. Corazón tráela de regreso a su hogar.

Él era el rey Crispín, el caballero del Cisne, pero su propia hija estaba desaparecida y él era incapaz de ayudarla. En su percha, en la copa del árbol, se sentía inmensamente solo.

—Regresar a la torre; averiguar qué está sucediendo y luego volver a salir —murmuró mientras descendía del árbol—. No te preocupes, Catkin. Te encontraremos.

No se rendiría. Investigaría, usaría todos los poderes de pensamiento y fortaleza, de conocimiento y valentía hasta que cayera exhausto, y cuando se reanimara continuaría buscando aun cuando el sol lo quemara y los Tangletwigs lo destrozaran con sus arañazos. No se detendría a imaginar a Catkin llorando por su madre y su padre en la oscuridad y preguntándose por qué no acudían. Era capaz de soportar cualquier cosa menos eso.

La noche trajo consigo una corta lluvia fina. Tres animales que se habían quedado rezagados en la búsqueda —un topo, una ardilla y un joven erizo— refunfuñaban agrupados contra la pared de la torre. Hobb el topo era un animal pequeño, pero muy fuerte y muy bien puesto. Tenía el hábito de cruzar sus brazos y mecerse hacia delante y atrás sobre sus patas traseras y una tendencia a caminar como un pato. (Decía que eso se debía a una rigidez en sus articulaciones, pero él era muy pesado para ser un topo.) Yarrow la ardilla tenía una quijada cuadrada y fuerte, hombros angulosos, un pelaje frondoso y hacía siempre un gesto con su cabeza para expresar su indignación. Su tono normal de voz sugería que su costumbre era quejarse permanentemente.

El tercer animal, Quill el erizo, era más joven que los otros dos. Era todavía suficientemente joven como para que su madre insistiera en alisarle las espinas por la mañana, de manera que él se revolcaba entre las hojas tan pronto se encontraba lejos de ella para no lucir tan embarazosamente acicalado. Pasaba tanto tiempo en compañía de Hobb y Yarrow que imitaba sus manías sin darse cuenta.

—Lo mejor será irme a casa y dormir unas pocas horas —comentó Hobb y se arropó con su abrigo para protegerse de la lluvia—. No seremos muchos los que estemos con fuerzas para recoger la cosecha después de esto. Hay muchos animales que no se encuentran bien y eso significa que el resto de nosotros tendremos más trabajo. Y como si eso no fuera ya suficiente, todos los animales atléticos y los más inteligentes estarán dedicados a buscar a la princesa.

—Confiemos en que la encontrarán esta noche —sugirió Yarrow, en un tono tan desesperanzado que más bien significaba que nunca la encontrarían. Lo que está ocurriendo es ya bastante malo, pero no debe afectar la cosecha. Porque las avellanas no se van a recoger por sí solas, eso lo sabemos—.

—Mi padre —dijo Quill—, mi padre dice que es una lástima que la reina no se haya ocupado mejor de la princesa.

—Nadie debe hablar mal de la reina… —intervino Hobb.

—Lo siento —se excusó Quill, pues sintió que Hobb lo estaba odiando.

—*Como iba diciendo* —dijo Hobb con firmeza— a nadie le gusta hablar mal de la reina, pero el hecho es que ella no es de aquí. Ese lugar de donde ella viene, es un lugar en donde la gente no sabe hacer bien las cosas. Es una ardilla bastante bonita, eso lo reconozco, pero no sabe cómo cuidar a su bebé. Si hubiéramos tenido una reina de las nuestras, una reina de Mistmantle, esto no habría sucedido.

—No hubiera ocurrido, así es exactamente —afirmó Yarrow con un suspiro y una inclinación de su cabeza—. Supongo que el rey sabía lo que hacía cuando la eligió a ella, pero…

—¿Pero lo sabía? —preguntó Hobb reclinándose contra la pared con sus brazos cruzados—. Estoy seguro de que enamorarse perdidamente está muy bien, pero aquí se trata de reyes y reinas. Claro está, él no es verdaderamente de la realeza, es tan solo un capitán.

—Él habría sabido a qué atenerse si se hubiera casado con una doncella de Mistmantle —dijo Yarrow—. Pensamos que elegiría a nuestra Thrippia, por ser tan inteligente, pero nunca pasó nada entre ellos. Y también está mi hermana, nuestra Gleaner. Muy joven para él, ya lo sé, pero habría podido esperar a que creciera. Ya es bastante madura para su edad.

—Allí viene Docken del Círculo —comentó Quill. Le dio un codazo a los otros dos y se enderezó para dirigirse al apaleado erizo que pasaba frente a ellos—. Buenas noches, maestro Docken. ¿Alguna noticia del bebé?

—Habría luces en toda la torre si estuviera de regreso, que el Corazón la proteja —comentó Docken con tono de cansancio—. Váyanse a casa a dormir bien, porque mañana se necesitarán muchas patas dispuestas a trabajar.

—No se apuren —murmuró—. Él cree que puede andar dándonos órdenes, ahora que está en el Círculo. Hobb frunció el ceño en la oscuridad. —Y yo no me pararía tan cerca de esa ventana, de ser ustedes —dijo Docken—. Están justo debajo de la ventana de la reina, y…

—No se muevan —murmuró Hobb y luego alzó la voz para dirigirse a Docken. —¿Por qué no deberíamos pararnos bajo la ventana de la reina? Tenemos tanto derecho como cualquiera.

—Nosotros estábamos en esta isla mucho antes de que ella llegara —dijo Yarrow y se sacudió indignado—. ¿Quién se cree ella que es? ¿Acaso no somos lo suficientemente buenos como para pararnos bajo su ventana?

—Mi padre dice... —inició la frase Quill, pero nunca la terminó porque justo en ese momento se abrió la ventana, y Moth y las sirvientas tiraron el agua del baño de la reina. Balbuceando y maldiciendo miraron hacia arriba, justo a tiempo para recibir otro baldado de agua.

—Quise prevenirlos —dijo Docken—. Lavanda. Van a oler delicioso.

—¡Agua de la tina! —refunfuñó Yarrow, refregándose su pelaje mojado con su abrigo también empapado—. ¿Para qué necesita baños de tina? ¿No puede lavarse la cara en el arroyo como todos los demás?—

Y todos se fueron corriendo a su casa, menos Quill que hizo un desvío y se sopeó en un charco, para no llegar a su casa perfumado con lavanda.

Parecía como si hubiera transcurrido mucho más de una noche, cuando por fin una pálida luz de amanecer se extendió en el cielo. Catkin seguía desaparecida. Los grupos de búsqueda continuaron su trabajo durante el día. La leve lluvia había cesado y los animales se preguntaban si alguna vez habían vivido un otoño tan seco, mientras trabajaban bajo el calor, recolectando juncos, pinos, nueces y bayas, empapando sus pelajes de sudor y bebiendo cantidades de agua. Los animales que buscaban a Catkin se esmeraban bajo el sol ardiente. La tierra se fue secando. Los arroyos corrían lentos.

La cosecha también se hacía más difícil porque había menos animales disponibles para recogerla. Más y más se enfermaban y quedaban impedidos para abandonar sus madrigueras. Se enviaban a buscar sanadores. Urchin, mientras buscaba en árboles huecos a Catkin y Linty, recordaba las estrellas fugaces pero no deseaba preguntarse muy seriamente cuál sería su significado en esta ocasión.

Júniper le abrió los ojos con palabras proféticas que para él eran claras y verdaderas. Cuando pensó en lo que significaban, se cubrió el rostro con sus patas, aterrado.

El hermano Fir se reunió con ardillas y erizos que querían discutir el pasado con interés, y con otros que preferían no hacerlo. Muchos estaban más preocupados por las enfermedades de sus vecinos y por tratar de encontrar ayuda en los animales de la torre. Pero mientras Fir escuchaba pacientemente, hablaba y escuchaba de nuevo, empezaron a conversar sobre la época terrible en la cual lord Husk controlaba la isla y muchos animales que nacían muy débiles o con deformaciones eran sacrificados. Algunos apenas soportaban hablar sobre eso, y otros, cuando habían empezado a hablar de ello, eran incapaces de detenerse.

Viejos amigos de Linty contaron que ella se había aislado durante años. Ella no hablaba nunca del pasado. Pobre Linty, no lograba sobreponerse ni hablar sobre lo que le había ocurrido a ella.

Capítulo 5

Cubrir la puerta, cubrir la puerta. Linty rechinaba los dientes con esfuerzo, mientras levantaba una vieja raíz de un árbol para colocarla en su lugar y esconder la entrada que se hallaba sobre su cabeza. Usando la cobija como cabestrillo había acomodado allí al bebé para protegerlo de las espinas mientras atravesaba los Tangletwigs. Había atravesado arroyos profundos manteniendo a la niña en lo alto y se había untado de ajo blanco silvestre para que su rastro se perdiera. Nadie podría rastrear su olor. Ningún topo por más dedicado que fuera, podría encontrarlas.

La torre no era un lugar para un bebé. Desde hacía mucho tiempo, con mucho trabajo e ingenio, había construido este escondite, y otro, más cerca de la costa, equipados con todo lo necesario para mantener a un bebé escondido. Estaban tan ingeniosamente disimulados bajo tierra, con entradas tan protegidas y con rastros olorosos tan confusos que era imposible descubrirlos. Ella misma habría olvidado su ubicación de no haber regresado todas las primaveras y los otoños a limpiarlos y a proveerlos de comida fresca, aun cuando nunca había vuelto a tener un hijo. No sabía en qué momento podría necesitarlos.

Había dos salidas de este profundo refugio. Una conducía a la maleza y la otra, a una cueva cerca de la costa, ambas a través de túneles ocultos. Ella podía escabullirse para ir a buscar provisiones de ser necesario, aun cuando era un poco riesgoso. Había dejado unas canales por las cuales el agua podía correr de manera que no era necesario salir a conseguir agua fresca. Para el caso de que no lloviera, también había traído agua del manantial. Había pensado en todo.

No podía recordar claramente lo que había ocurrido en la torre. Había sido confuso y aterrador. Ella estaba cuidando a este bebé. A *Catkin*. Ese era el nombre del bebé. Estaba arrullándolo en su canto, sí, eso podía recordarlo. El tibio y perfumado bebé se había arrunchado contra ella y chupaba la esquina de la cobija —y un terror indescriptible se había apoderado de su corazón, sacudiéndola desde la punta de sus orejas hasta sus patas. Esa ola de horror la había dejado tan enferma y temblorosa de miedo que pensó que se desmayaría.

¡Torre! ¡Una ardilla bebé en la torre! ¡Rápido, sáquela de allá!

Ella mantendría a este bebé a salvo. Ningún animal de Mistmantle se lo arrebataría.

Muy despierta y con los ojos brillantes, Catkin estaba sentada mirándola.

—Estarás a salvo conmigo —dijo y sonrió con amor mientras Catkin estiraba sus patas delanteras hacia ella—. Estarás a salvo con Linty, pequeña…

¿Cuál era el nombre del bebé? ¿Daisy? No, el de este bebé era Catkin. Si cualquier capitán, alguna vez, se acercaba a este bebé, ella lo destrozaría con sus propias garras y con sus dientes.

En el Salón del Trono, habían abierto las ventanas para refrescarlo del calor del verano. Muchos de los animales del Círculo estaban buscando a Catkin, recogiendo la cosecha o cuidando a los enfermos, pero el mayor número posible había sido convocado, incluyendo a Arran, Urchin, Needle y Júniper, y estaba allí, para escuchar al hermano Fir. Hoy no había brillo en sus ojos.

—He debido recordarlo —dijo Fir, con tristeza— pero fueron tantos los bebés que murieron cuando el capitán Husk estaba en el poder. Linty tenía una hija, que había nacido pequeña y era prematura. Habría podido sobrevivir. Pero el capitán Husk se apresuró a enviar por el bebé y a matarlo él mismo. No se pudo hacer nada para salvarlo. Después, cuando Linty tuvo un bebé macho que también era prematuro y muy pequeño, tratamos de salvarlo.

—Fueron tantos —dijo Arran, frunciendo el ceño mientras intentaba recordar—. Pero recuerdo que corrí a recoger al bebé para llevarlo a la guardería secreta, pero era demasiado tarde cuando llegué. Nunca me perdoné por no haber llegado a tiempo.

—Piensa en todos los bebés que salvaste, Arran —dijo Fir—. Linty nunca ha sido la misma desde entonces, por supuesto que no lo ha sido, ¿cómo habría podido serlo? Pero ninguno de nosotros comprendió cuán herida y afectada estaba ella. Temo que su mente se ha quebrado. La noche de la ceremonia del bautizo, se halló en la torre con una ardilla bebé.

—Pero sus bebés fueron llevados a la torre para ser… —gritó Cedar.

—Exactamente —dijo Fir—. En lo único en que Linty podía pensar era en que tenía que sacar al bebé de la torre.

Cedar se cubrió el rostro con sus patas.

—Debo decirle la verdad, Su Majestad —dijo Fir—. Catkin está en manos de una ardilla que desea cuidarla y protegerla, pero cuya mente es frágil.

La voz de Crispín súbitamente sonó mucho más vieja que nunca antes.

—¿Qué haremos? —preguntó.

—Seguimos adelante —dijo Fir firmemente—. Seguimos buscando. Alentamos a los jóvenes para que colaboren en la búsqueda, porque Linty no les tendrá miedo a los jóvenes. Ella se asustará mucho con los capitanes. Rezaremos, buscaremos, nos mantendremos vigilantes y seguiremos firmes.

Todo el día siguiente, y también el siguiente, continuó la búsqueda, en las colinas, en las cuevas y en los bosques. Los ojos de la reina se pusieron rojos por la falta de sueño. Casi no comía, y su rostro se adelgazó. Cuando por fin se dormía, de pronto gritaba y se despertaba repentinamente, convencida de que había escuchado llorar a Catkin.

Excepción hecha de unas pocas lluvias, el calor continuó y era un calor pesado y asfixiante, como si le hubieran succionado todo el aire. Todos los árboles huecos fueron inspeccionados. Las vías de agua eran vigiladas. Siguiendo las órdenes de la reina Cedar, se enviaba a las hembras dos o tres veces al día, a pararse en los túneles y en las cuevas, en los bosques y al lado de los arroyos, a hablarle a Linty para el caso de que se hallara cerca y llegara a escucharlas.

—Háblenle suavemente —les dijo, aun cuando sus patas estaban enroscadas y aferradas a la cobija amarilla y blanca de Catkin—. Denle las gracias por cuidar a mi bebé. Díganle que no hay bebés… —se detuvo repentinamente y escuchó—. ¿Oyeron eso?

—No pasa nada, Su Majestad —dijo Thripple, el erizo hembra—. Son solo los sonidos de los pequeños que están jugando afuera. Es solo que usted...

—Sí, ya lo sé —dijo la reina—. Díganle a Linty que no hay ningún peligro si la trae de regreso. Díganle que el bebé me necesita.

Silenciosas y solidarias, se fueron a distintos lugares a buscarla. Thripple, jorobada y tambaleante, tomó las patas de la reina entre las suyas, suavemente.

—Mi pequeño hijo fue llevado para ser sacrificado —dijo— su marido y el capitán Padra lo salvaron y lo llevaron a la guardería secreta. Pero a mí me hacía tanta falta, que lo oía llorar incluso cuando no estaba presente, lo mismo que le pasó a usted, Su Majestad, justo ahora. ¿También la escucha cuando duerme?

—Oh, sí —replicó la reina, y parecía que iba a decir algo más pero solo apretó las patas de Thripple y añadió—: Thripple, te ruego que me llames por mi nombre. Llámame Cedar.

Ella necesitaba amigas que la llamaran por su nombre. Pero ni siquiera a Thripple se atrevía a contarle lo que veía en sus pesadillas.

Damson subía y bajaba por las colinas. Needle intentó buscar en un lugar en donde en una ocasión había sido atrapada por uno de los topos del capitán Husk. El antiguo Palacio de los Topos, un vestíbulo amplio y con arcos, seco y enterrado bajo raíces de árboles, fue investigado por Padra y Urchin. Las antiguas vías que conducían a él habían sido bloqueadas y se habían construido nuevas, y pocos animales sabían cómo encontrarlo, pero Padra y Urchin habían aprendido sus secretos. Lo encontraron vacío.

Días asfixiantes y calientes, fueron pasando uno tras otro. Los recolectores, sudando y adoloridos por el esfuerzo, bebían abundantes sorbos de agua de los arroyos y se refrescaban con baldados de agua. Hobb, Yarrow y Quill estaban cargando carretillas con suculentas moras.

—No es natural, este tiempo —refunfuñó Hobb antes de sumergir su cabeza en un balde. Resurgió, liso, mojado y con un aspecto más pulido que nunca.

—Puede que no —dijo Russet del Círculo, que estaba allí cerca— pero nos ha traído una buena cosecha. (Russet y su hermano, Heath, eran muy similares, pero Russet era un poco más alto y le faltaba la punta de su oreja izquierda.)

—Bayas maduras —dijo Hobb—. No voto por las bayas maduras. Su jugo cae en todas partes. Excepto —y le susurró al oído a Quill— en las patas de la reina. Apuesto a que ella no se unta sus preciosas patas de jugo de bayas.

—Yo diría que sí —dijo Quill, aun cuando no le gustaba discutir con Hobb, quien parecía saberlo todo—. Ella es una sanadora, por lo tanto debe usar toda clase de plantas y de cosas. Dicen que desde que hay tantas enfermedades, se ha dedicado a preparar medicamentos ella misma.

—Entonces puede venir y sanar mis rodillas —gruñó Hobb—. Prácticamente no puedo caminar algunas mañanas y menos cargar estas bayas maduras por todas partes.

Yarrow refunfuñó y murmuró algo acerca de que los medicamentos extranjeros de la reina podían hacer más mal que bien y que una ardilla buena y modesta de Mistmantle como su Thrippia no tendría reparos en untarse sus patas de jugo de bayas. Quill iba a decir que a la reina tampoco le importaba, pero luego recordó que Yarrow era mayor que él y decidió no decir nada más.

—Espero que el rey se acuerde de darnos un banquete cuando la cosecha esté toda recolectada —dijo Yarrow entre gruñidos—. Siempre hemos tenido un banquete al final de la cosecha. Sin embargo, me parece justo que debamos esperar hasta que encuentren a la princesa.

—Dos banquetes, entonces —dijo Hobb. Y cruzó sus brazos, mientras se enfrentaba con los ojos entreabiertos al sol deslumbrador—. Debemos tener dos banquetes, uno por la cosecha y otro cuando encuentren a la pequeña. Pero les advierto que en este momento, lo que menos quisiera es un banquete. No deberíamos tener que trabajar con este calor, me está haciendo doler la cabeza.

Y se arrastró de regreso hacia los baldes de agua. Yarrow, al ver que su hermano se acercaba, empujó una carretilla de bayas hacia él y movió su cabeza de una forma que tenía algún propósito. Cerca de allí, un grupo de animales jóvenes, que había estado divirtiéndose mucho y haciendo huellas con sus patas untadas de jugo de moras en una roca, comenzó a jugar a "encontrar al heredero de Mistmantle", pero antes de que tuvieran la oportunidad de correr y esconderse, sus padres y abuelos aparecieron de la nada.

—No está bien jugar a eso, no ahora —dijo la madre de un erizo.

—Y ya tenemos suficiente con una pequeña desaparecida —comentó su amiga—. Si el propio bebé del rey puede desaparecer, uno se pregunta qué puede ocurrir con los demás.

—Ciertamente uno se pregunta —dijo Yarrow, con aire de sabiduría— si nos están contando todo al respecto de este bebé. Estoy seguro de que hay muchos en la torre que saben más de lo que han dicho.

Otros animales se detuvieron o caminaron más despacio para escuchar. Los adultos se aferraban a las patas de sus hijos pequeños. Quill se apresuró a unírseles.

—¿Por qué? —preguntó el hermano de Yarrow—. ¿Tú que piensas?

—Yo creo que alguien instó a Linty a hacerlo —dijo Yarrow—. Ella no habría podido hacerlo por sí sola. Alguien la está ayudando.

—¡Oh, qué idea tan absurda! —dijo un topo—. ¿A quién se le ocurriría hacer una cosa así?

Yarrow no había pensado en eso y no era fácil contestar. Enfrentado a un manojo de animales inquisitivos que esperaban su respuesta, intentó pensar en un villano que pudiera ser el responsable y, súbitamente, se inspiró.

—Todos conocemos al capitán Husk, ¿No es así? —preguntó misteriosamente.

—¡Pero él está muerto! —exclamó alguien.

—Nos han dicho que está muerto —replicó Yarrow—, pero ¿Quién lo vio morir? No muchos, y además solo dijeron que lo habían visto caer. Nunca encontraron el cadáver, ¿O sí?

Hobb surgió de un balde y cruzó sus brazos.

—Eso es exactamente lo que yo había estado pensando —dijo—. Es el capitán Husk. Él está de regreso y no se han atrevido a contarnos.

Gleaner corrió hacia la torre. Uno siempre podía encontrar un trozo de muselina si sabía en dónde buscar. En las cocinas la usaban para envolver comida y para colar las confituras, y los animales con espinas las usaban para proteger sus tapicerías por terminar. Tomó un trozo de muselina blanca, lo dobló cuidadosamente, lo llenó con trocitos de hierbas que según se creía alejaban la enfermedad, lo anudó y se fue de prisa hacia los Tangletwigs.

En un claro, bien adentrado en los Tangletwigs, había un montecillo de piedras decorado con un brazalete pulido y unas pocas flores silvestres que ya estaban marchitas. Gleaner, acalorada e incómoda, aruñada por espinas e irritada por el jején, trotó sobre sus adoloridas patas hacia el montecillo de piedras y presionó su rostro contra las piedras frías.

Dijeran lo que dijeran de lady Aspen, ella no se lo creía. "Ella era mi dama. Ella nunca habría muerto, no mi adorada *lady* Aspen". Recolectó las flores marchitas y las tiró entre los arbustos.

—Las flores no duran con este tiempo, mi dama —dijo—. Hace demasiado calor. Te he traído un poco de muselina para protegerte del sol. Hay una enfermedad muy grave, por eso te traje las hierbas adecuadas para alejarla, porque no quiero que llegue ni cerca a ti.

Gleaner sabía que lady Aspen, en su tumba, no podía sufrir de ninguna enfermedad, pero no soportaba la idea de que le ocurriera nada malo. Entonces, extendió la muselina y esparció las hierbas. "Esto es para mi *lady* Aspen. Todavía puedo hacer algo para cuidar a mi dama".

Urchin y Júniper regresaron a la torre después de un largo y caluroso día de búsqueda infructuosa. No tenían alientos para encaramarse por las paredes, por eso hicieron una seña a los guardias y subieron las escaleras en dirección al Salón del Trono.

—No puedo impedirme imaginar lo peor que pudiera ocurrir —murmuró Júniper.

—Te ruego que ni siquiera se te ocurra pensar en eso en presencia de la reina —dijo Urchin—. Júniper, ¿estás bien?

—Sí, solo estoy cansado, al igual que todos —dijo Júniper, porque no podía contarle a Urchin lo que le preocupaba. Las palabras de profecía que había recibido lo tenían molesto y no lo dejaban en paz. No podía entenderlas pero tenía miedo de lo que podrían significar. Con la única persona con la cual podría discutirlas era con el hermano Fir, pero Fir ya estaba exhausto.

—Vete a dormir, Júniper —dijo Urchin—. Yo le haré el informe al rey en nombre de los dos.

En la mañana, Urchin no se sintió descansado. Él, Needle y Júniper escalaron una colina y en la cima hurgaron, rasparon, cavaron, olisquearon y escucharon hasta que sus oídos y narices quedaron tan confundidos que ya no distinguían nada con claridad y decidieron tomarse un descanso. Urchin tenía tierra en sus ojos y en sus orejas, y su garganta estaba reseca.

—¿Estamos lejos del arroyo? —preguntó roncamente.

—¿Cómo? —inquirió Júniper y cuando Urchin se lo repitió dio un salto para coger su talega—. Traje frascos con agua de Spring Gate —dijo—. ¿Ves la fila de árboles en el horizonte?

Urchin se dio vuelta para observar.

—¿Crees que debemos buscar allí después?

—Deberíamos, si nadie lo ha hecho —dijo Needle. Había recolectado una manotada de tijeretas y aprovechó para comerse una.

—La cuestión con esos árboles —comentó Júniper— es que más allá de ellos hay un precipicio que da a Tangle Bay. Damson me encontró cerca de allí.

Urchin se volvió hacia él con súbito interés. Júniper había estado muy distraído el día entero y era un alivio escucharlo hablar de Damson.

—¿Te ha contado algo más Damson? —preguntó.

—No —dijo Júniper alzando los hombros como para indicar que no era algo importante—. Ella puede no saber mucho sobre quién soy yo, pero sabe más de lo que me ha dicho.

Needle dio un salto.

—¡Es ella! —gritó. Urchin y Júniper dieron un brinco dejando caer las moronas y atragantados con sendos trozos de manzanas.

—Lo siento —dijo Needle—no quise decir Linty, me refería a Damson. Hizo señas con sus patas.

—¡Damson! ¡Estamos aquí!

Damson subía penosamente la ladera.

—Me estoy volviendo demasiado vieja para estas andanzas —se quejó. Depositó su cesto, se sentó al lado de Needle y se refregó sus patas traseras—. Pero estoy segura de que Linty tiene un lugar cavado muy profundo, por entre las raíces de los árboles y bien protegido y disimulado. Yo tuve lugares así en donde te escondía, Júniper, antes de encontrar nuestro hogar tras la cascada. Perdóname que te pregunte, Needle, dime dónde encontraste esas tijeretas.

—Justo aquí —repuso Needle, limpiando un sitio con sus garras alrededor de las raíces del brezo. Iba a añadir "hay para todos", cuando recordó que, por supuesto, las ardillas no comían tijeretas. No sabían de lo que se perdían.

—Así está bien —dijo Damson y acercó su rostro al brezo. Júniper y Urchin intercambiaron miradas inquisitivas.

—Señora Linty —llamó Damson, suavemente— no se alarme, soy solo yo, Damson. ¿Todavía está cuidando a Catkin?

Júniper, Urchin y Needle se miraron entre sí y luego miraron a Damson. ¿Habría encontrado realmente a Linty, o debían preocuparse por ella?

—Estoy segura de que la está cuidando muy bien —continuó Damson— y el rey Crispín está muy agradecido, pero tanto él como la reina la extrañan mucho y quieren tenerla de nuevo a su lado. Ya es hora de que vuelva a descansar en su cuna. El hermano Fir dijo que pensaba que usted podía tenerle miedo a lord Husk. Pues, Husk está muerto, señora Linty. El rey Crispín y la reina Cedar son animales buenos y no sacrifican a los bebés. Por eso querida, debe llevar a la pequeña Catkin de regreso a la torre. Ellos estarán felices de verlas a las dos— se levantó lentamente y sacudió la tierra de su pelaje.

—¿La ha encontrado? —inquirió Needle—. ¿Está realmente allá abajo?

—No tengo la menor idea —dijo Damson—. Puedo ser simplemente una vieja ardilla loca que le habla al suelo. Pero en donde hay una cantidad de diminutos animales arrastrándose, como por ejemplo tijeretas, y hay rastros de insectos que se mueven bajo tierra, también el sonido puede pasar. Cuando yo me estaba escondiendo, alcanzaba a escuchar gran parte de lo que se hablaba en la superficie. Es posible que Linty pueda escuchar las voces. No haría ningún daño que todos le hablaran, especialmente tú, Needle. Podría estar más dispuesta a confiar en una niña— luego miró hacia arriba, hacia las colinas más altas—. Si ya llegué hasta aquí, más me vale seguir subiendo.

—Nosotros recorreremos lo que falta —dijo Júniper, pero usted está exhausta, por lo tanto, primero la llevaré a su casa.

—No lo harás —dijo Damson—. ¡Seguirás buscando a la princesa tal y como te lo ordenó el rey Crispín! Haz lo que te ordenaron. Yo descenderé la colina y ustedes la subirán.

Júniper y Urchin escalaron a grandes saltos la colina. A su alrededor, las madres llevaban a los niños de regreso a sus nidos y madrigueras, asiéndolos firmemente de sus patas y echando miradas recelosas sobre sus hombros. Needle los seguía más despacio. Ella haría cualquier cosa para rescatar a Catkin. Enfrentaría el agua y el fuego, se pondría en peligro y arriesgaría su vida. Pero no se había imaginado estirada sobre un brezo, susurrándole palabras amables a las raíces de los árboles. Enfrentar el peligro era una cosa, pero hacer cosas ridículas, realmente…

... Vio un grupo de cochinillas, se recostó y empezó a hablar. Haría cualquier cosa por Catkin, hasta esto. Debía contárselo a la reina, por si acaso ella quisiera intentarlo también.

Atardeció. Los animales seguían trabajando, buscando a Catkin y recolectando la cosecha aun cuando les dolía la cabeza y sus miembros estaban adoloridos por el esfuerzo y pesados por el cansancio. Solo las nutrias, ahumando y salando pescado y secando algas, parecían ser capaces de seguir el ritmo del trabajo diario. Incluso las ardillas caminaban pesadamente en vez de correr.

—Pero la cosecha ya casi está recolectada —le comentó Padra al capitán Lugg cuando se encontraron en la playa—. Todo estará protegido cuando cambie el tiempo.

—Ya es hora de que lo haga —dijo Lugg—. Necesitamos lluvia. Los arroyos se están secando. El agua estancada no es buena. No hay por qué sorprenderse de que los animales se estén enfermando. ¿Cómo están Crispín y la reina?

—Se mantienen muy ocupados —dijo Padra—. Buscando, organizando y haciendo todo lo que sea necesario. Es lo único que les hace soportable la vida. No sé cómo pueden soportar el dolor.

Cerca de allí, dos topos corrían hacia su casa, con sus cabezas gachas y muy juntas, para poder conversar. Cuando sus niños se adelantaban, inmediatamente les exigían regresar.

—¿Qué está ocurriendo? —preguntó Padra—. Súbitamente, todo el mundo se ha dedicado a murmurar. Y los niños, desde que Catkin desapareció, los animales cuidan más a sus hijos, pero ahora pareciera que no quieren ni siquiera que salgan a jugar.

—Algo sucede —asintió Lugg—. Lo mejor será hacer algunas preguntas. Missus podría saber. Y ese grupo de Anemone Wood lo escucha todo. Veré qué puedo averiguar.

Bajo tierra, Linty se mecía. Había escuchado pasos sobre su cabeza, que iban y venían, que buscaban y buscaban y no la dejaban en paz. Pero luego había escuchado una voz amable, que decía su nombre "Señora Linty ellos están muy agradecidos, ellos la quieren de regreso, él se murió".

Linty recordaba esa voz. Era la de Damson. Ella admiraba y envidiaba a Damson, pues había logrado mantener a salvo a un niño pequeño en las épocas malas. Si Damson decía que no había problema en llevar a este bebé al rey Crispín, así debía ser. El buen rey Crispín. Ella recordaba a Crispín. Era una ardilla joven y amable.

Un pensamiento terrible pasó por su mente. Qué tal si esa no fuera realmente Damson. Qué tal si… se sintió acalorada y enferma de miedo cuando pensó en eso. Qué tal si fuera un animal perverso que le estuviera poniendo una trampa, al imitar la voz de Damson. O si Damson estuviera equivocada, o no fuera confiable. En estos días extraños ¿En quién se podía confiar? Si ella caía en una trampa, matarían a Catkin y ella sería la culpable.

Se abrazó a sí misma y siguió meciéndose. ¿Qué era lo mejor que se podía hacer por el bebé?

"Quedarse aquí, cavar más profundo, irse a otro refugio y esperar que no las encontraran, o llevar al bebé de regreso. Simplemente devolvérselo a su madre".

No podía esconderse eternamente. Podía confiar en Damson. Devolvería el bebé al rey Crispín y a la reina, tal vez mañana. Mañana, iría a la torre. ¿O mejor no?

Un gangueo y un chillido que venía de la cuna la hizo dar un salto para ver al bebé, pero Catkin solo se estaba rebullendo en sus sueños y lucía más adorable que nunca. Su pata, envuelta en la cobija de color crema, estaba en su boca.

Súbita y amargamente, Linty recordó sus propios pesares. La reina debía estar destrozada por el dolor causado por la ausencia de su bebé, y Linty sabía cuán terrible era eso. Ninguna madre debía sufrir así. Iría ahora, antes de que cambiara de opinión.

Rápida y metódicamente empacó la comida, la ropa y los juguetes. Alzó a Catkin, la envolvió cálidamente, incluso con los pétalos de rosa a su alrededor. Cuando escuchó pisadas, se detuvo e inclinó su cabeza, escuchó, pero se trataba tan solo de topos que andaban por un túnel cercano. Alcanzó a escuchar unas cuantas palabras.

—¿Sabes de qué estaban hablando hoy, los que recolectan bayas? —decía un topo.

—Alguien ha dicho que Husk está de regreso nuevamente. Nadie lo vio nunca muerto.

Linty empezó a temblar sin poderse controlar. Se dijo a sí misma que no debía ser tonta. ¿Cómo podía estar Husk de regreso? Ese no era más que un chismoso formando problemas. Husk estaba muerto. Tenían al buen rey Crispín. Damson lo había dicho.

Recostó nuevamente a Catkin en la cuna y añoró aquellos días en que la vida le parecía más sencilla, cuando era joven y llena de vida, cuando su futuro estaba por delante y tenía a su primer hijo en sus brazos. Tristemente, meció a Catkin, abrazándola muy fuerte y llorando calladamente, con su cabeza vuelta, para no despertarla.

Capítulo 6

Urchin corrió escaleras arriba hasta el torreón de Fir y golpeó a la puerta. La voz de Fir le pareció calmada, pero cansada y más pausada que de costumbre

—El llamado de Urchin —dijo—. Entra, Urchin.

Urchin ingresó a la sencilla recámara circular en la cual las cortinas se mecían suavemente sobre las ventanas abiertas. Fir y Júniper estaban en las ventanas, dándole la espalda, pero Fir se dio vuelta con un tarro para rociar en sus patas.

—Mi pequeño jardín necesita agua, en estos días calurosos —dijo—. Tenemos que cuidar las jardineras de las ventanas. Ahora se necesitan mucho las hierbas. ¿Ya es hora de ir al Salón del Trono, Urchin?

Al ver a Júniper, Urchin tuvo que morderse los labios para evitar que su sorpresa se notara. Su rostro estaba flaco, su pelaje erizado y sombrío, y el dolor que se reflejaba en sus ojos era lo peor de todo. Lucía como una criatura atrapada, desesperada porque alguien llegara a rescatarla. Mientras el hermano Fir limpiaba sus patas en su túnica, Urchin llegó de un salto al lado de Júniper.

—Sea lo que sea, Júniper, por favor cuéntamelo —susurró—. O cuéntaselo al hermano Fir, ¡pero cuéntaselo a alguien!

Júniper, ofreciéndole su brazo al hermano Fir para bajar las escaleras, no hizo ninguna seña de que hubiera escuchado, pero Urchin estaba seguro de que sí había escuchado. Estaba seguro de que el hermano Fir también.

No caía la luz del sol sobre los tronos de Crispín y de Cedar. El rey y la reina estaban sentados tan rígidos como ramas de abedul. Sus rostros lucían vacíos y en estado de permanente alerta. Al observarlos, Urchin comprendió que comer y dormir eran cosas que ya no les importaban. La reina apretaba la cobija que había quedado de Catkin, entre sus patas.

El capitán Lugg se encontraba de pie a su lado, con sus patas firmemente plantadas en el piso, su garra en el cinto de su espada y el ceño fruncido. Padra y Arran estaban silenciosos y solemnes. Docken el erizo también estaba allí además de Sepia, quien no entendía por qué la habían citado. Tay la nutria llegó y dio una mirada desdeñosa a los jóvenes animales. Ella claramente sentía que no debían estar allí, pero sabía que era mejor no discutir con Crispín.

Una silla estaba dispuesta para el hermano Fir. Júniper y Whittle tomaron sus lugares a cada lado de él, mientras Urchin le hacía una venia al rey y miraba a Padra en busca de alguna guía.

—No hay noticias de Catkin —dijo Padra—. La búsqueda continúa.

—En primer lugar —dijo Crispín— Sepia. La reina y yo quisiéramos que cantaras para Linty y el bebé.

—¿Perdón? —preguntó Sepia desconcertada.

—La música puede ser sanadora —explicó la reina—. Si Linty te escucha a ti y a los coros cantar, eso podría ayudarla a calmarse y a pensar claramente. El canto la podría llevar al estado mental en que encuentre de nuevo la razón; y podría traer de regreso a Catkin.

—Por supuesto que cantaré, Su Majestad —dijo Sepia—. Les agradezco que me lo hayan pedido.

—Ahora escucharemos el informe del capitán Lugg —dijo Crispín.

—Sus Majestades y amigos míos —comenzó a decir Lugg, con una reverencia algo tiesa ante los tronos—, unos animales bastante estúpidos a quienes les gusta ejercitar sus bocas sin tomarse el trabajo de usar sus cerebros primero, están diciendo unas cosas bastante ridículas. Son un grupo de instigadores de problemas, Sus Majestades.

—¿Y qué andan diciendo? —preguntó el hermano Fir amablemente.

—Se han metido en la cabeza —dijo Lugg— que Linty no se llevó al bebé sólo porque estaba loca de dolor. Ellos suponen que ella no habría podido mantener a la niña escondida sin ayuda de alguien, y que debe haber alguien que la está respaldando. Y dicen... — y con una mirada a la reina que expresaba lo incómodo que se sentía al tener que decir lo que iba a decir, y Urchin comprendió lo difícil que le resultaba hacerlo. — ... dicen que... —enderezó sus hombros, colocó una pata sobre la empuñadura de su espada y respiró muy profundamente— ... que Husk ha vuelto. Humm.

Urchin sintió que su pelaje se erizaba. Needle carraspeó —no pudo evitarlo— y luego miró al piso como para decir que ella no había hecho ningún ruido. Sepia se mordió el labio.

—Eso no puede ser, claro está —dijo Lugg— pero hay animales que lo están diciendo.

—¡Eso es ridículo! —exclamó Urchin—. Incluso si Husk estuviera vivo, Linty no trabajaría jamás con él. ¡Ella preferiría matarlo!

—Exactamente lo mismo dije yo —replicó Lugg—, pero dicen que ella está tan atemorizada por él que haría cualquier cosa que él le pidiera, o que él la mató y escondió el cadáver y se llevó al bebé, y, por lo menos en lo que a mí concierne, igual podrían estar diciendo que los topos tienen alas y vuelan o que la lluvia se está convirtiendo en cerveza al caer. Este clima les está afectando la cabeza. Pero con o sin Linty, se les ha metido que Husk está de regreso y esa idea se les ha quedado atascada en la cabeza al igual que se atasca una nutria que se mete al hueco de un topo, y les pido disculpas a los capitanes por esta comparación—. Tay alzó sus cejas alarmada—. Y a usted, señora Tay.

—Pero sabemos que Husk está muerto —dijo Padra—. Algunos de nosotros estábamos presentes cuando él se cayó. ¿Creen acaso que han visto o escuchado algo?

—Pues, algunos dicen que se trata de su fantasma —dijo Lugg—. pero a mí no se me ocurre cómo un fantasma puede manejar a un bebé que está vivo. Hay, eso ya lo saben, quienes creen haberlo visto pero…

La pata de Needle voló a su boca.

—Yo no me preocuparía, señorita —dijo Lugg—. Era un par de erizos con las mentes reblandecidas, ayer en la noche. Dicen que vieron una ardilla al borde del precipicio. Que lo vieron en el horizonte. Y juran que era Husk, pero me atrevo a decir que ellos jurarían cualquier cosa.

—¿Y no se acercaron para verlo mejor? —preguntó Needle.

—Estaban demasiado asustados, señorita —dijo Lugg—, y demasiado borrachos. Me sorprende que no hayan visto sino uno. No tenían los sentidos ni la valentía para comprobar lo que vieron tal como lo habría hecho usted. Salieron corriendo y le contaron a todo el que quiso prestarles oído.

—Entonces, ahora —dijo Padra—. La isla está abrumada de rumores sobre el regreso de Husk que ha vuelto para tomar venganza. Rumores como esos son muy peligrosos. Hacen que los animales teman que los antiguos horrores están retornando. Todos estarán ahora mirando sobre sus hombros. Tendrán miedo de ir a cualquier lugar, de hacer cualquier cosa o de confiar en alguien y por eso es importante acabar de una vez por todas con esos rumores. Principalmente, tendremos que hacerlo aquellos que fuimos testigos de la … —tuvo un momento de hesitación— caída de Husk.

—De su caída, sí —dijo Crispín firmemente—. Ese es el punto. Ibas a decir "su muerte". Enfrentémoslo. Ninguno de nosotros lo vio realmente morir, tan solo lo vimos caer y lo escuchamos. ¿Alguien duda que esté muerto?

—Yo no tengo la menor duda —dijo Fir.

—Está muerto —dijo Padra.

—Muy bien —dijo Crispín— porque debemos estar completamente seguros de lo que vimos y escuchamos ese día. Los animales que escuchen estos rumores vendrán a preguntarnos sobre eso, para saber si realmente está muerto. Examinen sus recuerdos. Asegúrense de aferrarse a la verdad. Si tienen dudas, díganlo ahora.

Urchin se imaginó de regreso en el oscuro túnel que conduce a los calabozos, con Hope aferrado a su pata mientras comía bayas. Husk se había devuelto aterrorizado, con sus patas temblorosas, se había vuelto a meter en el calabozo, y luego se había escuchado un largo grito que se fue haciendo más y más débil, una risa loca muy lejana, y luego nada más.

—Debe estar muerto —dijo Urchin.

—Excúsenme —dijo Needle— no me gusta tener que decir esto,

pero cuando el hermano Fir nos contó por primera vez acerca del pozo, nos dijo que cientos de años atrás, cuando tiraban a los animales allí, algunos sobrevivían y cavaban túneles para salvarse. Así fue como los topos terminaron construyendo su palacio. Por lo tanto es posible que un animal sobreviva a esa caída —ella dirigió su mirada hacia abajo—. Lo siento.

Urchin puso una pata sobre su hombro y Needle lo miró con gratitud. Urchin quería que ella estuviera equivocada pero sabía que estaba en lo cierto. Husk habría podido sobrevivir a la caída.

—Tienes toda la razón en recordarnos eso, Needle —dijo Crispín—. Gracias.

—Pero una ardilla es más pesada que un topo y cae más duro —dijo Padra—. Y no sabemos cómo es el suelo allá en el fondo. Podría haberse secado y endurecido desde entonces.

—Pues bien, señor —dijo Lugg—, voy a pedirle a los topos que despejen cuantos más túneles sea posible como parte de la búsqueda de Catkin. Si, mientras lo hacen, encontramos el cadáver de Husk, estaré encantado de hacérselo saber. Si encuentro una puerta con un hueco con la forma de una ardilla, su Majestad, será un placer ir tras él y darle su merecido, pero creo que eso es muy improbable. Me encantaría encontrar yo mismo el cadáver y saber que está más muerto que nuez picada. Y entonces esos instigadores de problemas tendrán que encontrar alguna otra cosa de qué hablar.

—Lo harán —dijo Arran.

—Sin embargo —dijo Crispín— enfrentémoslo. Es posible, solo posible, que Husk esté vivo. Muy improbable, pero posible. Pero esta vez no se ha tomado la isla y tampoco se lo permitiremos. hermano Fir ¿tenías algo que decir?

Todos se volvieron a mirar al sacerdote. Se veía tan viejo y cansado que Urchin sintió dolor por él.

¡Oh! —exclamó el hermano Fir, como si estuviera hablando consigo mismo—. ¡Oh! Sí. Hm. Algunas veces me cuesta trabajo entender por qué el Corazón permite que sucedan las cosas que suceden — se enderezó para dirigirse a todos. Urchin observó la profundidad y el amor en el fondo de sus ojos oscuros que mantenían la atención de todos los presentes. Lo vio más claro que nunca y lo sintió en su propio corazón.

—Un cierto número de animales no han estado bien, últimamente —dijo el hermano Fir—. Al comienzo, no parecía que fuera algo que no pudiera achacarse al clima caliente o a una infección menor, la clase de cosa que rápidamente desaparece. Anoche, temí que fuera algo más grave, y esta misma mañana me llamaron por un asunto urgente. Cada vez más animales se están enfermando, serios dolores de cabeza, altas fiebres, vómitos, dolores corporales y articulaciones inflamadas, algunos están sufriendo convulsiones. Algunas veces tienen una erupción amarilla rojiza en las patas.

—Todos los síntomas de la sequía pestilente —comentó Crispín.

—¡Sequía pestilente! —exclamó Júniper y sus ojos se agrandaron.

—Eso temo —dijo Fir—. Parece que las nutrias no se han contagiado, solo los animales de la tierra.

—Júniper —dijo la reina Cedar— ¿Estás enfermo?

—No, Su Majestad —repuso Júniper rápidamente—. Solo, solo alarmado. Yo he aprendido sobre la sequía pestilente.

—¿Se ha expandido por toda la isla, la sequía pestilente hermano Fir? —preguntó Padra. Tenía una mirada agudamente enfocada.

Urchin recordaba esa clase de mirada de la época en que Padra había congregado a todos los animales de la isla en contra de Husk. No recordaba la última epidemia de sequía pestilente, pero había escuchado hablar de ella.

—En los dos últimos días he estado en Falls Cliffs, en los límites de los Tangletwigs, en Anemona Wood y en la Costa Oeste y Norte —dijo Fir—. Hay brotes de ella en todas partes. En los bosques alrededor de Falls Cliffs, se han presentado la mayoría de los casos. Pero ni un solo animal de los que viven en la torre, ni los que trabajan aquí y viven en otro lugar, se ha visto afectado.

Todos los animales que se encontraban en el salón estaban silenciosos. Todos pensaban en algún pariente o amigo. La madre adoptiva de Urchin, Apple, vivía en Anemone Wood al igual que la familia de Needle y los amigos con los cuales habían crecido. Damson vivía cerca de Falls Cliffs. Las dos hijas casadas de Lugg, Wing y Wren y sus familias vivían cerca de la Costa Norte. Pero, sobre todo, pensaban en Catkin. Solo el Corazón podía saber dónde se encontraba.

Urchin miró nerviosamente a la reina, que se notaba muy angustiada. Sus patas estaban recogidas y lucía igual que él la recordaba cuando habían estado en peligro en Whitewings. Estaba muy quieta, concentrada, planeando su próxima movida. La misma expresión se reflejaba en el rostro de Crispín y en su voz se notaba la tensión.

—¿Qué tan grave se volverá, hermano Fir? —preguntó.

—Eso —dijo Fir— está por averiguar. Han pasado muchos veranos sin que hayamos tenido ninguna epidemia violenta de nada. Por esa razón, temo que esta pueda afectarnos gravemente. No hemos estado fortaleciendo nuestra resistencia al contagio, como sabrás. Usualmente con este tipo de cosas, quienes están en forma y son saludables, normalmente se recuperan. Pero quienes tienen menos armas con qué luchar —quienes ya de antemano están débiles, los muy viejos o los muy jóvenes— son los que corren mayor peligro.

—Yo presencié algo similar en Whitewings —dijo Cedar—. Que el Corazón guarde y proteja a Catkin y a Linty. Toda mi habilidad de sanadora está a su servicio.

Durante el silencio que siguió, Urchin quiso arrodillarse ante sus patas, impresionado por su fortaleza. Crispín se puso de pie y los animales que estaban sentados —todos excepto la reina Cedar— también se levantaron.

—Los animales deben quedarse en las zonas aledañas a sus hogares excepción hecha de los que obtengan autorización de un miembro del Círculo —ordenó Crispín—. Al Círculo se le asignarán diferentes áreas de la isla, las áreas de sus hogares en cuanto sea posible. Ellos deberán ayudar a los sanadores, enviar mensajeros cuando requieran de sus servicios, apoyar a los necesitados e impedir que los animales viajen a las zonas infectadas. Pueden otorgarles a los animales permiso para abandonar sus áreas solo cuando haya una razón poderosa o cuando el riesgo sea menor. Aquellos animales del Círculo que tengan hijos muy jóvenes serán excusados del servicio. Ellos no deben llevarles la enfermedad a sus hijos.

—Las nutrias no se contagian, Su Majestad —señaló Padra.

—Las nutrias no se han contagiado hasta el momento —corrigió Crispín—. Tú puedes continuar dirigiendo la búsqueda de Catkin. Urchin, Needle y Sepia pueden ayudarte.

—¡Gracias, Su Majestad! —dijo Urchin con firmeza y Needle y Sepia se le unieron.

—Pero —añadió— tendremos que abandonar la torre para hacerlo y podemos traer la infección aquí a nuestro regreso.

—Les enseñaré cómo usar una mezcla de hierbas y vinagre que mantendrá alejada la enfermedad —dijo la reina—. Deberán frotarla sobre su pelaje, cada vez que salgan y cada vez que regresen.

—Júniper —dijo Crispín— tus órdenes las recibirás del hermano Fir, no de mí.

Júniper no respondió. Un escalofrío recorrió su cuerpo desde las orejas hasta la punta de las patas.

—¡Júniper! —dijo Crispín—. ¡Si estás enfermo es muy importante que nos lo digas!

—Estoy perfectamente bien —repuso Júniper, con voz temblorosa—. Solo estoy angustiado y me...

—Te comprendemos, Júniper —dijo la reina.

Urchin pescó su mirada y le hizo una seña con un aleteo de sus orejas. Había algo que Júniper necesitaba decir, pero tal vez se lo diría más tarde a Urchin, cuando estuvieran solos.

—Y Whittle debe aprender y memorizar cada detalle de esta enfermedad. Los síntomas, la duración, los distintos tratamientos y los resultados. Y debe recordar el nombre de todos los muertos.

Whittle asintió con la cabeza. Había memorizado los síntomas de la sequía pestilente tan pronto como Fir los había enumerado y estaba ansioso por conocer cada uno de los remedios —dijo Tay.

—Cedar —dijo Crispín— por favor reúne a los sanadores y ponlos a trabajar, pero a la madre Huggen no y tampoco a Moth. Podríamos necesitar enviar a los muy jóvenes a un lugar seguro y ellas dos son las más indicadas para encargarse de cuidarlos. Y eso mantendrá a salvo a Moth —. Añadió dándole una mirada a Lugg. Todos los animales deben mantener sus patas y sus pelajes escrupulosamente limpios y no beber ni comer nada a menos que sepan de dónde proviene. hermano Fir, ¿hay alguna probabilidad de descubrir la fuente de infección?

—Solo soy un sacerdote y un sanador, Su Majestad —replicó Fir—. La señora Tay puede conocer un caso similar ocurrido en el pasado, en el que se haya identificado una fuente. Y la reina, que ha protegido las islas de toda clase de catástrofes, podría saber algo sobre esta clase de cosas.

Los bigotes de Tay se estiraron formando una línea recta y tiesa. Claramente sentía que podían manejar las cosas muy bien con su propia experiencia sin necesidad de consultar a la reina, pero no se atrevió a decirlo.

—Iré contigo, hermano Fir —dijo Cedar—. Daremos una vuelta por la isla, juntos para que yo pueda comprobar por mí misma cómo está la situación general.

Crispín tomó sus patas.

—No te puedes enfermar —dijo.

Hacía muy poco, Urchin había sufrido por el hermano Fir. Ahora, lo hacía por Crispín. Él había perdido a su primera esposa, a la adorable Whisper; su hija estaba desaparecida; y no podría soportar perder a Cedar. La reina respiró muy hondo.

—He cuidado a jóvenes y viejos durante plagas, enfermedades de la piel, contagios raros y enfermedades comunes —dijo—. Nada de eso me ha afectado hasta ahora. Mandaré a preparar infusiones de romero, salvia, tomillo y de todas las hierbas purificadoras, para lavarme con ellas. Y necesitaremos angélica, menta, matricaria, borraja, lavanda y limonaria. No te preocupes por mí, Crispín; Fir, me iré contigo ahora.

Urchin dio un salto hasta la puerta para abrírsela, estiró su pata hacia la de ella y la presionó suavemente. Él y Júniper le debían sus vidas a Cedar.

—Nosotros encontraremos a tu bebé —dijo—. Ella volverá a ti.

—Luego se acercó lo más posible al trono, hizo una reverencia y murmuró:

—Por favor, señor, ¿puedo irme ahora con Júniper?

Crispín hizo una leve inclinación de cabeza y Urchin se dio cuenta de que comprendía.

—Los dos pueden irse —dijo.

Urchin y Júniper se inclinaron respetuosamente y abandonaron el Salón del Trono. Ese momento de comprensión compartida con el rey Crispín, el héroe de su infancia, le levantó su espíritu. Ambos sabían que había algo que Júniper necesitaba decir y él podría ser la única persona a la cual le abriera su corazón. Caminaron un corto trecho por el corredor, pero en la primera banca bajo la ventana, Urchin se sentó.

—No podemos detenernos a sentarnos —protestó Júniper—. Tenemos que encontrar a Catkin, y yo tengo que... bueno, tengo que recolectar hierbas y cosas. O ir a donde el hermano Fir, o...

—Tú no le eres útil al hermano Fir ni a nadie cuando estás así —dijo Urchin—. ¿No puedes contarme?

Y como Júniper no respondió, pero tampoco se fue, Urchin continuó diciendo:

—Yo he vivido un naufragio, un secuestro, he estado preso y he pasado la mitad de mi vida cayéndome de un lugar a otro, de manera que sea lo que sea lo que esté ocurriendo, no me sorprenderé. Tú estuviste a mi lado para ayudarme, de manera que ahora es mi turno.

—Y había profecías sobre ti —dijo Júniper pensativo.

—Sí, pero...

—Yo no te iba a contar esto —Júniper enderezó su espalda y levantó su quijada como si estuviera realizando un inmenso esfuerzo—. Está bien, si quieres escuchar, escuchar y no interrumpir en ningún momento, porque si me detengo no seré capaz de continuar. Es una profecía.

Los ojos de Urchin brillaron. Por poco habló, pero recordó a tiempo que no debía hacerlo.

—¿Piensas que eso es maravilloso y excitante? —preguntó Júniper—. Pues, bien, no lo es. Abrigué la esperanza de que no fuera verdadera, pero ahora estoy seguro de que lo es. Al comienzo fueron unas pocas imágenes, tan fugaces que apenas las vi. Patas estiradas. Algo azul —su voz flaqueó—. Un cuchillo. Y luego llegaron las palabras.

Respiró hondamente y cerró los ojos. Por primera vez, lentamente y a regañadientes, recitó las palabras de su profecía.

Los que no tienen padre, encontrarán un padre
Las colinas se sumirán dentro de la tierra
La pata muerta se estirará hacia los vivos
Habrá un camino en el mar
Y luego el heredero de Mistmantle regresará a su hogar.

Con un suspiro, se recostó sobre el espaldar del banco. Sus ojos permanecieron cerrados.

—¿La entiendes? —preguntó Urchin.

—Espero que no —dijo Júniper agobiado—. Los que no tienen padre, encontrarán un padre, las colinas sumidas en la tierra. ¡Un camino en el mar! ¿No ves lo que eso podría significar? ¡Eso podría significar que es imposible! ¡Que ella nunca regresará a su hogar! ¿Cómo me puedo atrever a contarles esto?

Urchin puso su pata sobre el hombro de Júniper, pero no dijo nada, porque no había nada que decir. Nada que pudiera ayudar.

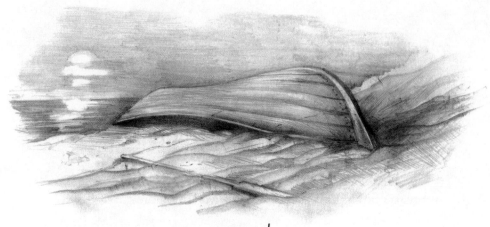

Capítulo 7

Fingal estaba chapuceando en la parte panda con Tide y Swanfeather mientras Scatter observaba ansiosamente desde la orilla. No estaba para nada convencida de que Fingal supiera cómo cuidar niños pequeños y sentía que debía estar atenta. El bote de Fingal, por fin terminado y recién pintado de rojo con su borde de hojas naranjas y verdes, estaba boca abajo en la playa, secándose.

—¡Ha estado bajo el agua largo tiempo! —gritó Scatter.

—¡Es una nutria! —comentó Fingal mientras Swanfeather salía a la superficie—. ¡Y no es suficiente!

—¿No lo suficientemente largo?

—No, quiero decir que esto no es suficiente —dijo Fingal—. Estoy cuidando a las hijas de Padra mientras él hace las cosas peligrosas. Cualquier nutria podría estar cuidándolas. Tú y Needle siempre me están diciendo cómo debo hacerlo y ustedes ni siquiera son nutrias.

Dirigió su mirada más allá de ellas, hacia una joven ardilla que corría cuesta abajo desde la torre, ataviada con el delantal azul y blanco de los pasteleros.

—Allí está Crackle —dijo—. Ella siempre nos da una galleta o algo a esta hora de la mañana.

Crackle lucía atafagada y ansiosa cuando se reunió con ellos en la playa.

—Hemos recibido órdenes de pedir permiso para salir y entrar a la torre —dijo. —no podemos arriesgarnos a contagiarnos. Pero me permiten venir aquí.

—Las galletas no se contagian de enfermedades —comentó Fingal esperanzado. Crackle buscó en el bolsillo de su delantal pedazos de galletas y se sentaron en el muelle a comer. Entre las olas, surgieron dos pequeñas cabezas de nutria al lado de Fingal y él les dio galletas.

—Todo está un poco difícil, realmente —dijo Crackle—. Todos los capitanes del Círculo están ocupados y no sabemos para cuántos debemos cocinar —bajó la voz. —La pobre reina casi no come nada en estos días. Fingal, ¿estás bien?

—¿Te refieres a que me haya contagiado de algo malo? —preguntó Fingal—. Las nutrias no se contagian y además yo soy indestructible. Padra dice que no entiende cómo he sobrevivido hasta ahora.

Se agachó para alzar a Tide y ponerla en el muelle y acercó a Swanfeather a la parte panda.

—¿No es cierto, pequeña Swanfeather, que soy indestructible? Soy indestructible.

—Pero no lo eres —dijo Crackle con tristeza—. Ninguno de nosotros lo somos. Cualquiera podría contagiarse de la sequía pestilente, o… — no terminó la frase. El pensamiento de ser atrapada por lord Husk, o por su fantasma, era demasiado terrible para expresarlo en palabras.

Otra ardilla se dirigía hacia ellos y, cubriéndose los ojos para protegerse del sol, Crackle vio que se trataba de Gleaner. Gleaner, que parecía reprocharle a todo el mundo la muerte de *lady* Aspen, siempre estaba de mal humor.

—¿No tienen nada que hacer en todo el día? —preguntó Gleaner—. En caso de que no lo hayan notado el resto de nosotros está ocupados. ¿No han escuchado las órdenes? Necesitamos tomillo, salvia, romero, angélica, matricaria y... toda clase de cosas. La madre Huggen dice que la reina las necesita para evitar las enfermedades. No las encontrarán en el mar.

Contentas de poder ser útiles, Scatter y Crackle se fueron corriendo. Gleaner quedó agradablemente sorprendida. La gente usualmente no la obedecía tan rápido. Pero esta enfermedad le iba a exigir mucho trabajo a ella y eso no era justo.

Ella solo rogaba que la reina supiera lo que estaba haciendo al permitir que Scatter ayudara. No sabía mucho sobre el pasado de Scatter pero, según lo que había escuchado, no era digno de una doncella. Scatter y la reina eran extranjeras y venían de la misma isla, no muy respetable según parecía. Está claro, pensó. Los extranjeros se apoyan entre sí.

Swanfeather salió dando volantines del agua, cerró sus ojos con fuerza y se sacudió enérgicamente antes de que Gleaner se hubiera alejado. Gleaner se molestó. Fingal le estaba enseñando a esa niña malos hábitos.

La noche cayó con un hermoso atardecer, el cielo se tornó violeta y gris mientras fueron apareciendo las primeras estrellas, pero

Júniper estaba demasiado cansado para disfrutarlo y demasiado ansioso para notarlo. Bostezó profundamente. Usualmente, tenía que disminuir su ritmo para acompañar al hermano Fir. Esta noche, el hermano Fir caminaba más despacio que nunca pero él se sentía a gusto siguiéndole el ritmo. Sentía que no le importaría si lord Husk realmente aparecía. Él no tendría la energía para escapar. Era maravilloso que el hermano Fir todavía pudiera caminar, y apoyándose algunas veces en él, otras en Whittle o Cedar. Whittle y Júniper tenían que memorizar los síntomas de la enfermedad y los tratamientos, pero ya lo habían hecho. Ambos se los sabían de memoria. Habían pasado el día entero estudiándolos.

Eso era lo que había cansado tanto a Júniper, más aún que el largo día escalando por toda la isla para visitar a los enfermos. Con máscaras de muselina amarradas sobre sus narices y bocas para protegerse, los cuatro habían visitado alejados y poco iluminados vecindarios, habían subido a ver nidos en los árboles y se habían arrastrado dentro de frías cuevas de arena para cuidar a los enfermos, aun cuando Fir y Cedar eran los que se habían encargado de los cuidados mientras Júniper y Whittle observaban y aprendían. Al menos eso le ayudaba a olvidar la profecía por un rato, hasta que la volvía a recordar mientras andaba por las colinas o veía un destello azul.

Había observado a un joven topo temblar, quejarse e incluso castañetear —el hijo mayor, que apenas estaba empezando a aprender a cavar túneles y que trataba de llamar la atención de su familia por haberse enfermado. Había escuchado a un erizo llorar de dolor y delirar, y se había enterado de que era un anciano, que sufría de las articulaciones, que siempre había sido amable con los jóvenes y que había luchado valientemente en la batalla contra Husk. Haber estado observando a los animales afiebrados, sufriendo y desesperados, y a sus familias ansiosas, lo había dejado exhausto. Pero también le había hecho sentir el deseo inmenso de acabar con el dolor y de aprender a curar.

Había aprendido cuáles eran las infusiones que Cedar usaba para bajar la fiebre, para combatir la infección y para limpiar las madrigueras y las camas. Había soportado el hedor del vómito y lo había limpiado. Se había lavado repetidamente sus patas, porque Cedar decía que era importante para no pasar la enfermedad de los animales enfermos a los sanos. Sabía, también, que debían preparar más infusiones, esta noche, antes de acostarse. La reina no parecía pensar en descansar nunca. Pero había zonas en la parte noreste de la isla que no habían visitado y, además, la idea de tener que volver a hacer todo esto al día siguiente lo hacía sentirse tan cansado que no podía casi caminar.

—Mira —dijo Whittle. En la tenue oscuridad, las ardillas y los erizos corrían desde todas las direcciones hacia la torre, Crackle y Scatter hacían parte de ellas, con sus brazos llenos de flores, hojas y ramas—, están trayendo las plantas que necesitamos para los remedios.

Más trabajo, pensó Júniper, pero sintió que no debía decirlo. La reina había trabajado hoy más duro que todos, y probablemente supervisaría la fabricación de todos los remedios personalmente. Su respiración estaba empezando a dificultarse a medida que iban subiendo la colina, y estaba tan cansado que casi se tropieza con Fir, pues no se dio cuenta de que él y la reina se habían detenido.

—Tomemos un pequeño descanso —dijo Fir, y Júniper se dejó caer agradecido aun cuando sabía lo difícil que sería volver a levantarse. Cedar se estiró sobre la tierra y cantó suavemente.

No parecía respetuoso observarla. Júniper dirigió su mirada hacia el mar que se mecía suavemente sobre la playa, hacia adentro y hacia fuera, ignorante de lo que estaba ocurriendo en la isla, siendo tan solo el mar. Eso era relajante. Una figura envuelta en chales se acercaba lentamente hacia él —se parecía a Damson— y se irguió para ir a su encuentro cuando el sonido más dulce llegó a sus oídos y lo obligó, asombrado por su belleza, a darse vuelta para descubrir de dónde venía.

Esa dulce voz solo podía ser la de Sepia. En algún lugar, ella estaba cantando, y era como si el aire a su alrededor se tornara plateado. Otras voces se integraron a la de ella, armoniosas y melodiosas, y la canción parecía despedir una deliciosa fragancia. Las orejas de Fir se movieron en dirección a ella.

Las linternas se agitaban y se mecían en una sinuosa línea. El coro, con capas y linternas, estaba subiendo la colina a medida que cantaba:

Paz en tu respiración
Duerme, mientras las estrellas te cuidan, tan profundamente como el mar en
su quietud…

Era algo casi insoportable en su belleza. Los animales que llevaban las hierbas hacia la torre, se detuvieron a escuchar. La reina se sentó y se refregó los ojos con sus patas. Damson, preocupada y sola, depositó su bolso y se arrodilló a escuchar.

El canto cesó, quedó suspendido en el aire y el silencio que lo siguió fue santo. Nadie quería moverse. Pero el coro dio vuelta y se hizo camino colina abajo, y los animales empezaron a ponerse de pie, a estirarse y a sacudir sus patas porque ahora hacía frío. Y Júniper hizo lo que su corazón le indicó, se apresuró a ayudar a Damson a ponerse de pie.

—¿Has estado afuera buscando a Catkin durante todo el día? —preguntó—. ¡Estás tan lejos de casa y es tan tarde!

—No hay nada más importante que hacer —dijo Damson. Su voz era débil y gastada—. Y soy lo suficientemente vieja como para saber cuidarme a mí misma. No hay señales de la princesa pero la encontraremos. La traeremos de regreso a casa — hizo una estirada reverencia a la reina y colocó su arrugada pata sobre el hombro de esta—. La encontraremos, Su Majestad. No pierda nunca la esperanza.

Cedar le presionó la pata pero no pudo hablar. Júniper quiso recoger el bolso de Damson.

—Yo te llevaré a casa.

La pata de Damson se apretó en el bolso mientras se irguió.

—Yo puedo irme sola a casa —dijo—. Tú tienes que cumplir con tus obligaciones. Ya casi eres todo un sacerdote y necesitamos sacerdotes en tiempos como este. El pobre Fir no puede atender todo él solo.

—Júniper —llamó Whittle— ¿Vienes con nosotros?

—Vete ya y no los hagas esperar —dijo Damson.

—Ya te alcanzaré —le gritó Júniper a Whittle. Envolvió a Damson con su chal y puso su pata firmemente bajo su brazo—. No voy a dejarte, Damson.

Damson frunció el ceño—. Eres un pillo desobediente —murmuró—. Ahora que eres una ardilla de la torre, no haces caso a nada. Pero le permitió cargar el bolso y pareció contenta de tener su brazo bajo el suyo cuando empezaron la larga caminata hasta la cascada.

—Si no obedeces a lo que se te dice, entonces sacaré el mejor partido de tu compañía —dijo—. Estarás muy ocupado ayudando al hermano Fir. Tengo tomillo secándose, te daré un poco para que lo traigas la reina lo va a necesitar.

Hablaron sobre remedios y Damson le contó sobre las plagas a las que había sobrevivido y las formas en que se trataban y el tiempo que tomaba recuperarse y sobre cómo evitar que se regaran. Ella le contó de nuevo las historias que a menudo le relataba sobre los años en que lo había mantenido escondido detrás de la cascada, y Júniper la dejó hablar y no le dijo que había escuchado esas historias muchas veces y que la historia que él realmente quería conocer era la que ella nunca le había contado.

Finalmente, cuando escucharon el sonido de la cascada, que era muy suave por el clima caliente, ella dijo:

—Estoy orgullosa de ti, de que seas un sacerdote. Tal vez yo no tenga derecho a estarlo, pues lo único que hice fue cuidarte, no fui yo la que te convirtió en sacerdote. Pero lo estoy, Júniper, estoy orgullosa de ti.

Júniper apretó su pata.

—Todavía no soy un sacerdote —dijo—. Soy solo un novicio.

—Casi un sacerdote, y serás un sacerdote —dijo con firmeza—. Nunca lo imaginé cuando te encontré... —se detuvo y miró hacia el cielo—. No fue una mala noche, al fin de cuentas.

Conversaron sobre la búsqueda de Catkin y se aseguraron el uno al otro que sin duda sería encontrada sana y salva. Por fin llegaron a las antiguas raíces de árboles en donde Damson tenía su nido y ella llenó los brazos de Júniper con ramas de tomillo.

A pesar de todo, la paz embargaba a Júniper. Catkin seguía desaparecida, la enfermedad y el desasosiego amenazaban la isla, pero en este momento y en este lugar sintió que no podía preocuparse, aun cuando lo deseara. Incluso su profecía no lograba desasosegarlo. Lo único que le interesaba en este instante era la calidez de la noche, el aroma del tomillo y Damson.

—Bueno, cuídate —dijo firmemente—. No te vayas a enfermar. Usa bastante romero para evitar las fiebres y no dejes de permanecer muy limpio —colocó sus patas entre las suyas—. No sé qué habría hecho todos estos años sin ti. Has sido mi hijo, incluso más de lo que habrías sido si yo te hubiera traído al mundo.

—Cuídate mucho, tú también, mamá —dijo Júniper.

Un sentimiento muy profundo embargó su corazón y lo abrumó; la abrazó muy fuerte.

—Gracias por todo.

Era algo tan bueno abrazarla y sentirse abrazado. Finalmente se separó y dijo:

—Buenas noches, mamita. Que el Corazón te bendiga.

Y eso le llamó la atención a ella, porque, por lo general, él no le decía mamá sino Damson.

—Que el Corazón te bendiga —murmuró ella y se quedó observándolo hasta que se perdió en la noche. Entonces, se enjugó los ojos, ahogó una tosidura y entró a su hogar. Tenía costura que terminar.

Antes de que la reina y Fir salieran la siguiente mañana, Padra había llegado a la reunión del Círculo con noticias sobre las primeras muertes causadas por la sequía pestilente. Urchin, que estaba de pie con Júniper y Whittle ante la puerta del Salón del Trono, se preguntó qué tanto podrían empeorar las cosas. Catkin seguía desaparecida, la isla estaba invadida por la enfermedad y los rumores. El calor seguía pegajoso y opresivo. Tal vez eso no le debía parecer importante, pero lo era. En esta época del año, todo debería oler a humo de madera y a canela. Hoy, solo olía a sudor y vinagre.

Necesitamos alistar el Palacio de los Topos para que se pueda usar como guardería, de nuevo —decía Crispín—. Si esto continúa, tendremos que llevar a los más jóvenes allá, para mantenerlos a salvo de la enfermedad. La madre Huggen estará a cargo.

—Y solo debemos usar agua de nacimientos subterráneos —dijo la reina—. Se debe avisar a todos los animales que usen los nacimientos, no las aguas corrientes.

—¿Ocurre algo con las aguas corrientes? —preguntó Arran.

—No lo sé —dijo Cedar—, pero vi algo parecido antes, en Whitewings. Era un verano caliente y encontramos algo que se estaba pudriendo en un arroyo casi seco. Por eso, hasta que no encontremos la fuente de la infección, debemos usar únicamente agua que sepamos que es pura, debemos mantener todo muy limpio. Entretanto, estaremos investigando los ríos y los arroyos.

—Las nutrias pueden hacer eso, Su Majestad —dijo Padra.

—Pero deben mantenerse por fuera de ellos, mientras lo hacen —señaló Cedar.

—Puede ser que la razón por la cual no hay nutrias enfermas es porque ellas por lo general usan los nacimientos para su agua fresca.

—En ese caso, Padra —dijo Crispín—, lleva contigo a los que tengan muy buen olfato cuando vayas a los arroyos y a los ríos. Los animales que puedan olfatear un mal olor a gran distancia.

Urchin pensó que ya había demasiados malos olores en la isla con este tiempo, pero no le pareció que debía decirlo. Fingal probablemente lo habría dicho.

—Y recemos todos —dijo Crispín—. Ahora mismo.

Rezaron en silencio y luego se fueron a sus oficios. Fir fue el último en irse, caminando muy despacio. Su pierna enferma le estaba molestando mucho últimamente.

—¿Quiere que lo lleve de regreso al torreón, señor? —preguntó Whittle ansiosamente.

—Ha sido duro —admitió el hermano Fir con una voz tan debilitada por el cansancio que Urchin se alarmó—. No soy una ardilla joven. Ustedes los jóvenes pueden arreglárselas sin mí, si aprendieron algo de lo que les enseñé. Hum.

Tomó el brazo que Whittle le ofrecía y se mantuvo de pie con su cabeza gacha, respirando trabajosamente, tan cansado que parecía incapaz de moverse. Urchin y Crispín se habían apresurado a traerle una silla cuando alzó la cabeza, enderezó los hombros y súbitamente con una voz autoritaria, dijo: —¡Júniper!

Júniper se levantó, dio un salto hasta ubicarse a su lado y sin recibir ninguna orden, se arrodilló ante él.

—Mucho se exigirá de ti, Júniper —dijo Fir—. Creo que me deben dejar de lado durante algún tiempo. Júniper, atiende a los moribundos. Dales tu bendición. Toma mi lugar hasta que me sienta mejor. Urchin, apóyalo, ayúdalo.

Levantó una pata, dio su bendición a Júniper y luego, haciendo acopio de todas sus fuerzas, continuó:

—La isla enfrenta al peor enemigo que jamás tendrá que enfrentar y ustedes tendrán que descubrir de qué se trata. Este enemigo enfrentará pata contra pata, mente contra mente, corazón contra Corazón. Ahora, Júniper.

Júniper estaba sintiendo la calidez de la pata del sacerdote sobre su cabeza. Sentía que la persona que estaba ante él era una presencia sabia, fuerte, protectora y todopoderosa. Pero cuando miró hacia arriba solo vio al hermano Fir, temblando de debilidad, con sus amables y sabios ojos agotados, y tan gravemente agobiado que necesitó tanto a Urchin como a Júniper para que lo escoltaran hasta su torreón. Urchin esperó mientras Júniper llevó al sacerdote a su alcoba y lo acostó y Whittle llegó presuroso.

—Yo lo cuidaré —dijo Whittle, ansioso de ser útil—. Todos deberíamos turnarnos, todos los que podamos, porque no deberíamos dejarlo solo, ¿no es cierto?

Urchin y Júniper bajaron las escaleras corriendo.

—¿Podrás arreglártelas sin él? —preguntó Urchin.

—Tendré que hacerlo —dijo Júniper, y pasado un momento de indecisión, añadió —: sabes cómo hemos estado de ocupados.

—Por supuesto —dijo Urchin.

—Sí, así es —dijo Júniper—, pero como los dos hemos estado tan ocupados, y no siempre hemos estado juntos, nunca le conté a Fir sobre la profecía. Pero, en estos momentos, tampoco puedo hacerlo ¿no te parece?

No, no podía hacerlo ahora, y Urchin no sintió que fuera un buen momento para preguntarle a Júniper qué significaba aquello del más grande enemigo que la isla jamás enfrentaría. ¿Cuál era la peor cosa que podía existir? ¿Una maldición sobre la heredera de Mistmantle?

Deseó no haber pensado en eso.

Capítulo 8

Una llamarada de pelaje rojo saltó desde la torre y el pequeño grupo de animales recostado contra la pared se agachó, mientras Longpaw voló sobre sus cabezas. Longpaw aterrizó, dio una voltereta y un salto hasta una roca, antes de que los animales se juntaran a su alrededor para escucharlo.

—Beban solamente agua de los nacimientos y de los depósitos de agua de lluvia, no beban de los arroyos ni de los ríos, hasta que no reciban una orden distinta —anunció— por orden del rey. Si alguien de su colonia está enfermo, repórtenlo al miembro del Círculo más cercano. Los sanadores están dedicados a ayudar en todo lo que puedan.

—Por favor, señor —inquirió Quill el erizo—, mi madre quiere saber cuánto tiempo durará esto.

—Nadie lo sabe —repuso Longpaw—, pero la reina sabe lo que está haciendo. Ella ha vivido situaciones parecidas en el pasado y piensa que puede tener algo que ver con las aguas corrientes; por eso no debemos usarlas. Los que tengan el mejor olfato, repórtense al capitán Padra.

Longpaw se fue dando grandes saltos para repartir a un grupo de mensajeros por toda la isla. Sagaces erizos y topos corrieron a buscar a Padra, discutiendo entre ellos cuál tenía mejor olfato. Hobb, Quill y otros cuantos amigos regresaron a la pared de la torre a recostarse.

—El típico animal de la torre —comentó Hobb—. Cree que puede darnos órdenes a todos. ¿Dónde anda Yarrow hoy?

—Él no está bien —dijo Gleaner con voz preocupada aunque tal vez un poco exagerada—. Anoche no dormí pensando en él.

—La reina sabe lo que está haciendo —dijo Quill—. Eso es al menos lo que he escuchado.

—¿La reina? —preguntó Hobb. Se rascó la cabeza y se cruzó de brazos—. Ella ¿Sabe lo que está haciendo? Ustedes ¿No lo sabían? Es muy triste, realmente. Se ha ido enloqueciendo como el viento. Ahora anda por ahí susurrándoles a las lombrices. ¿No la han visto? ¿Y de dónde viene esta enfermedad? Ella misma dice que ya la ha vivido antes, pero nosotros no la conocíamos antes de que ella llegara. (Quill tenía la impresión de que sí la conocían pero no le gustaba discutir con Hobb.) Los animales están muriendo por toda la isla, pero la reina no se contagia. Ni ella tampoco —hizo una seña hacia Scatter, quien iba de carrera a reunirse con Fingal—. Salta a la vista: ellas son inmunes. Ese famoso lugar de Whitewings debe estar inundado de esa peste y ellas la trajeron aquí. Y ahora la reina ha enloquecido, y nosotros probablemente nos enfermaremos y moriremos, y mientras tanto andamos buscando ardillas desaparecidas porque Su Majestad no es capaz de mantener a salvo a su propia hija; lord Husk está planeando algo horrible y anda vagabundeando por la isla, y si no tiene al bebé, es seguro que lo encontrará, pero intenten decirle estas cosas a los de la torre. No hay peligro de que acepten nada. No vale la pena esperar que el rey sea capaz de hacer algo.

—Tal vez sea lord Husk el que está envenenando el agua —dijo Quill, y se sintió muy orgulloso de sí mismo por haber tenido una idea propia.

—Podría ser, hijo —dijo Hobb—. Podría ser. Sea como sea, el rey no está haciendo nada al respecto.

—¿El rey? —dijo una ardilla que pasaba por ahí—. ¿Están criticando al rey?

—Una lástima —dijo Hobb—. Él fue el mejor capitán que hemos tenido en mucho tiempo. Yo siempre lo dije. ¿Pero un rey? Él no puede manejar eso.

Un erizo aguerrido y musculoso puso en el suelo una caja de bayas y se unió a ellos.

—¡No es el rey! —argumentó el erizo—. ¡Es ella! Nunca hubo ningún problema antes de que ella llegara— y se retorció de una extraña manera para mirar sobre su hombro—. Debemos organizarnos. ¡Debemos celebrar una reunión!

—Eso estaba haciendo yo —afirmó Hobb, echando su cabeza hacia atrás para mirar a los ojos al erizo. Si había que organizar algo, sería él quien lo haría, no un engreído y recién aparecido manojo de espinas.

Crackle no había escuchado el anuncio de Longpaw. Refregó cada centímetro de su pelaje con infusiones de hierbas y vinagre hasta cuando, decidió ella, quedó oliendo igual que un encurtido de pepinillos, y luego añadió más vinagre. Sus ojos escurrían lágrimas. Ya había dedicado demasiado tiempo a preparar galletas y era hora de que alguien encontrara a la princesa. ¿Cómo se sentirá uno, se preguntaba, cuando todo el mundo lo admira, lo ama y le agradece? Ella deseaba intensamente descubrirlo pero primordialmente quería llevar a la princesa de regreso a su hogar.

Bajo la tierra, Linty estaba acostada con Catkin en sus brazos. Era hora de que la niña tomara aire fresco. Cuando había subido cerca de la superficie, había escuchado el más hermoso canto, con voces maravillosas que habían tranquilizado al bebé. Había escuchado también una suave voz femenina que llamaba a Catkin, y que decía ser la reina. Catkin también la había escuchado y había lloriqueado, de manera que Linty por poco sube a la superficie con ella para entregársela a su madre, pero había desistido porque podía tratarse de un truco. Tal vez no se trataba de la reina, sino de alguna farsante. Entonces se había vuelto a llevar a la niña a lo más profundo de su escondite, en donde no se pudieran escuchar los cantos.

Aparte de eso había escuchado otros rumores. Historias que la habían impulsado a buscar una piedra para afilar su cuchillo. Historias sobre enfermedades. ¡Historias sobre lord Husk! Ella resbaló el cuchillo cuidadosamente sobre la piedra de afilar. La isla en su superficie ya no era un lugar seguro, entonces ¿Qué podía hacer por Daisy ahora?

Catkin. La ardilla bebé era Catkin, no Daisy. Pero se parecía mucho a Daisy.

Un movimiento encima de su cabeza la hizo darse vuelta tan rápido que el cuchillo hirió su brazo y empezó a sangrar. "Debes ser más cuidadosa", se dijo a sí misma. Le harás daño a Daisy si no eres más cuidadosa.

Gleaner avanzaba en medio de los Tangletwigs, abrazando un ramo de margaritas moradas que había llevado para adornar la tumba de *lady* Aspen. Tal vez la muselina ya estaría mojada y tendría que colgarla en un árbol para ponerla a secar. Las margaritas se verían muy bellas entre la muselina y a *lady* Aspen siempre le habían gustado las cosas bellas.

El montón de piedras sobre la tumba estaba desnudo. La muselina no estaba. Gleaner se estremeció.

¿Quién se llevaría la muselina de la tumba de *lady* Aspen? Gleaner solo pudo pensar en un nombre, el nombre que ya estaba en labios de muchos en la isla y que producía pavor. *Husk*. Ella corrió hacia los arbustos, quitando las espinas con sus patas. No quedaba ni un hilo de la muselina. Alrededor del montón de piedras, se arrastró por el suelo en busca de huellas de patas. El suelo estaba muy seco, pero... —sí, esa era la huella de una ardilla. Definitivamente una huella de ardilla. Ella presionó su propia pata al lado de esta. No era suya. Atemorizada, dio un vistazo por encima de su hombro y miró a todo su alrededor.

Debería decírselo a alguien. Realmente, debería contarlo en la torre, pero no la escucharían. Y no quería que otros animales se enteraran de la existencia de la tumba de *lady* Aspen, ni que vinieran a visitarla y desordenaran todo. Ellos la destruirían.

—¡Scatter! —llamó Fingal—. Tú nariz ¿Sirve para algo? ¡Tengo un trabajo verdaderamente importante que hacer!

Las orejas de Scatter se agitaron con interés.

—Hay que investigar las aguas corrientes —dijo Fingal—. Es posible que de allí provenga la sequía pestilente. Pero si hay algo que

huela en ellos debe ser en la parte alta de las colinas, porque nadie
lo ha encontrado hasta ahora, incluso con este tiempo. Puedes venir conmigo, si quieres, pero no te divertirás mucho.

—¡Diversión! —exclamó Scatter y se irguió indignada—. ¡Diversión!

— Ven entonces —dijo Fingal—. Vayámonos ya mismo.

Eligieron un arroyo que, hasta donde podían darse cuenta, nadie estaba inspeccionando, y se dedicaron a escalar en dirección a
lo alto de la colina para buscar su nacimiento. En estos calurosos
días de otoño, las hojas estaban cayendo y bailando en toda la
isla y Scatter que adoraba jugar con ellas tenía que hacer un gran
esfuerzo para concentrarse en lo que estaba haciendo. A medida
que iban subiendo, Fingal comentaba que los olores eran confusos.
Cuando se encontraron más arriba, Fingal se detuvo.

—Hay un fuerte hedor por aquí, pero no sé de dónde viene
—dijo—. Con tantos animales contagiados con enfermedades, hay
toda clase de hedores en todas partes.

Olisqueó de nuevo.

—No puedo oler nada con este viento ¿Tú puedes? Continua-
remos subiendo. ¿Qué opinas de hacer el esfuerzo de llegar hasta
la cima?

—¡Yo haré cualquier cosa por Mistmantle! —exclamó Scatter
con gran seriedad.

Buscar arroyos polucionados no era tan emocionante como
salvar a un bebé, pero al menos estaba haciendo algo útil. Por
eso continuó subiendo la colina, conversando con Fingal, y deteniéndose de vez en cuando para olisquear el aire. Subieron más y
caminaron hacia el norte, en donde los árboles se iban volviendo
más escasos.

—Espera —dijo Fingal y se detuvo. Su nariz se agitó—. Algo apesta. Por aquí, creo. Más arriba y a lo largo del arroyo.

Una ráfaga de viento del sur refrescó sus rostros y él se volvió y con disgusto.

—¡Fuego e inundación, algo está más muerto de lo que debería estar! ¿Estás segura de que quieres venir conmigo?

—¡Sí, por favor! —dijo Scatter. Ahora las cosas se estaban poniendo emocionantes. Y su nariz no era tan sensible como la de Fingal.

Crackle estaba cansada, desanimada y sola. Ella no había pensado llegar tan lejos. Solo había querido subir hasta un cierto punto pero luego pensó que debía seguir hasta los árboles y luego había decidido seguir hasta la roca, que no parecía muy lejana y que le proporcionaría una excelente vista. Ahora estaba cansada, acalorada, sedienta y muy lejos de su casa. Había racionado el agua que tenía en el frasco, pero incluso así, la subida de la colina en un día tan caluroso, ya había consumido hasta la última gota.

Se dejó caer sobre el brezo. No había encontrado la menor señal de Linty y el bebé. Ella no sería la heroína que rescataría al bebé y lo llevaría de regreso a su hogar. Estaba muy lejos de su casa y muy sola, con una mañana perdida en su haber. Con las patas arrancó unas ramas de helecho y se abanicó.

Un agradable sonido musical de agua llegó a sus oídos y sus orejas se agitaron. Debía estar cerca de un arroyo, que era exactamente lo que necesitaba. El sonido del agua bailando sobre las piedras la hizo sentirse más sedienta que nunca. Estaba cansada, pero no tan cansada como para no ir a buscarlo. Escalando colina arriba y sobre las rocas, luchando contra los helechos, tosiendo a causa del polvo y del polen que irritaban su garganta seca, llegó por fin ante un arroyo. Con el tiempo tan caluroso, corría lentamente y era más pando de lo que debería ser, pero la luz del sol brillaba en él mientras se rizaba sobre las rocas. Parecía estar llamándola.

Se apresuró hasta llegar a él, disfrutando el aire refrescante. Olisqueó al agacharse hacia él, pero solo olió el intenso aroma a tomillo, romero y vinagre que cubría su pelaje. El agua debía estar bien. Crackle se agachó para beber.

Algo la golpeó en el hombro tan fuerte que la dejó sin aliento y la hizo tambalearse y caer de lado. Dio un vuelco, se paró en sus cuatro patas y reencontró su voz cuando alguien la asió por detrás y la agarró fuertemente.

—¡Socorro, socorro, socorro, socorro, socorro! —gritó y estiró sus patas mientras luchaba, daba patadas y trataba de morder las patas que la aferraban—. ¡Suélteme!

Ella dejó de pelear para poder echar su cabeza hacia atrás y mirar bien a su atacante.

—¡Tú!

—Sí, soy yo, lo siento —dijo Fingal—. No era mi intención hacerte daño, tan solo tenía que impedir que bebieras esa agua. ¿No la oliste? En la parte más alta apesta de manera insoportable. ¿No sabías que no debemos beber agua de los ríos o los arroyos?

La ayudó a pararse y ella se sacudió el polvo.

—Nadie me lo dijo —repuso disgustada.

—Estás cubierta de esa mezcla que la reina ha estado regalando —observó Fingal—. Supongo que por eso no puedes oler nada. Qué bueno que nosotros hayamos llegado. ¿No se supone que deberías estar en la torre? Y te viniste sola a subir la colina.

Los labios de Crackle se fruncieron y estaba temblando.

—Déjala en paz —dijo Scatter y colocó sus patas delanteras, con gesto protector, alrededor de ella—. Probablemente estaba buscando a Catkin, ¿no es así, Crackle? Y está perturbada.

—Mi intención no era... —comenzó a decir Fingal, pero Crackle estaba sollozando en el hombro de Scatter.

—Yo solo... Yo solo quería... —pasó saliva— quería ayudar —paró de sollozar, hizo un puchero y luego tuvo un hipo—. Y yo casi... ¡Podría haberme envenenado!

—Sí, pero eso no ocurrió —dijo Scatter, abrazándola—. Fingal lo impidió a tiempo. Estás bien. Fingal, ¡le diste un buen susto!

—Oh, lo siento —dijo Fingal—. Siento mucho haberle hecho pasar ese susto. El hecho es, Crackle, que te vi agachándote hacia el arroyo y eso me estremeció a mí del susto, porque estoy casi seguro de que el agua está polucionada. Huele más feo en la parte más alta de la colina, por eso debemos seguir subiendo para encontrar la fuente. Puedes venir con nosotros si lo deseas, pero será bastante desagradable.

Crackle enjugó sus ojos con el dorso de la pata.

—Iré —dijo.

La empinada subida los llevó a través de un bosque de pinos (el cual, como lo notó Fingal, olía mucho mejor que el agua) hasta cuando los árboles se volvieron más delgados y escasos, y se encontraron muy cerca de un fino chorro de agua que caía lentamente a un estanque. Crackle y Scatter dieron unos cuantos pasos hacia atrás cuando vieron el estanque, y Crackle no pudo evitar volver su rostro para no mirar. Incluso Fingal contuvo la respiración.

Algo espeso y de color gris verdoso flotaba en la superficie del agua, algo que habría podido ser moho, o carne podrida, o plantas putrefactas, o tal vez todas ellas, formando una capa espesa que cubría la superficie y la oscurecía, e impedía ver lo que estaba bajo el agua. Desde el estanque, el agua caía al curso del arroyo. Crackle y Scatter se taparon con las patas, las narices y la boca, y Fingal hizo un gesto de disgusto.

—Lo que haya muerto ahí, está muy muerto —dijo entre dientes. Se retiró entre los árboles y se puso a remover la maleza.

—¿Qué andas buscando? —preguntó Scatter por entre sus patas.

—Un palo —replicó Fingal—. Y más palos. Necesitamos algo largo para meterlo en el agua y descubrir qué está produciendo el olor y de qué materia está hecho, para luego sacarlo. Pero antes de eso, tenemos que echar a andar una hoguera, porque sea lo que sea, debemos quemarlo.

—¡Esa idea es brillante! —exclamó Scatter.

—No se quemará —dijo Crackle—. Estará húmedo.

—Entonces haremos una hoguera bien grande —insistió Fingal con confianza, sacando una rama de entre la maleza— y la haremos lejos de los árboles. Ya tenemos suficientes problemas como para, además, prenderle fuego a la colina.

Se detuvo, pensó unos instantes, y se volvió hacia Crackle.

—Tú eres rápida, Crackle —dijo—. Mucho más rápida que yo. Baja a la playa. Hay nutrias haciendo guardia por toda la isla. Envíale un mensaje al rey, y a todo el mundo, y hazles saber que este arroyo es el polucionado y que nadie debe acercársele. Tan rápido como puedas. Sigue el camino del arroyo para que no te pierdas, pero cuídate de no mojarte ni una pata.

Crackle asintió. No era lo mismo que estar salvando a un bebé, pero era algo que salvaría a la isla. Y además se alejaría de ese terrible olor. Se dio vuelta y empezó a descender la colina.

—Scatter —dijo Fingal— ve con ella. Podría perderse.

Scatter titubeó. Ella quería mantenerse lo más alejada posible de esa agua. Pero no podía dejar a Fingal para que se encargara él solo de todo.

—Ella no se perderá —dijo—. Me quedaré contigo.

—Scatter —dijo Fingal, con una súbita autoridad de adulto—,

ve con ella. A mí no me pasará nada. Las ardillas no son inmunes, pero las nutrias sí.

—No, no lo eres —argumentó Scatter, mientras recogía un montón de ramas para colaborarle a Fingal—. Yo creo que las nutrias no se contagian porque ellas no beben en lugares como este. Si tú te llegas a acercar a esa agua... y de lo que sea que esté dentro de ella...

—Unos pescados podridos, creo —dijo Fingal.

—Sea lo que sea, tú también te contagiarás —dijo Scatter.

—Entonces tú también —repuso Fingal con esfuerzo, pues estaba arrastrando una rama muy pesada.

—Yo soy de Whitewings —dijo Scatter, acomodando los palos para formar la hoguera—. La reina piensa que nosotras podemos ser inmunes, ella ha estado curando a los enfermos y no lo ha contraído; ella se supone que sabe, porque ella...

—¡Simplemente vete, Scatter! —ordenó Fingal y se dio vuelta para mirar hacia el estanque. Scatter no dijo una palabra más. Él escuchó el ruido de sus patas que corrían colina abajo.

Así estaba mejor. No le había gustado enviar a Scatter, ni hacerse el enfadado, pero no podía ponerla en peligro. Ahora todo dependía de él. Un animal en peligro, pero no dos. Así resultaría mejor.

Hizo un atado de astillas y los refregó con un palo seco hasta que sacó una chispa que encendió las hojas secas. Sopló suavemente para que la llama fuera tomando fuerza. La hoguera tenía que estar bien encendida antes de que él fuera a sacar la podredumbre del estanque. Cuando las llamas se agrandaron y el humo hizo llorar sus ojos, tomó el palo más largo y más fuerte de los que había encontrado y se acercó al estanque.

Cuidadosamente y conteniendo la respiración, utilizó el palo para sacar la podredumbre y colocarla sobre unas rocas. Ahora podía ver algo, pegado a la roca, algo verde y negro e hinchado. No podía ver de qué se trataba y tampoco quería saberlo, pero supuso que se trataba de viejos peces podridos. Parado tan lejos como le era posible, lo hurgó con el palo hasta que el cuerpo corrupto flotó libremente. Trozos de carne putrefacta se fueron desprendiendo mientras lo levantó con el palo y lo depositó en medio de la hoguera. La masa se retorció y se encogió. Un humo agrio y gris salió de ella.

—Ya lo hice —dijo.

Una brisa súbita llegó hasta las llamas, las atizó y un humo espeso le nubló los ojos, pero él se inclinó un poco más hacia la hoguera para empujar más al fondo la inmunda masa y saltaron grandes cantidades de chispas. El pescado podrido chisporroteaba al irse quemando y Fingal siguió empujándolo, mientras mantenía sus ojos apenas entreabiertos a medida que la masa se iba ennegreciendo y retostando. Finalmente, tiró al fuego el palo. El humo seguía ahogándolo y sus ojos ardían. Para admirar su hoguera, caminó a su alrededor hasta el otro lado, complacido con su trabajo evitando cuidadosamente el arroyo, y olvidando por un instante olisquear el aire. No había advertido que el viento había cambiado de dirección hasta que las llamas se dirigieron hacia él.

El acre olor a pelaje chamuscado llegó a su nariz y llenó su boca mientras se alejaba del fuego, golpeándose el pelaje con sus patas y su cola y protegiendo su bigote. No sentía quemaduras, tan solo una terrible picazón. Con su pelaje ardiente, se tiró al suelo dio vueltas sobre sí mismo y se golpeó el pelaje para apagar las chispas, a medida que se iba arrastrando para alejarse del fuego. Intentó hablar pero el humo en la garganta lo hizo toser hasta que sus ojos se anegaron en lágrimas.

Por fin, se sentó, se refregó los ojos con sus adoloridas patas, tosió un poco más y, confundido, se preguntó de dónde provenían las quemaduras y quién lo estaba golpeando y por qué. Sus ojos y su mente se fueron aclarando lentamente. Era Scatter, quien con un gesto lleno de determinación, golpeaba su pelaje. Ella retrocedió, sin dejar de toser, y caminó a su alrededor, inspeccionándolo para descubrir cualquier otro rastro de fuego.

—Ya estás bien —dijo—. Fue muy bueno que me quedara para cuidarte. Nos vamos, ¿entonces?

Fingal intentó responder, pero su voz salía con dificultad de su garganta.

—Deberíamos quedarnos hasta que el fuego... —intentó tomar aliento pero tuvo un acceso de tos— ... se apague. No podemos usar agua para apagarlo. Es peligroso dejarlo encendido. ¿Estás bien?

Scatter se miró las patas, notando por primera vez que le dolían. Por supuesto, no hubiera podido apagar el pelaje de Fingal sin quemarse ella también. Se lamió las patas para refrescarlas, pero estaba orgullosa de esas quemaduras.

—Claro que estoy bien —dijo—. Y tú, ¿qué tal estás? Tú eras el que estaba ardiendo.

Ahora que había pasado el susto, las quemaduras de Fingal empezaron a dolerle. Hizo un gesto de molestia.

—Nada que no pueda remediar con una zambullida en el mar —dijo. Puso un brazo alrededor de ella y ambos sonrieron—. Podría estar tan muerto como un arenque ahumado, sabes, de no haber sido por tu ayuda.

Scatter solo sonrió feliz, aun cuando el abrazo le dolió. Respiró muy hondo sintiéndose satisfecha. No había salvado al bebé. Tampoco había encontrado la fuente del agua podrida. Fingal habría podido hacer todo él solo. Pero ella había hecho algo. Había salvado a Fingal. Eso la hacía sentirse bien.

Cuando del fuego no quedaban más que cenizas calientes, lo cubrieron con tierra húmeda y se fueron.

—Tanto escándalo por un poco de pescado dañado —dijo Fingal y, de pronto, miró hacia el cielo—. ¡Está lloviendo!

—¡Agua limpia y lluvia! —exclamó Scatter con deleite.

Dejaron que el agua corriera sobre sus rostros alegremente, mientras iniciaron la caminata de regreso, colina abajo, con los últimos rayos de sol, atrapando gotas de agua con sus lenguas y estirando sus patas quemadas para aliviarlas con la frescura del agua de lluvia. Scatter deseaba salir corriendo al encuentro de sus amigos, pero prefirió andar un poco más despacio sin dejarlo notar. Era difícil para Fingal seguirle el paso estando tan adolorido y además procurando no cojear.

Capítulo 9

Lluvia —exclamaron dichosos Padra y Arran y se abrazaron, levantando sus cabezas para que la lluvia las refrescara.

—¡Lluvia! —gritó Apple mientras corría a protegerse—. ¡Oh, Corazón!, recibe nuestros agradecimientos.

—¡Lluvia! —susurró Crispín en la cima de una colina y cerró los
ojos. Sintió como si un gran peso estuviera siendo llevado por el
agua lejos de él.

La lluvia martilleaba las rocas y repicaba sobre las hojas, des-
pertando aromas de pasto mojado, de brezos mojados, de árboles
mojados, de rocas mojadas. La lluvia llenaba los ríos, avivaba las
cascadas y limpiaba los arroyos a medida que iban cayendo colina
abajo. Fingal y Scatter bajaban la colina dando tumbos. En una ladera, Urchin y Needle se abrazaron y extendieron sus patas hacia
la lluvia. Júniper, sobre las rocas al lado de la torre, echó hacia atrás
su cabeza y dio gracias. Hobb el topo fue tambaleándose y tiritando hacia el refugio de una madriguera con un grupo de erizos y

topos mojados refunfuñando tras él. Estaba tosiendo fuertemente, pero finalmente pudo hablar.

—¡No tenemos ya suficiente! —se quejó amargamente—. La reina está fuera de sus cabales y no puede ni siquiera cuidar a su propia hija, estamos abrumados por la enfermedad...

—... por culpa de la reina —dijo alguien.

—... ya dije eso, ¿no es así? —replicó toscamente Hobb—. En primer lugar, las aguas están envenenadas y ahora está lloviendo a cántaros. Ahora tendremos inundaciones. Y Husk está a punto de atacar. Si está esperando para tomar su venganza, esta es justo la clase de oportunidad que aprovechará. Caos. ¡Caos! Hay mucho de eso bajo este rey.

—Ha causado muchos problemas desde que regresó —dijo la madre de Gleaner, sacudiéndose el agua de las orejas—. Muchos problemas. Debería haber dejado en paz a lord Husk —y suspiró dramáticamente—. Al menos nuestra querida *lady* Aspen estaría todavía con nosotros.

—¿Realmente crees que lord Husk pueda estar vivo? —preguntó Quill. Y no pudo evitar echar una mirada sobre su hombro como si temiera que Husk estuviera escondido en algún túnel mientras ellos hablaban. Cuando una ardilla entró a la madriguera de un salto, tuvo que ahogar un grito.

—¡Hola, nuestra Gleaner! —dijo la madre de Gleaner, pero ella, con ojos asustados y sin aliento, la ignoró.

—¡Él está de regreso! ¡Él está de regreso! —exclamó jadeando y luchando por recuperar el aliento—. ¡Las cosas que yo pongo en la tumba de *lady* Aspen han desaparecido!

—Eso no significa... —empezó a decir un erizo, pero Gleaner lo miró con furia.

—¿Quién más se las llevaría? —inquirió.

Hobb tosió ruidosamente. Gleaner retrocedió algunos pasos. Al verla, lo mismo hizo Quill.

—Nadie lo vio muerto ¿No es así? —Hobb tiritaba y trataba de darse calor abrazándose a sí mismo—. Ya ni siquiera es posible encontrar una madriguera decente en estos días.

—Tú no estás bien —dijo Quill, y dio otro paso atrás—. Traeré a un sanador.

—No vayas a ninguna parte —ordenó Hobb—. Si estoy enfermo, la culpa es de la reina que trajo la pestilencia de Whitewings aquí. Crispín habría debido obligarla a volver a irse por entre las brumas, en vez de casarse con ella. Todos debemos ayudar a gobernar esta isla, diciéndole lo que debe hacer —sonó un poco menos seguro de sí mismo, y añadió: —o algo por el estilo.

—¡Excúsenme! —dijo un erizo desde el fondo de la madriguera—. ¿Cómo pueden hablar así? ¿No recuerdan cómo era la vida antes de que Crispín fuera rey?

—Pero él no fue educado para ser rey —insistió Hobb y tosió penosamente—. Él necesita que animales sensatos como nosotros le digamos lo que debe hacer, necesita que lo aconsejemos.

Tosió de nuevo y los animales empezaron a retroceder. ¿A dónde se van todos? Tal vez estoy realmente enfermo. Tal vez muera. Por eso es importante que escuchen lo tengo que decir. Necesitamos nuevas ideas respecto a cómo gobernar esta isla.

Gleaner y Quill salieron presurosos de la madriguera y se fueron a sus casas bajo la lluvia. Quill le informó a sus padres que Hobb estaba tosiendo y tiritando y que tal vez deberían conseguir un sanador y que, dicho sea de paso, Hobb decía que Husk estaba de regreso y que se tomaría la isla en cualquier momento, y que todos deberíamos ayudar al rey a gobernar la isla, haciéndolo nosotros mismos o algo por el estilo.

Una lámpara alumbraba débilmente una madriguera en donde había un montón de capas arrumadas en el piso, una jarra de agua se balanceaba sobre una butaca chueca y todo estaba rociado con romero y menta. El aire era pesado y desagradable. En un nido revolcado estaba recostado Yarrow, sediento y adolorido, con los ojos cerrados porque el esfuerzo de mantenerlos abiertos era demasiado grande. Se oían susurros de conversaciones en la entrada, pero él estaba demasiado enfermo para ocuparse de lo que decían.

—Llegó el sanador —dijo Hammily, su esposa.

Con un inmenso esfuerzo, él se dio la vuelta y abrió un poco un ojo. Entonces, en voz más baja, ella dijo:

—Es realmente muy amable de su parte, Su Majestad, y usted con todos sus problemas y preocupaciones.

Yarrow intentó sentarse pero no lo logró.

—¡Ella no! —dijo ásperamente, aun cuando hablar le dolía inmensamente—. ¡No la quiero a ella!

—¡Yarrow! —exclamó su esposa—. Lo siento mucho, Su Majestad.

—No se preocupe, señora Hammily —dijo Cedar y alzó la voz para que Yarrow pudiera escucharla claramente—. Yarrow, si no quiere que yo lo ayude, no lo haré. Pero todos los demás sanadores de la isla están ocupados, y todos tenemos largas listas de animales para visitar. Entonces, me temo que seré yo o nadie.

Yarrow alzó la vista con sus adoloridos ojos. Todo el mundo decía que la reina estaba loca.

—Solo déjeme los medicamentos —dijo.

—¡Yarrow! —exclamó su esposa.

—No hasta que lo haya examinado y sepa qué es lo que le conviene más —repuso Cedar.

Con gran esfuerzo, Yarrow levantó la cabeza.

—Me estoy mejorando —susurró.

—¡Yarrow! —exclamó de nuevo Hammily. Ella era una ardilla alta y flaca, con una mirada penetrante—. No lo estás.

—Si él no desea que lo vea, no puedo insistir —dijo Cedar—. Hay más animales que me necesitan y podrían estar cerca de la muerte. Envíeme a buscar si cambia de opinión.

—Su amigo Hobb no ha estado muy bien, por favor, Su Majestad —dijo Hammily tímidamente.

La reina se refregó los ojos, que le estaban doliendo del cansancio y la tristeza, y ahogó un bostezo.

—Iré a verlo —dijo.

Urchin y Needle, con la lluvia empapando su pelaje y sus espinas, habían continuado la búsqueda del escondite de Linty, incluso después de que había comenzado a diluviar. Solo la escasez de luz los hizo decidir regresar a la torre, cuando Sepia ya estaba dando saltos por entre los árboles.

—Acabo de ir a ver a Damson —dijo—. Está muy enferma. Realmente muy enferma y estoy preocupada. Ella quiere ver a Júniper y a Fir, pero tal como están las cosas, tendrá que conformarse con uno de los dos.

—El hermano Fir está demasiado enfermo para salir de la cama —dijo Urchin—, pero yo puedo ir a decírselo a Júniper.

—¡Oh, por favor! —dijo Sepia—. Tú eres más rápido que yo.

Urchin, comprendiendo súbitamente lo cansado que estaba, hizo acopio de sus últimas fuerzas y se dirigió presuroso hacia la torre. Sepia, tratando de ver algo en medio de la escasa luz, miró hacia Needle desde lo alto del árbol.

—¿Qué tienes atrapado entre tus espinas? —preguntó—. ¿Una flor o algo así?

Needle se esmeró para ver. Algo rosado se había prendido en sus espinas cerca de su brazo izquierdo.

—Parece ser un... sí, lo es —dijo Sepia—. Es un pétalo de rosa. Está mojado pero todavía está rosado, debe haberse secado en el sol —cuidadosamente lo liberó—. He visto uno como este en algún lugar. ¡Oh!

En el mismo momento, ambas recordaron en dónde habían visto pétalos como este antes. Solo unos días antes, aun cuando ahora pareciera toda una vida, cientos de ellos habían caído en la Cámara de Reuniones.

En túneles y bajo las raíces de los árboles se escuchaban chillidos de emoción provenientes de pequeños topos y erizos, cada uno asido fuertemente a la pata de un adulto, mientras se encaminaban al antiguo Palacio de los Topos. Había que llevar cobijas, maletas en las espaldas y linternas en las patas, mientras los pequeños formulaban sus preguntas y los padres trataban de explicar que ya no era un verdadero palacio, que sí, que podrían dormir esa noche allí, y que no, que no sabían cuándo llegaría el momento de regresar al hogar. Algunos eran tímidos otros halaban ansiosos las patas de sus madres y algunos más querían saber en dónde estaban sus amigos las ardillas y las nutrias. Los padres, al dejar a sus hijos en la guardería, miraban ansiosos sobre sus hombros, y no se decidían a irse; pero, como les explicaba la madre Huggen, no había espacio para todos. Los padres cuchicheaban entre ellos y decían que lo comprendían, pero de todas formas, no querían quitarles los ojos de encima, no mientras la princesa Catkin estuviera desaparecida, y entonces bajaban aún más la voz para decir que Husk podía andar por ahí. Algunos anotaron que Hobb el topo y sus amigos tenían buenas ideas sobre cómo gobernar la isla, claro, si los pobres vivían lo suficiente como para poder contarlas.

—Las nutrias han permanecido en las playas, que es donde les gusta estar —dijo el capitán Lugg, caminando al frente con una linterna—. Y las ardillas vendrán luego. Somos nosotros los topos y los erizos los que nos sentimos a gusto en los túneles. No se puede pedir que las ardillas vengan de primeras.

Linty esparció tierra sobre su nuevo escondite y haló, empujó y entretejió las raíces de los árboles para organizarlas. No había sido fácil llegar allí. Había querido sacar al bebé a la superficie y se había arrastrado por la maleza con Catkin envuelta en sus brazos, pero había animales por ahí y se había refugiado en el primer túnel que había encontrado. Incluso en el túnel había escuchado voces cercanas —¿por qué sería que no la dejaban en paz?— y había tenido que cavar una nueva ruta hasta su refugio. Al menos Catkin había estado en la superficie el tiempo suficiente para llevar un poco de aire fresco a sus pulmones.

Ahora estaban aquí, y este era un mejor escondite. Había logrado llevar el trozo de muselina que había encontrado en una tumba en los Tangletwigs. Sería muy útil para cubrir los nidos y para colar las semillas de las bayas para Catkin. Cuando Catkin estuvo acomodada en su cuna y se sentó para mirar sus nuevos alrededores, Linty se acostó y puso su oreja contra el suelo. Escuchó el ruido de pequeñas patas y la conversación de voces jóvenes, cada vez más y más numerosas. ¿Por qué se estarían desplazando tantos pequeños? ¿Qué significado tenía eso? No más peligro, oh, por favor, no más peligro. Era difícil decidir qué hacer. Ella abrazó a Daisy —no, esta era Catkin— con mucha fuerza.

La lluvia golpeaba las ventanas del tenuemente iluminado torreón en donde el hermano Fir estaba en su cama, reclinado sobre almohadas. Júniper, arrodillado con las patas estiradas hacia el fuego mientras salía vapor de su pelaje, pensaba que este debía ser el mejor lugar de toda la isla esa noche. Valía la pena mojarse y enfriarse para volver aquí. Todo el día se la había pasado entrando en las cuevas, madrigueras y casas en los árboles, y saliendo de estas, administrando bebidas y medicamentos, calmando a los enfermos, tranquilizando a las familias angustiadas, cuidando a los moribundos. Cada vez que se había sentido exhausto había pensado en la reina, quien parecía trabajar el doble que los demás. Finalmente se había arrastrado entre la lluvia hasta el hogar, tambaleando de cansancio, hasta llegar a este paraíso en el cielo. Aquí estaba a salvo de la tormenta que golpeaba las ventanas, a salvo frente al fuego que lo calentaba, con una olla de licor calentándose en el fogón y con velas que alumbraban suavemente. Tal vez debía llevar su mente a la profecía, pero estaba demasiado cansado para pensar, y prefirió disfrutar agradecido la tibieza. Los ojos del hermano Fir estaban cerrados, pero no podía asegurar si dormía o no.

Levantó la olla cuidadosamente, vertió licor en dos copas y llevó una a la cama.

—¿hermano Fir? —dijo suavemente.

Los ojos del hermano Fir se abrieron.

—No estaba dormido, sabes —dijo con una voz que delataba aún su debilidad—. Solo descansaba. Me siento muy descansado. ¡Licor! ¡Hmm! Cómo te agradezco, joven Júniper.

Intentó sentarse más erguido, pero Júniper pudo darse cuenta del gran esfuerzo que hacía. Colocó un brazo alrededor de Fir para ayudarlo a enderezarse y acomodó las almohadas bajo él.

—Pronto estaré bien —dijo Fir—. Sin embargo, estoy seguro de que la isla se las arregla muy bien sin mí.

Bebió un poco de licor. —Muy bien, Júniper. Eres un excelente novicio y el rey y la reina sobrepasan todas nuestras esperanzas. Si tengo que enfermarme, este no es un mal momento para hacerlo.

Júniper quería rogarle que no hablara, pues sabía que al hacerlo le dolía la garganta, pero le pareció irrespetuoso hablarle así al sacerdote. Regresó a la chimenea, consciente de que el aroma de hierbas y vinagre todavía se sentía. Era el olor que despedían todos los sanadores ahora, pero también era un olor que le recordaba la enfermedad y la muerte y por eso deseaba intensamente no sentirlo más.

—Fingal y sus amigos han limpiado las aguas —dijo Fir—. Pronto todo se arreglará.

—No se haga daño hablando, por favor, hermano Fir —dijo Júniper.

—Hm —rezongó Fir. Cuando terminó su licor y empezó a adormilarse, Júniper lo cobijó. Podía bajar a las cocinas a ayudar a preparar más infusiones, pero no quería dejar solo al hermano Fir. Era tan agradable simplemente estar ahí y descansar por fin. *Profecía*. "Hijos sin padre" ¿Se referiría a jóvenes animales que quedaran huérfanos debido a la sequía pestilente? ¿Y de qué se trataba eso de un camino en el mar? ¿Se referiría al embarcadero? Había colocado otro tronco en el fuego cuando un golpeteo enérgico en la puerta lo obligó a alejarse con disgusto de la chimenea.

—¡No despierten al hermano Fir! —susurró y abrió la puerta y comprobó quién era.

—¡Urchin!

El pelaje pálido de Urchin lucía más oscuro y grueso por la lluvia y estaba tiritando. Júniper lo acercó a la chimenea.

—¿Tienes dolor de cabeza? —preguntó—. ¿O tos? ¿Te sientes…?

—Estoy bien —repuso Urchin rápidamente—. Solo estoy mojado.

Observó la calidez y la paz del cuarto del torreón, el fuego en la chimenea y el licor sin terminar sobre la repisa, y comprendió que Júniper había regresado hacía poco. Ahora tenía que enviarlo afuera de nuevo y se odió por tener que hacerlo.

—¿Ya supiste? —dijo Júniper, acercando otra copa—. ¡Encontraron la fuente de podredumbre en las aguas!

—Sí, ya lo sé todo —dijo Urchin—. Mira, Júniper. Sepia vino a buscarme con un mensaje para ti. Se trata de Damson.

Júniper dejó de ocuparse de las bebidas. Se quedó totalmente quieto, a la espera de lo que Urchin diría enseguida.

—Está muy enferma —dijo Urchin. Los ojos del hermano Fir se abrieron—. Ella dice que quiere verte a ti y a un sacerdote, pero…

—Yo valdré por los dos —dijo Júniper y fue a buscar su capa.

—Yo debo… —dijo el hermano Fir y respiró ruidosamente— debo ir. Tú… —intentó levantarse de la cama pero al poner sus patas traseras en el suelo se tambaleó y Urchin alcanzó a sostenerlo.

—Usted tiene que quedarse aquí, hermano Fir —dijo Júniper—. Empeorará si llega a salir.

—Yo iré con Júniper —dijo Urchin—. Y le pediré a Whittle que se quede con usted, hermano Fir.

Mientras Urchin encontraba a alguien que fuera a buscar a Whittle, Júniper revisó el contenido de su bolso y agregó más medicamentos para la fiebre, más romero y menta. Se arrodilló para recibir la bendición del hermano Fir y Urchin empezó a bajar las escaleras del torreón, en silencio, escuchando el sonido de la lluvia contra las ventanas. Al llegar a la entrada del taller, un pequeño topo les salió al encuentro, sin aliento.

—El rey y la reina esperan a Urchin en el Salón del Trono sin demora —dijo muy serio.

—Tú debes ir allá y yo iré a ver a Damson —dijo Júniper al ver que Urchin dudaba. Es así de simple.

—Entonces, no vayas solo —dijo Urchin—. Consigue a alguien que te acompañe, a Fingal o a alguien.

—No hay tiempo —dijo Júniper.

Urchin quería prometerle ir a buscarlo más tarde, o enviar a alguien, pero, ¿cómo podía prometer eso? No sabía qué le pedirían el rey y la reina. Le había dolido tener que sacar a Júniper del cálido torreón, y le dolía todavía más tener que dejarlo ir solo en medio de la tormenta. Sintiendo ese dolor en el corazón, se encaminó hacia el Salón del Trono en donde encontró a Crispín, Cedar, Needle y Sepia muy excitados, hablando de un pétalo de rosa —uno de los pétalos de rosa secos de la ceremonia de bautizo de Catkin— y de una nueva búsqueda.

Júniper se arropó con su capa y se fue corriendo, enfrentando el viento y la lluvia, hasta la cascada. Él había crecido allí. Conocía todos los senderos y todas las cuevas, y no necesitaba que una nutria iluminara su camino con una linterna a prueba de tormentas.

—¿Es el hermano Júniper? —preguntó la nutria—. Ella sigue preguntando por usted. La señora Apple está con ella.

Entonces todavía estaba viva. "Apple no debe contagiarse", pensó Júniper, al pasar bajo la rama de un árbol. Si su madre adoptiva estaba gravemente enferma, no quería que la de Urchin también se contagiara de la sequía pestilente. Él se hizo camino por entre viejas raíces retorcidas, anudó una máscara de muselina alrededor de su rostro y vio a Apple inclinada sobre la encogida figura acostada en su nido.

—Aquí está Júniper, señora Damson. Ahora estarás bien, tu Júniper está aquí —dijo Apple. Ella se irguió, se acercó a Júniper y bajó su tono de voz al de un murmullo—. Las cosas no están nada bien, mi querido Júniper, lo siento mucho por ti, con todo mi corazón, pero las cosas no están bien.

—Gracias por estar con ella, Apple —susurró Júniper a través de la muselina—. Es mejor que se vaya. No queremos que nada le...

—Oh, no te preocupes por mí, yo nunca me contagio de nada —dijo mientras le acariciaba una pata—. Creo que se lo debo a mi licor, yo lo bebo todos los días. Si todos lo bebiéramos no habría una tos ni un estornudo en toda la isla. Me quedaré un rato, si no te molesta. Me mantendré apartada para no incomodarte, ya que eres su hijo pero además casi un sacerdote y todo un sanador. Y alimentaré el fuego.

Júniper se quitó su capa mojada, se arrodilló al lado de Damson y observó las señales que había temido. No solo era la respiración trabajosa, ni la muñeca hinchada y la irritación bajo su pata. Era algo en su expresión, como si ella supiera que la lucha había terminado y se hubiera rendido, eso fue lo que entristeció su corazón. Destapó una botella de agua de Spring Gate, la vertió sobre un poco de musgo y se la puso en los labios.

—Eso es bueno —dijo ella, y volvió su rostro hacia el otro lado con los ojos entrecerrados—. No eres tú ¿No es cierto, Apple?

Entonces su vista también estaba fallando.

—No, soy Júniper —dijo. Se inclinó más hacia ella mientras Apple acercó la vela y pudieron verse claramente los rostros.

—¡Mi Júniper! —exclamó y extendió sus brazos hacia él.

Júniper la abrazó cariñosamente, y sintió cómo estaba de delgada y cómo se había engrosado su pelaje. Luego la dejó caer suavemente en su nido y asió su pata.

—No te vayas a enfermar —susurró ella.

—No lo haré —dijo—. ¿Tienes dolor?

—No, no tengo dolor ni ninguna otra cosa —dijo y suspiró—. Te tengo a ti. Eso es todo. Pero un sacerdote, necesito un sacerdote.

—Me temo que tendrás que arreglártelas conmigo —dijo.

Damson frunció el ceño.

—Necesito al hermano Fir —insistió—. ¿Él vendrá?

—Él no está bien —dijo Júniper.

Sus ojos se agrandaron por la angustia y el miedo.

—¿Está él...?

—No, no es la enfermedad —repuso.

—Pero ¿Vendrá?

Júniper no quería desilusionarla, pero sabía que tampoco podía darle una esperanza falsa.

—Ya veremos —dijo.

Mientras Apple atizaba el fuego y el calor iba entibiando el ambiente, Damson pareció caer en un sueño ligero, pero cuando Júniper se movió para ponerse un poco más cómodo, abrió los ojos y le sonrió débilmente.

—Todavía estás aquí —susurró.

—No voy a dejarte, mamita —le dijo y ella sonrió de nuevo contenta.

—Tú siempre has sido para mí como un verdadero hijo —dijo—. Nunca tuve hijos propios, pero tú fuiste mi hijo desde la noche en que te encontré. No me atrevo a pensar en ¡Cuán sola habría vivido sin ti! Los mejores años de mi vida, fueron estos.

Él oprimió su pata con fuerza. Eso dejaba sentada su relación, entonces. Esta habría podido ser la última oportunidad de descubrir algo de lo que ella sabía respecto a quién era él en realidad. Pero no podía preguntarle nada, después de esta declaración. Y, por primera vez, sintió que no necesitaba saber. Ella había sido la única madre que él había necesitado. Mientras asía su pata y ella iba muriendo, quería que ambos olvidaran que él era adoptado, que fueran simplemente madre e hijo.

—Y tú has sido mi verdadera mamá —dijo y le acercó el musgo para que bebiera de nuevo.

Ella bebió el agua, habló un poco, recordó que tenía que terminar su costura y se durmió de nuevo. Júniper la arropó con la cobija, sostuvo su pata y esperó. Sería una larga noche.

Apple le llevó una bebida caliente y lo envolvió en una capa, y, al notar que la noche se iba enfriando, Júniper se lo agradeció. La pata de Damson descansaba todavía en la suya. Una y otra vez Apple atizó el fuego, y el chisporroteo de la leña al quemarse hablaba claramente en el silencio que los envolvía.

Como era incapaz de concentrarse en su profecía, pensó en lo que el hermano Fir había dicho, justo antes de enfermarse. La isla enfrentaría a su mayor enemigo, oponiendo pata contra pata, mente contra mente y corazón contra Corazón.

El verdadero enemigo ¿Estaría detrás del secuestro de Catkin? ¿Estaba Linty controlada por algún poder malévolo?, y de ser así, ¿qué cosas terribles podrían ocurrirle a Catkin? ¿Era todo —la desaparición de Catkin y la enfermedad, también— obra de lord Husk o de su fantasma? Él había asesinado al último heredero de Mistmantle. ¿Habría venido por el siguiente?

La imaginación de Júniper vagó por lugares oscuros y confusos, en busca de lo peor que podría ocurrir. ¿Habría una maldición sobre la Heredera de Mistmantle, o incluso sobre todos ellos? La sequía pestilente ¿Se los llevaría a todos?

Detrás de él, algo se movía. Podía escuchar una lucha. Se estaba acercando. El terror de verlo lo paralizó de miedo. El sudor corrió por su cuello. No debía moverse. Lo que fuera —o quien fuera— que estuviera en la cueva, no debía sentir su presencia.

Pero el terror más grande de no verlo, lo obligó a volverse, cautelosamente, para mirar.

De la oscuridad del fondo de la cueva, algo saltó. Júniper se encogió, mordió su labio para ahogar un grito y quedó helado. Entonces, con gran alivio, se rio.

Una diminuta rana estaba plantada en el piso, mirándolo con grandes ojos saltones. Ella se veía mucho más asustada de lo que él estaba. Permaneció quieta, con su garganta palpitando, y de pronto dio un salto en busca de un lugar seguro en una grieta de la pared. Damson perturbada por el movimiento, se movió y murmuró entre sueños.

Júniper sintió que la tensión se disolvía. Se había imaginado un horrible espectro y había encontrado una rana diminuta. La realidad era esta quietud, el fuego, la pata de Damson en la suya y el paciente amor que rodeaba su muerte. Y esta muerte no era una muerte que hubiera que temer. Era una muerte amable. Entonces Júniper comprendió por qué el hermano Fir les había dicho que debían entender por sí mismos cuál era el peor enemigo de la isla. No era la enfermedad, ni la muerte, ni siquiera Husk, vivo o muerto.

Júniper lo comprendía ahora.

Capítulo 10

El capitán Lugg y un equipo de topos subían por la enfangada colina, con las cabezas gachas para protegerse de la tormenta. Ya había ardillas y erizos iluminando con linternas mientras otros buscaban y olisqueaban. Urchin y Needle, Cedar y Crispín, se arrodillaron alrededor del lugar en donde Needle había encontrado el pétalo.

—Pero nosotros ya buscamos aquí antes —dijo Urchin—. Estoy seguro de que no estaba aquí antes pues lo habríamos visto. Debió caer aquí después.

—Y había cantidades de esos pétalos —señaló Needle—. Caían hasta dentro de los sombreros. Este podría no tener nada que ver con Catkin.

—Yo creo que estamos por descubrir algo, Su Majestad —gritó un topo.

Una pequeña ardilla, una de las bailarinas, estaba ingresando con mucho esfuerzo por un estrecho espacio dentro de la raíz de un árbol.

Su voz, saliendo de entre la tierra, los llamaba mientras ellos intentaban escucharla aplicando sus orejas al suelo mojado.

—Las raíces han sido bloqueadas —decía—. Pero los topos piensan que no todo tiene el mismo espesor. Podría haber un túnel en la parte más delgada. Necesitamos un topo para que escuche las vibraciones y los sonidos.

—Tendrá que ser uno pequeño —dijo Lugg. —Ve tú, pequeña Ninn.

Un pequeño topo hembra de pelaje oscuro se deslizó hábilmente dentro de un túnel, mientras Lugg y Cedar presionaban sus orejas contra la maleza húmeda, tratando de escuchar cada crujido y cada paso, a pesar de la lluvia atronadora. Se escucharon más escarbaduras escarbadas y más murmullos de los animales que se encontraban bajo tierra, mientras Lugg escuchaba con mucha atención. Súbitamente dio un salto.

—¡Allá! —gritó—. ¡En ese parche de brezo! ¡Pónganse a escarbar! —gritó de nuevo.

Los animales corrieron hacia el parche de brezo, cayeron sobre sus rodillas y empezaron a escarbar la tierra con inmenso empeño.

—Va hasta muy profundo —dijo Lugg—. Necesitamos otros dos topos pequeños que entren al túnel más cercano. Ustedes dos, vayan.

Los topos se metieron en la tierra mientras Cedar escarbaba enloquecida en el brezo.

—¡Hay un espacio! —dijo muy alterada.

Urchin esforzó sus ojos para mirar y solo vio tierra muy apretada, pero no había raíces entremezcladas en ella. Eso no era natural. Alguien lo había hecho de esa forma.

Más escarbaduras se seguían escuchando desde adentro y, de pronto, con una suave caída de tierra, Cedar se deslizó por entre el espacio seguida de Crispín. Urchin, con una linterna en su pata, los siguió.

Se encontró dentro de un túnel tan estrecho y retorcido que estaba seguro de que ya fuera él o la linterna, sin duda, alguno de los dos se quedaría atascado, pero en pocos segundos logró hacerse camino y se unió a Cedar y Crispín dentro de una cámara arqueada. Su pata se había tropezado contra una piedra afilada y estaba herida, pero al menos la linterna seguía dando luz. La cámara estaba limpia, seca y perfectamente vacía de no ser por un poco de pasto y algunos cabos de vela que se veían en el suelo. Sentía sus ojos irritados y se los refregó con su pata libre.

—Ellas estuvieron aquí —murmuró Cedar—. Ellas estuvieron aquí y hemos llegado demasiado tarde.

Se sentó en el piso y abrazó sus rodillas.

Entonces Urchin gritó desde el fondo del túnel.

—¡Se han ido!—y luego se sentó al lado de la reina y puso su pata sobre sus hombros.

Él recordaba cómo lo había cuidado ella cuando era prisionero en Whitewings. Quería encontrar a Catkin para ella, desesperadamente.

—Deben haber estado bien cuando se fueron de aquí —dijo—, cuando el pétalo cayó, hace un día o dos.

—Hay docenas de túneles —dijo Crispín—, algunos de ellos están bloqueados, pero ninguno ha sido usado recientemente hasta donde se puede observar. Deben haberse ido por la superficie, pero no veo cómo pudieron hacer eso sin que nadie las viera.

Cedar levantó la cabeza.

—No habrá huellas —dijo muy desanimada—. Toda esta lluvia las habrá borrado, necesariamente.

—Ella no puede haberse quedado en la superficie mucho tiempo —dijo Urchin, tratando de analizar la situación—. Demasiado peligroso. Debe haber otro lugar como este cerca de aquí.

—Podría estar en cualquier parte —dijo Cedar con al borde del llanto, se refregó los ojos con las patas—. ¿Qué hacemos ahora? ¿Empezar de nuevo? Siento mucho quejarme tanto, pero no sé cuántas desilusiones más podré soportar.

—No te estás quejando —dijo Crispín y se sentó a su lado —. Tienes el espíritu más fuerte que yo haya conocido.

Urchin estaba dedicado a pensar.

—Usted fue líder de la resistencia en Whitewings —dijo—. Tuvo que ocultar secretos. Mantuvo en vida a Larch y a Flame y le hizo creer a todo el mundo que estaban muertos. Si usted fuera Linty, ¿qué haría?

Cedar fijó su mirada al frente y su rostro denotó gran concentración. Por fin, lenta y concienzudamente, dijo:

—No encontramos este lugar sino hasta ahora porque está ingeniosamente escondido y es tan profundo que parecería imposible. Imposible hacerlo, y más imposible aún llegar a él. Ella se ha ido a otro lugar imposible. Por eso debemos buscar en lugares imposibles. Y si yo estuviera haciendo lo que ella está haciendo —habló muy lentamente como pensando en voz alta— creo, creo, que trataría de llegar a la playa, por si acaso fuera necesario tener que abandonar la isla.

Se levantó de un salto y luego se paralizó, como si hubiera quedado congelada en un instante. Sus ojos se fijaron en una mancha en el piso. Urchin nunca había visto una expresión tal de terror en su rostro. Él y Crispín siguieron su mirada para ver una mancha oscura en el piso.

—¡Sangre! —susurró ella.

—Es mía —dijo Urchin—. Me corté la pata con una piedra.

La reina se arrodilló y examinó la mancha. Luego alzó su mirada hacia él.

—Esta no es sangre fresca —dijo—. No puede ser tuya, está seca. Crispín tomó su pata.

—Es muy poca —dijo—. Podría deberse a cualquier cosa. Linty podría haberse cortado. No pierdas la esperanza.

—Es lo único que me queda —dijo—. No sé qué debemos hacer ahora.

—Por favor, Su Majestad, quisiera que usted durmiera —dijo Urchin—. El resto de nosotros podemos seguir buscando.

Ella lo miró desconsolada.

—Si supieras cómo son mis pesadillas, no dirías eso.

El resto de la larga noche y todo el día siguiente, continuó la búsqueda de Catkin, en medio de la lluvia incesante. En el Palacio de los Topos, los pequeños animales chillaban y se perseguían unos a otros, jugaban a hacer meriendas, comían cereal mientras escuchaban embelesados las historias que les contaban la madre Huggen y Moth y dormían en tibios nidos. Twigg hacía juguetes con trozos de madera y los pulía con vinagre antes de dárselos a los pequeños. Las sombras se alargaban, los arroyos corrían claros pero Catkin seguía desaparecida.

Sepia llegó a la raíz del árbol de Damson y Apple se fue a su hogar. Llegada la noche, Damson empezó a mover su cabeza desesperada. Por la forma en que buscaba la pata de Júniper, él comprendió que su vista ya se había agotado y que ella luchaba para levantar su cabeza cuando él le hablaba, quizá porque le resultaba difícil escuchar su voz. Ella murmuraba, susurraba y tartamudeaba, y aun cuando Júniper acercaba su oído lo más cerca posible de sus labios, no lograba entender ni una sola palabra. Se enderezó, se refregó los ojos mientras se preguntaba cuándo había dormido bien por última vez, pero un súbito sollozo y un jadeo de Damson lo impactaron.

—¡Necesito un sacerdote! —gritó ella—. ¡Tráiganme al sacerdote!

—Aquí estoy —dijo Júniper. Le acarició la cabeza y tomó su pata—. Yo ahora soy un sacerdote novicio.

—¡Me refiero a un sacerdote de verdad! —gritó Damson—. ¡Al hermano Fir!

—Sh —dijo Júniper cariñosamente—. Duérmete ahora.

No servía de nada tratar de explicarle que el hermano Fir no podía venir. Al cabo. ella fue cayendo presa del sueño, pero cada vez que se despertaba sus gritos eran más suplicantes y urgentes.

—¿Dónde está el sacerdote?

—¿A qué hora vendrá el hermano Fir? ¡Necesito al hermano Fir! ¡Díganle que me estoy muriendo! ¡Por favor! ¡Por favor! ¡Antes de que muera!

Por fin, acabó por calmarse y recostó su cabeza en el canto de Júniper. Tal vez ahora se iría poco a poco, sin más sobresaltos, pensó él. Eso sería lo mejor. Una tranquilidad se aposentaba con la muerte. Él había aprendido eso en estos últimos días y ahora era capaz de reconocerla. Lo único que podía hacer era esperar junto a ella mientras moría, todo el tiempo que fuera necesario. Ella abrió de nuevo sus ojos y presionó su pata.

—Eres el sacerdote, ¿No es así? —susurró muy calmadamente—. Te necesitaba urgentemente antes de morir. Sabía que vendrías. Temía que llegaras demasiado tarde. Sepia, ¿Es él el sacerdote?

Júniper miró a Sepia y ella se sentó junto a ellos. Si Damson hubiera dicho "Ese es el hermano Fir", habría sido mucho más difícil. Pero ella había dicho: "Eres el sacerdote, ¿no es así?"

Él era casi un sacerdote y solo un sacerdote podía consolarla ahora. Entonces tomó la decisión que cambiaría su vida.

—Sí —dijo—. El sacerdote está aquí.

Sintió que ella se dejó ir y se relajó sobre su canto. Se escuchó un leve sollozo.

—Entonces puedo contar la verdad.

Capítulo 11

Sepia se levantó y dio un paso atrás. Estaba mirando intensamente a Júniper, quien le devolvió la mirada. Ella agitó levemente la cabeza, pero Júniper siguió mirándola sin flaquear.

Sepia habló tan suavemente que casi no pronunció las palabras, solo las insinuó.

—No deberías escuchar esto.

—Es demasiado tarde —murmuró Júniper—. Ella tiene que decirlo. No morirá en paz si no lo dice.

Damson tenía que creer que él era el hermano Fir. No era solo que él quisiera escuchar lo que ella iba a decir. Ella tenía que creer que había hablado con el hermano Fir, o de lo contrario, moriría angustiada. Él le acercó el musgo a los labios. Ella habló muy despacio, deteniéndose una y otra vez para coger fuerzas.

—Nunca antes lo he contado —dijo—. Hace mucho tiempo, yo vivía en un lugar más alto que este, cerca al lugar en donde se yergue la cresta de la colina poblada de alerces, y un poco más lejos queda la pequeña bahía. Los animales que viven allí se mantienen alejados de los demás. Mi esposo había muerto en la última de las tormentas. Nosotros no habíamos tenido hijos propios y esa era nuestra gran pena. Había allí una joven ardilla, una bonita chica de pelaje oscuro y de carácter dulce. Siempre disponía de tiempo para conversar. Su gente también había muerto en la tormenta.

Hizo una pausa para tomar aliento y luego continuó, con voz muy débil.

—Demasiado confiada, demasiado dispuesta. Llamada Spindrift hubo otra larga pausa y su respiración se hizo más ruidosa—. Ella me contó muchas cosas, pero no lo que más importaba. Nunca me dijo que esperaba un hijo. Yo lo noté, pero ella no me dijo nada sino hasta cuando tuvo al bebé en sus brazos. Era un hermoso bebé, muy parecido a su madre. Ella dijo que se había casado y que era un secreto y que su esposo regresaría para llevarla a un lugar especial. Yo no debía hablar con nadie sobre el bebé. Él también era un secreto. Yo tenía muchas dudas, hermano Fir. Yo sabía que se trataba de alguien que había venido en un barco y, por lo tanto, podría no volver nunca por ella.

Júniper le dio un sorbo de agua y en ese momento se adormeció mientras él le acariciaba la cabeza. Sus piernas se entumecieron pero permaneció quieto para no molestarla. El fuego se había debilitado. Sepia lo alimentó y luego le trajo a Júniper una capa para arroparlo por sobre los hombros. Ella colocó la vela más cerca de él. En su sueño, Damson murmuraba frases de una canción y Júniper creyó reconocer la canción de cuna de Mistmantle. No había nada que hacer distinto a esperar que despertara de nuevo. Cuando sus ojos se abrieron, miró a su alrededor sin lograr ver nada.

—Está oscuro aquí —dijo ella—. ¿Todavía estás aquí?

—Aquí estoy —repuso Júniper—. Y el esposo de Spindrift ¿Regresó por ella?

—Oh, sí, él vino —y su voz pareció un lamento. —En medio de la noche, llegó por ella.

La piel de Júniper se erizó bajo su pelaje. Empezó a pensar que tal vez era preferible no escuchar eso. Pero ya no tenía ninguna opción. Las palabras de la profecía revoloteaban en el fondo de su mente como algo muy alejado, que hubiera escuchado vagamente, y sin saberlo.

—Ella me lo dijo una tarde —dijo Damson—. Me dijo que él vendría esa misma noche. Yo me desperté en medio de la noche —oí llorar al bebé—, pude escuchar algo que se movía en la cima del acantilado, muy en lo alto de la costa. Escuché una voz, ¡recordé esa voz, hermano Fir, todos estos años! Hubiera querido poder olvidarla. "Por aquí, mi amor". Eso fue lo que dijo. Esa voz penetró mi mente. Y allí permaneció. Hasta el día de hoy, hermano Fir, no tengo claro lo que vi. La noche estaba muy negra, no había luna y mi visión en la oscuridad nunca fue muy buena. Escuché un grito. Incluso en ese momento, no supe, ¡no supe qué hacer! Yo me aturdo fácilmente, señor. Algunas veces un grito no es más que la voz de algún joven haciendo travesuras, pero ese sí sonó como un verdadero grito. Yo me apresuré a ir a mirar. Te lo diré ahora… nunca antes lo hice —hubo una larga pausa—. He debido hacerlo. Pero no lo hice.

Respiró muy hondo. Júniper sintió su pulso acelerado.

—Paz, Damson —dijo—. Tómate tu tiempo.

—Había un bote cerca al agua. Vi a una ardilla poniendo algo en él, era algo que estaba envuelto, no supe de qué se trataba. Él le hizo algo al bote. Luego, regresó. Vi algo blanco en su pecho.

Estaba caminando a lo largo de la playa, se detenía, volvía a caminar, como si estuviera buscando algo. ¿Me estás escuchando?

—Sí, te escucho —dijo Júniper.

—Luego, lo perdí de vista —dijo—, luego divisé de nuevo la mancha blanca de su pecho y algo en el aire. Él había tirado algo. Escuché un chapoteo. Él empujó el bote hacia el mar. Yo estaba tan asustada que no quería moverme, pero tuve un sentimiento terrible respecto a lo que había tirado al mar. Esperé hasta que ya no hubo rastro de él, y corrí… corrí hasta la playa.

Hubo que esperar un buen rato hasta que ella recobró fuerzas. Júniper permaneció muy quieto. Ya había adivinado lo que iba a decir enseguida.

—¡Yo tenía razón! —gimió—. ¡No podía creerlo! Flotando en el agua, apenas pataleando para permanecer a flote. ¡Él había intentado ahogar al bebé! ¡Al pequeño Júniper!

"Por fin", pensó Júniper, "Por fin sé lo que ella quiso ocultarme". Mi padre había intentado matarme. Siempre había sabido que había algún secreto oscuro en su pasado, y por fin sabía de qué se trataba. Podía entender por qué Damson no se lo había contado y se sintió agradecido con ella. Era terrible, pero al menos la duda había quedado aclarada.

Sepia se le acercó con la intención de coger su pata libre, pero se dio cuenta de que no podía tocarlo. El momento pertenecía a Damson y Júniper. Ella no era más que una intrusa.

Damson cerró de nuevo sus ojos y cuando se adormeció, Sepia se puso al lado de Júniper y presionó su pata sobre el hombro de él cariñosamente, pero Júniper no se inmutó. Sintió que él no tenía la menor idea de que ella estuviera allí.

Damson permaneció dormida. El fuego se fue apagando pero Sepia lo alimentó y luego calentó un licor. Le hubiera gustado ofrecerle a Júniper, pero sabía que no lo bebería. Ella cuidó el fuego, mientras bebía el licor caliente, deseaba que alguien más se encontrara allí con ellos, la madre Huggen o Moth, Arran o Padra. Alguien que supiera lo que había que hacer.

Se estaba quedando medio dormida, cerca al fuego, cuando escuchó un leve gemido que venía de la cama. Cuando Damson abrió lentamente sus ojos y se movió, su voz sonó más débil que nunca.

—Lo saqué del agua —murmuró—. Y me lo llevé conmigo. He debido llevarlo a la torre. He debido contarle al rey Brushen, pero no me atreví. He debido contarle a un capitán o a alguien. He debido contarles lo que le ocurrió a Spindrift, y que esa ardilla había intentado matar a Júniper. ¡He debido contarlo! —dio un gemido de angustia—. ¡Yo estaba muy asustada! ¡No sabía quién era esa ardilla! ¡No conocía su nombre! ¡Si ellos no podían descubrir quién era él, todavía estaría libre! Él habría vuelto a buscarme y además se habría enterado de que el bebé estaba vivo. ¡Él habría vuelto por Júniper! ¡Lo habría hecho!

Júniper alisó su pelaje y la abrazó cariñosamente.

—Ssh, tranquila, Damson. No has hecho nada malo. Salvaste al bebé, ¿No es cierto?

—Yo estaba asustada, hermano Fir. ¡No sabía qué debía hacer! Simplemente rescaté a Júniper y me dediqué a quererlo. Su pata se había torcido, tal vez cuando la ardilla aquella lo lanzó al mar, pero no estaba gravemente herido. Él cree que nació así. Algunas veces, pensaba: "Mañana iré donde el rey". ¡Pero estaba asustada! Y lo fui posponiendo. No eran muchos los que sabían de Júniper y cuando la ley sobre los bebés defectuosos fue promulgada, ninguno dijo nada sobre su pata defectuosa. Cuando yo iba a la Cámara de Reuniones por cualquier motivo, siempre permanecía en la parte de atrás para poder salir corriendo y regresar a mi hogar a cuidar a Júniper. No me importaba no poder escuchar ni ver bien. Nunca vi o escuché mayor cosa, ni siquiera aquel día en que hicimos las marcas de las garras y echamos suertes, no hasta el día... —se detuvo y respiró profundamente. Finalmente, con esfuerzo, dijo: — ... el día de la boda.

Júniper colocó sus dos patas sobre las de ella. Quería que no hablara más, pero sin importar lo que fuera a decir, él tenía que escucharlo. Sintió el fuerte y rápido palpitar de su corazón.

—Ese día lo vi —dijo—. Escuché su voz y vi su perfil. ¡Y lo reconocí! —ella apretó sus patas más fuertemente y su voz tembló—. ¡Era él, hermano Fir! Después de todos esos años, reconocí su voz y su perfil, tales y como eran cuando él estaba en la playa... Yo lo supe y me escapé para salvar mi vida.

La voz de Júniper sonó insegura. Luchó por mantenerse controlado.

—¿Quién? —empezó a decir, pero Damson lo interrumpió de nuevo, temerosa y angustiada.

—¡He debido denunciarlo! ¡Pero estaba muy asustada! ¿Quién me hubiera creído? ¿Quién me hubiera creído a mí y no a él?

El estómago de Júniper se agitó como si fuera a enfermarse, pero él luchó por respirar lenta y profundamente. Podía sentir la mirada de Sepia que intentaba darle fuerzas.

Damson dejó salir un profundo suspiro. Después de tantos años, debía ser extremadamente difícil hablar sobre esto. El suspiro fue muy suave, pero Sepia y Júniper lo escucharon claramente.

—Husk —dijo—. Nunca antes lo había pensado. Husk mató a Spindrift. Él intentó matar a Júniper. Él era el padre de Júniper.

—No, no pudo ser él —gritó Júniper.

141

—Oh, sí lo era —dijo. Ahora estaba más calmada—. Yo pensé en ello después. Creo que él ya deseaba a Aspen. No le convenía estar ligado a una sencilla ardilla de las rocas y a su hijo. Eso no se acomodaba a sus planes. La empujó por el acantilado con su hijo en los brazos. La colocó en un bote que hacía agua y la adentró en el mar. Se dio cuenta de que el bebé todavía estaba vivo. Intentó ahogarlo. Todo el mundo pensó que ella se había ido con un marinero de otra isla.

Júniper sostuvo su pata tan firmemente como pudo, pero no podía parar de temblar. Sepia lo abrazó fuertemente.

Entonces, de eso se trataba todo. Las cosas que siempre había querido saber. Las piezas faltantes en el rompecabezas. La eterna pregunta de quién era él realmente. Deseó no haberse enterado nunca.

Si tan solo, si tan solo no la hubiera hecho creer que él era el hermano Fir. Si tan solo pudiera regresar a ese momento de la decisión y decirle que el hermano Fir no estaba allí. Habría podido enviar a buscar a uno de los capitanes —tal vez ella se lo hubiera contado a un capitán— y él habría podido irse y no enterarse jamás. Habría sido mucho mejor así. Si tan solo, él nunca, nunca…

… "Si tan solo nunca hubiera nacido", pensó amargamente. "Yo soy el hijo de Husk".

Sepia lo abrazó y deseó poder sentir su dolor. Un repentino grito de Damson los dejó paralizados y Júniper sintió un escalofrío que recorrió todo su cuerpo.

—¿No se lo dirás hermano Fir? ¿No se lo contarás a Júniper? ¡Comprendes por qué él nunca debe saberlo!

—Sí —dijo Júniper. Pronunció las palabras lentamente, una a una—. Él no debe saberlo.

—¿Y puedes perdonarme? Sé que he debido contarlo, pero…

—¿Perdonar? —dijo.

¿Perdonarla por haberlo salvado, por haberlo cuidado, por haber sacrificado su libertad y haberle ocultado la verdad? Quería tomarla en sus brazos y consentirla, darle las gracias, esconder la cabeza entre el pelaje de ella como hacía cuando era pequeño, pero se suponía que él era el hermano Fir.

—Paz, hija mía —dijo cariñosamente—. No hay nada que perdonar. Tú te has portado bien.

—¡Pero he debido contarlo! —exclamó.

—Estás completamente perdonada —dijo. Y colocó suavemente una pata sobre su cabeza—. El Corazón te ama. Te perdona y se complace en ti. El Corazón te bendice. Duerme, hija mía.

Júniper fijó su mirada en el vacío, sin ver nada, consciente únicamente del contacto de la seca y áspera pata de Damson con la suya. Los brazos de Sepia seguían sobre su hombro, pero en su inmensa soledad, bien hubiera podido encontrarse del otro lado de las brumas.

El hijo de Husk. El hijo de Husk. No había pretendido ser el hermano Fir para su propio beneficio. Su intención no había sido entrometerse, ni escuchar una confesión que no iba dirigida a él. Pero sí había sentido curiosidad, sí la había escuchado y era demasiado tarde para cambiar eso. Ahora sabía quién era su padre y tendría que vivir el resto de sus días con ese conocimiento.

La respiración de Damson se había apaciguado. Pero entre cada respiración, había una pausa, que permitía imaginar que la próxima no llegaría. Antes del amanecer, abrió los ojos de nuevo y él le dio de beber.

—¿Eres tú, mi Júniper? —preguntó.

—Sí, aquí estoy —dijo, y como ella luchaba para enderezarse, él la ayudó y la sostuvo entre sus brazos.

Estaba listo para su muerte. Ya era inevitable. Ella lo había cuidado y educado hasta el momento en que estuvo listo para tomar su lugar en la isla, pero él ansiaba que se quedara, que no lo abandonara. Ella siempre había estado a su lado.

—Has sido… —resolló dolorosamente— … has sido un buen hijo para mí, Júniper. Un buen muchacho. Estoy orgullosa de ti.

Júniper la arrulló y se inclinó para presionar su mejilla contra la de ella.

—Eres mi mamita —le dijo. —Siempre te amaré, mamita.

Levantó una de sus patas y le impartió la bendición.

—Que el Corazón te reciba con regocijo. Que tu corazón vuele libremente hacia el Corazón que te dio vida.

Hizo luego lo que había estado deseando hacer, durante unos pocos y preciosos segundos, ocultar su rostro entre el pelaje de ella. Finalmente, solo se dedicó a esperar, cantando suavemente la canción de cuna y sosteniéndola entre sus brazos hasta que amaneció y ella murió.

Capítulo 12

Júniper acostó a Damson en su nido. Tenía que visitar a otros animales enfermos. Tenía que hacerlo ahora. Era vital y además eso le ayudaría a no pensar en esa terrible verdad. Pero estaba demasiado impactado para pensar claramente. Su instinto lo impulsaba a permanecer con Damson para regresar a la época en que se había sentido seguro y feliz, cuando ella estaba viva y saludable, cuando no había ninguna enfermedad en la isla y cuando él no tenía la más leve idea de quién era.

—Iré a buscar a Apple —dijo Sepia y salió de prisa. Cuando regresó con Apple que se enjugaba los ojos con una hoja, Júniper empacó su bolso, se refregó las patas con loción de vinagre y se desprendió del nido de Damson.

Se fue caminando colina arriba, sin fijarse hacia dónde se dirigía. Por más lejos que fuera, nunca podría alejarse de sí mismo.

Había descubierto al mayor enemigo de Mistmantle, pero ahora enfrentaba un nuevo enemigo. Se trataba de su pasado, un enemigo que no podía cambiar y del cual no podía escapar.

Urchin, Needle y sus amigos eran todos, de una u otra forma, unos héroes. Pero él era el hijo de Husk, nacido bajo una mancha negra que ocultaba a un tirano y a un asesino. "Yo no soy digno de la compañía de Urchin", pensó. "Yo no tengo cabida en el grupo de los animales decentes". Sentía que todo el mundo escucharía su nuevo apellido señalándolo en todo momento. *El hijo de Husk.*

Cedar sostenía el chal del bautizo con sus dos patas y enfrentaba a su antiguo enemigo, Smokewreath el hechicero, frente a la cuna vacía. Huesos, garras y plumas se mecían de los cordones de su túnica, olía a muerte y sus ojos reflejaban su maldad. Él estiró una descarnada y manchada garra hacia el chal. Si se apoderaba del chal, podría apoderarse de Catkin para siempre, que quedaría atrapada en su maldad y envuelta en sus maleficios. Era imperativo que no lo cogiera. Pero ella no podía impedírselo, pues no podía moverse, no podía ni siquiera gritar para pedir ayuda, ni invocar al Corazón, estaba paralizada…

Se despertó, con los ojos espantados por el horror, luchó para recuperar el aliento y se convenció a sí misma de que se trataba de una pesadilla. Tenía que ir hasta la cuna para comprobar que Smokewreath no estuviera allí. Esforzándose para respirar, se sentó. Había regresado a la torre tan increíblemente exhausta que se había dejado caer en la cama con todo el polvo, la mugre y la sangre todavía en su pelaje, y se había quedado dormida instantáneamente, pero por un corto rato.

¿Había alguien en la entrada? Agitó sus orejas y se dijo a sí misma que los guardias estaban allí. Se palpó un costado en busca de su espada y recordó que no había vuelto a usar una espada desde su llegada a Mistmantle. No la había necesitado. Pero, ¿Acaso enfrentaba enemigos cuya maldad fuera tan grande que no se podrían dominar con una simple arma? ¿Cuál era el enemigo? ¿Dónde estaba? El golpe en la puerta fue muy leve, pero se mordió los labios, asustada.

—¿Reina Cedar? —dijo la voz dulce de un erizo hembra.

—¡Thripple! —exclamó Cedar agradecida—. ¡Pasa!

Thripple entró cojeando a la recámara, con una vela encendida.

—Solo hasta ahora me dijeron que usted había regresado —dijo—. Pensé que debía venir por si acaso no podía dormir.

—Sí dormí —repuso Cedar temblorosa. Thripple la envolvió con una cobija—. Habría preferido no hacerlo.

—¿Tuvo su pesadilla de nuevo? —inquirió Thripple.

Cedar asintió y presionó sus ojos con las patas como si quisiera borrar para siempre la imagen de Smokewreath.

—Debo ir a ver la cuna —dijo.

Se pararon frente a la cuna vacía iluminada por la vela. Cedar cogió el chal y lo acarició.

—No puedo evitar preguntarme si Smokewreath el hechicero está realmente vivo —murmuró—. O si él está... bueno, si está... si está muerto, pero si todavía... tú sabes. ¿Sería que él me... —y con gran esfuerzo articuló las palabras— maldijo al morir? ¿Maldijo él todo hijo que yo llegue a tener?

Thripple suspiró.

—No le puedo decir si lo hizo o no, señora —repuso—. Pero en lo que se refiere a saber si sus maldiciones tienen algún poder contra usted, sobre eso sí tengo claridad. Ninguna maldición es más poderosa que el Corazón. ¿Tal vez duerma usted mejor si se da un baño y bebe algo caliente?

Cedar no discutió, pero al escuchar unas voces en el corredor se apresuró a llegar hasta la puerta por si se trataba de alguna noticia sobre Catkin. Una ardilla muy agitada parecía estar discutiendo con los topos guardias frente a la puerta cuando ella la abrió.

—¡Señora Hammily! —exclamó.

—Excúsenos, no queríamos que la molestaran, Su Majestad —dijo uno de los topos dándole una mirada a Hammily.

—Oh, por favor, Su Majestad —tartamudeó Hammily en un tono de voz intenso— , yo nunca lo hubiera hecho, pero usted dijo que le avisáramos si Yarrow empeoraba, y que si él la necesitaba…

—Traeré mis cosas —dijo Cedar—. ¡Thripple, la mezcla de vinagre, por favor!

Fingal cambió el rumbo de su bote y sintió cómo se deslizaba impulsado por el viento, tan suave como un pájaro en vuelo. Levantó su cabeza hacia la resplandeciente luz del amanecer y sintió la brisa salada y la leve lluvia que acariciaba su rostro, disfrutó el momento intensamente y sonrió inmensamente complacido. Toda su vida la había pasado subiendo y bajando de botes, pero ninguno era comparable a este: su bote, con sus hermosas líneas, que respondían con tal suavidad a su toque y que embargaban de felicidad su corazón al sentirlo como parte intrínseca de su ser.

¿Cuál nombre sería suficientemente bueno para él? ¿Reina Cedar? ¿Catkin? ¿Felicidad? Felicidad era la palabra que más se acercaba a lo que estaba sintiendo en este momento.

Tan pronto como los pequeños pudieran salir del Palacio de los Topos, les daría paseos en su bote. Ya había sacado a pasear a Tide y a Swanfeather en él, pero ahora estando tan solo él con su bote en el ancho mar, se sentía maravillosamente feliz.

Al pensar en los pequeños, recordó que había prometido ir al Palacio de los Topos. Porque así como los pequeños se ponían muy inquietos allí, encerrados, y necesitaban que alguien les organizara juegos, los padres también se ponían ansiosos esperando noticias de sus hijos. A disgusto, regresó a la costa percibiendo una cierta turbulencia en el aire. Navegar con ella habría sido muy divertido y por eso desde ya había empezado a disfrutar de su regreso al mar al día siguiente. Y así, aun cuando el día de mañana llegara pronto, le parecía que estaba muy lejano.

La reina había dicho que Hobb había tenido suerte. Había sido un caso de sequía pestilente muy leve y se había recuperado en pocas horas, y ahora había quedado inmunizado. Pero él no se sentía para nada contento, en medio de una madriguera llena de animales que esperaban que les contara cómo tratar la enfermedad y, también, que les hablara sobre Husk. Uno de ellos dijo que no podían perder de vista a los pequeños. Otro se lamentaba de que hubieran tenido que llevarlos al Palacio de los Topos. Alguien preguntó que si existía una maldición sobre la heredera de Mistmantle y luego dijo que deberían hablar con el rey a ese respecto. Otro animal se quejó de que no había que esperar a que la reina entendiera nada porque ella era una extranjera. Algunos estaban incluso más enfadados que el propio Hobb, pero todos parecían opinar que era él quien debía hablar con el rey Crispín. El erizo más grande fue el que más insistió en ello.

Y, por supuesto, debía hacerlo. Hacía ya tiempo que deseaba exponerle su opinión al rey, y como Su Majestad se había enterado de sus quejas, había dispuesto que se reunieran al anochecer. Sin embargo, también tenía la sensación de que alguien saldría de allí sintiéndose ridículo y, obviamente, no sería el rey Crispín.

El Palacio de los Topos se estaba llenando de animación, excepto en el rincón en donde Jig y Fig, las hermanas topo, estaban relatando viejas historias de príncipes y princesas topo a un grupo de pequeños animales que, sentados, las rodeaban mientras lamían sus patas y escuchaban con atención. Un pequeño topo encaramado sobre la raíz de un árbol levantó su pata y preguntó si les podían contar una historia sobre Gripthroat, pero Jig dijo con firmeza que no, que hoy no. Porque Gripthroat era un topo aterrador, según las antiguas leyendas, y las historias sobre él con seguridad les producirían pesadillas a los pequeños.

En otra parte un erizo y una nutria les estaban dando lecciones a algunos de los mayores. Cada vez que hacían una pregunta, muchas patas se levantaban.

—¿Qué podrían decirme acerca de la Piedra de Corazón? Sí, ¿Flinn?

—Por favor, señorita, ella se mueve y nadie puede sostenerla en su mano a menos que sea el verdadero gobernante o el verdadero sacerdote...

—... por favor, señorita, si no lo eres se te cae...

—... por favor, señorita, yo la vi en la coronación...

—... señorita, yo también la vi...

—¿Y por qué no deben ir nunca más allá de las brumas?

—Por favor, señorita, porque no es posible irse por agua y regresar por agua.

—Por favor señorita, Urchin sí lo hizo...

—... y ¡Júniper también, señorita!

—Sí, ellos lo hicieron, porque el Corazón lo permitió. ¿Cuál es el mayor número de veces que alguien se ha ido de la isla y regresado?

—Dos, señorita.

—Señorita, si alguien se va por tercera vez ya nunca podrá regresar, de ninguna forma.

—No estamos seguros de eso —repuso el erizo hembra.

—Nadie ha regresado. Eso no significa necesariamente que nadie logre hacerlo, pero hasta ahora nunca ha sucedido, excepto en el caso de…

—¡Yo sé, señorita!

—Dilo entonces.

—Excepto en el caso de un viajero.

—Excepto en el caso de un viajero, pero eso es muy excepcional. En la isla pasan muchas, muchas generaciones sin que haya un viajero. Hay representaciones en las tapicerías de los últimos dos viajeros —hubo uno llamado Lochan la nutria—, pero él vivió mucho antes que cualquiera de los que estamos vivos actualmente.

—Por favor, ¿cómo se puede saber que alguien es un viajero?

Esta pregunta era muy difícil para los profesores y no había nadie a quien preguntarle. Por esa razón, cambiaron de tema.

Fingal fue acogido por tal cantidad de animalitos que Jig casi no alcanza a advertirles que tuvieran cuidado con sus quemaduras al abrazarlo. Los de mayor edad estaban ayudando a cuidar a los más pequeños y las ardillas, que usualmente cantaban en el coro de Sepia, estaban ensayando lo mejor que podían en su ausencia, pero como nunca lograban entrar en la misma nota al mismo tiempo, era más una algarabía que un canto. Hope le estaba contando a quien quisiera escucharlo que allí era donde él había crecido. La madre Huggen tenía a un erizo bebé recostado sobre su hombro y le estaba dando palmaditas en la espalda y en un rincón algunos pequeños erizos hembra jugaban y pretendían que eran las madrinas en la boda de Moth. Tipp parecía estar dirigiendo una batalla contra Gripthroat.

La madre Huggen insistía en los más altos y más estrictos estándares de limpieza. Uno de los cuartos del palacio estaba convertido en lavandería, y allí golpeaban las toallas y la ropa enérgicamente para limpiarlas. El fuerte olor a vinagre y hierbas era ahora tan familiar que los animales que antes se tapaban las narices y hacían gestos de disgusto, ya ni lo sentían.

Unas cuantas ardillas, aburridas con el juego de primero y quinto, empezaron a perseguirse entre sí. Corrían dando gritos por un corredor en el cual había una puerta que permanecía cerrada.

—Salgan de allí —ordenó Fig—. Urchin está dormido allí dentro.

—Creo que dormiría incluso bajo un derrumbe —dijo la madre Huggen. El bebé que tenía alzado eructó ruidosamente—. Perdónenme, él estuvo despierto toda la noche al lado del rey en la búsqueda. Escuché que habían descubierto el escondite de Linty, pero que ella había huido y el rey quiso que Urchin se quedara aquí a descansar porque estaba emparamado y la caminata hasta la torre era demasiado larga. Creen que por aquí cerca la van a atrapar. Si esa pobre señora Linty simplemente me entregara a la princesa Catkin y luego se escapara, a mí me parecería perfecto. No tendré paz sino hasta cuando el bebé regrese a su hogar. No sé a dónde se habrá ido la reina.

—¿No estará cuidando al quejumbroso de Yarrow? —preguntó Fingal. La madre Huggen se sentó en una mecedora y acomodó al bebé sobre su canto.

—Nunca he visto a nadie trabajar tan duro como la reina —dijo—. Creo que está agotada.

Tras la puerta cerrada, Urchin se despertó con un chillido que venía de algún lugar del Palacio de los Topos. Se sentó y buscó su espada, pero el chillido fue seguido por un grito que le pareció completamente inverosímil.

—¡Hope me pegó! —gritó alguien.

La idea de que el pequeño Hope, tan bien educado, golpeara a alguien era tan asombrosa que Urchin se levantó y salió corriendo. Fingal, muy sonriente, estaba deteniendo a Hope quien luchaba por atrapar a un pequeño erizo, con el rostro enrojecido y expresión de inmenso asombro.

—¡Apresa a este guerrero, Urchin! —gritó—. Podría estrangular a Cringle. Normalmente, es difícil atrapar a un erizo, pero con las patas quemadas lo es aún más.

—¡Hope, cálmate! —ordenó Urchin, y el pequeño grupo ansioso que los rodeaba se separó para darle paso, mientras murmuraban muy excitados. Él asió las patas de Hope con firmeza y se arrodilló para mirarle el rostro—. Esto no está bien, Hope. ¿De qué se trata todo esto?

—¡Hope me pegó! —gritó el erizo, que ahora estaba prendido de Jig, quien se mordía los labios para ocultar la risa.

—¡Yo te defenderé! —gritó Tipp.

—No, no lo harás —dijo Fingal.

—No, no lo harás —dijo Todd. Tipp no dijo nada porque no estaba seguro de quién debía defender a quién, ni por qué.

—Sé que no he debido golpearlo —dijo Hope, con gesto de arrepentimiento.

—Absolutamente —dijo Urchin, haciendo un gran esfuerzo para mirar a Fingal—. Ese no es tu estilo. Tú no te la pasas golpeando a la gente.

—Fue a causa de lo que dijo —repuso Hope, mirando a Cringle.

—¡Yo nunca! —exclamó Cringle.

—¡Oh, sí lo hizo! —chilló una excitada ardilla que estaba en el grupo. Urchin reconoció a Siskin, una de las integrantes del coro de Sepia—. Sobre el rey Crispín y la reina; todos lo escuchamos decirlo, señor.

—Pues ¡Es la verdad! —dijo Cringle y se ocultó tras Jig.

—¡Todos lo escuchamos! —insistió ansiosamente Siskin—. Dijo que la reina había enloquecido.

Tipp intentó sacar su espada de juguete, pero estaba atascada. Hope se abalanzó enfurecido. Urchin lo arrastró hacia atrás para alejarlo del erizo, que estaba tartamudeando e intentaba decir algo.

—Pero... —murmuró Cringle— eso es lo que dicen en casa.

—Ya veo —dijo Fingal y se arrodilló al lado del tembloroso erizo—. ¿Quiénes lo dicen? —preguntó amablemente—. ¿Quién ha estado diciendo esas cosas sobre la reina?

—Mi papá y mi mamá —susurró Cringle apesadumbrado—. Y mi hermano mayor, Quill, y sus amigos —suspiró—. Señor.

—No nos enojaremos contigo, pero necesitamos saber quiénes son los que están diciendo esas cosas. Hope no te golpeará de nuevo —miró por encima de su hombro en dirección a Hope y levantó una ceja— no lo harás, ¿no es cierto, Hope?

—Él no entendía lo que estaba diciendo, Hope —dijo Urchin—. Tú sabes muy bien que nunca se arregla nada a punta de darle golpes a la gente ¿No es así?

Hope bajó la mirada y, entre dientes, ofreció una disculpa.

—Buen muchacho —dijo Urchin y cautelosamente lo soltó.

Cringle se miró las patas y luego, incómodo, miró a Fingal.

—Quill y todos los demás —dijo y se acercó aún más a Jig—, ellos dicen que... —bajó la voz— dicen que la reina permitió que le robaran a su bebé, y que ahora se ha vuelto loca y que anda por ahí murmurándole al suelo y cantando. Bueno, ella hace eso, ¿no es así? Todos sabemos eso. No es ningún secreto. Tal vez se deba a que es una extranjera.

Urchin, sintió un movimiento en las sombras, miró en esa dirección y contuvo el aliento. Crispín y Padra habían ingresado al

Palacio de los Topos y estaban de pie, medio ocultos en un túnel. La lluvia empapaba sus ropas y hacía brillar sus pelajes. Urchin estaba a punto de decírselo a Fingal, pero Crispín puso una pata sobre sus labios en señal de silencio.

—Y nosotros no teníamos enfermedades como esta antes de que la reina llegara —continuó diciendo Cringle, quien había adquirido confianza al comprender que nadie lo golpearía—. Mi madre dice que tal vez todos están locos allá, en el lugar, en donde ella vivía. Y además sabemos que el capitán Husk ha vuelto y que no nos lo han dicho. Eso es lo que Quill dice, que dice el maestro Hobb. Dicen que el rey no quiere que nosotros nos enteremos, y que encontraron un trozo de muselina o de algo en los bosques y...

—Tranquilízate un poco, joven erizo —dijo Fingal—. No sabemos que el capitán haya vuelto, porque no lo ha hecho. ¿Cómo puedo explicar esto? Escucha. Él no ha regresado. No puede hacerlo. Él está muerto. ¿Comprendes?

—No, no; mi padre dice que nadie nunca lo vio muerto —repuso Cringle—. Él ha regresado, él envenenó el agua y eso es cierto, porque el amigo de mi padre lo vio una noche y él se llevó al bebé y lo mató, y él va a... oh, oh, oh... ¡Ayúdenme!

Padra se había ubicado tras Cringle, lo había alzado y lo sostenía en el aire muy suavemente. Mientras él pateaba, Padra se volvió hacia Crispín, hizo una venia y cuidadosamente depositó al tembloroso erizo frente a él.

Todos callaron. Aquellos que no estaban excesivamente aturdidos o excitados recordaron que debían hacer una reverencia o inclinarse ante Crispín. Algunos se miraban nerviosamente y Fig se apresuró a traer toallas para Padra y Crispín, pero Crispín ya se había arrodillado para ponerse al nivel de los ojos del erizo.

—Cringle —dijo Crispín amablemente—. No estoy enfadado y nadie te va a causar dolor ni a agredir. ¿Te gusta este lugar?

—S... s... s... sí, Su Majestad —tartamudeó Cringle apesadumbrado.

Crispín estiró una pata y suavemente acarició sus espinas. Una sensación de alivio invadió la cámara.

—Querido Cringle —dijo Crispín—. No quiero que te sientas atemorizado conmigo. Yo no soy un monstruo —miró por encima de la cabeza de Cringle y les dijo a los animales que contemplaban con los ojos asombrados y las bocas abiertas—; no quiero que ninguno de ustedes me tenga miedo. Cringle, ¿harías algo por mí?

Cringle asintió con la cabeza.

—Sí, Su Majestad; por favor, señor —repuso.

—Qué bien —replicó Crispín—. Cuando dejes este lugar y regreses a tu hogar, tendrás algo que decirle a tu familia. Dile de parte mía que la reina, con sus cuidados, ha devuelto la salud tanto a Yarrow como a Hobb, y que sus esfuerzos en la búsqueda de Catkin nos han sido muy útiles y ya estamos muy cerca de encontrarla. Y también puedes decirle que Husk está muerto. Si hubieras sido un adulto que estuviera regando injuriosas calumnias sobre la reina, habrías sido castigado severamente. Pero eres joven y necesitas aprender a escuchar y a saber cuándo hablar.

—Sí, Su Majestad; lo siento, Su Majestad —se excusó Cringle.

—Ya puedes irte entonces —dijo Crispín—. Buen muchacho. Ve y conversa con la madre Huggen. ¡Hola, Hope!

Se refregó el pelaje enérgicamente con la toalla y se volvió hacia Urchin.

—Cedar cree que la infección ya ha cedido, pero no quiero dejar salir todavía a los pequeños.

—¿Está usted más cerca de encontrar a Catkin, Su Majestad? —preguntó Urchin.

—Pensamos, en un momento dado, que nos estábamos acercando —dijo Crispín—. Pero lo malo fue que tuvimos que suspender los trabajos de los que hacen túneles. Hemos encontrado nuevas excavaciones, que parecen indicar que Linty está intentando hacer nuevos túneles y, con el peso de las lluvias de anoche, podrían darse deslizamientos de tierra.

"Con Catkin bajo ellos", pensó Urchin, pero no lo dijo. Dio una mirada a Padra, pero cuando vio que Padra dirigía sus ojos a algo más allá de él, se volvió para ver de qué se trataba. Un hilo de agua escurría a lo largo de la pared.

—No recuerdo haber visto eso antes —comentó Padra.

—No es más que agua —dijo Fingal—. No puede hacerles daño si no la beben.

—Se trata de agua pero en un lugar equivocado —dijo Padra y miró hacia el techo de tierra para inspeccionarlo desde distintos ángulos—. Se está filtrando por una diminuta fisura entre las raíces de un árbol.

—¿Y eso es un problema?

—No debería haber ninguna fisura —dijo Padra—. Se supone que este lugar es impenetrable. Necesitamos unos topos expertos.

—Iré a buscarlos, ¿le parece, señor? —dijo Urchin.

—Enviaré un mensajero —dijo Crispín y se acercó a Padra para ver más de cerca la fisura—. Podríamos necesitarte aquí. Y enviaré un mensaje al grupo de Hobb para postergar la reunión. Esto es más urgente.

Dio un salto hasta un túnel y envió unas ardillas en busca del capitán Lugg y de sus mejores topos. Después de inspeccionar la pared de nuevo, llevó a Padra, a Urchin y a la madre Huggen hacia un costado.

—Es peligroso —dijo calmadamente—. Está lloviendo muy fuerte y eso podría producir un deslizamiento de tierra. Toda la lluvia está cayendo colina abajo y penetrando la tierra, por lo cual hay demasiada presión sobre la red de túneles. En la parte más alta de la colina, podría desprenderse la tierra. Tenemos que sacar a todos de aquí pero sin alarmar a nadie. No miren hacia la fisura con demasiado interés —añadió, mientras Urchin volvía su cabeza en dirección a ella—. Ya hemos atraído hacia ella demasiada atención. No queremos causar pánico en nadie, simplemente debemos irlos sacando de aquí tranquilamente.

El solo pensamiento le causó dolor a Urchin. Estaba exhausto. Sentía que había dormido muy poco cuando la discusión de los erizos lo despertó y ahora sus ojos ansiaban cerrarse. La sola perspectiva de escoltar a docenas de animales hasta un lugar seguro, le produjo una rigidez de piedra en sus extremidades. Intentó no pensar en ello. Eso sería lo mejor.

—¿A dónde los trasladaremos? —preguntó Padra.

—Los que tengan hogares cerca de aquí pueden ser llevados a ellos —dijo Crispín.

—Pero solo si allí no ha habido enfermedades en los últimos días y si no están demasiado cerca para estar en riesgo por el peligro del deslizamiento. Si es posible, también podrían quedarse en casa de amigos. Podríamos llevar a algunos de ellos a Falls Cliffs, en donde hay mucho espacio y no hay riesgo de derrumbes, pero queda lejos y los caminos pueden estar resbalosos. También podríamos acomodarlos en la torre. Pero no solo el Palacio de los Topos está en peligro.

—Sí —dijo Padra—. Si hay un derrumbe no sabemos qué superficie abarque.

—Sospecho que los esfuerzos de Linty para excavar una nueva vía pueden haber perturbado o debilitado la red —dijo Crispín—.

Las ardillas no son expertas excavadoras de túneles. Ella no sabría qué sonidos se deben escuchar, ni cómo evaluar las calidades de la tierra.

Por un segundo Padra colocó su pata sobre el hombro de Crispín y, en el rostro calmado y serio de la nutria, Urchin descubrió lo que todos estaban pensando. Él era demasiado joven para recordar el último gran derrumbe en Mistmantle, pero había visto representaciones en las tapicerías y había escuchado a los ancianos hablar sobre el terrible furor de la poderosa tierra, cada vez más intenso, imparable, rugiendo y crujiendo acompañado del olor a tierra húmeda y de los resquebrajamientos agonizantes de las raíces de los árboles arrancados por la fuerza del mar de lodo y piedras que se precipitaba colina abajo. El propio Crispín había perdido miembros de su familia en esa ocasión. Con razón se lo estaba tomando tan serio. Y ahora, ¿en dónde podría quedar Catkin si el peso de la tierra aplastaba los túneles?

—Cuando lleguen los topos —dijo Crispín— tenemos que pedirles que escuchen las vibraciones y nos digan cuáles son las áreas peligrosas. Necesitamos mensajeros tranquilos y veloces que alerten a los que estén en los túneles y madrigueras y que los pongan a salvo y también necesitaremos algunos animales del Círculo. Cualquier animal enfermo debe ser mantenido alejado del resto y con máscara, si es que tenemos suficientes. Padra, necesitamos nutrias que vigilen las corrientes de agua desde lo alto de las colinas hasta sus bases, para que podamos saber si el agua está adquiriendo velocidad o si los ríos se están desbordando. Debemos reforzar la búsqueda de Linty por si llega a asustarse y trata de salvarse. ¿Huggen?

—Cállate un minuto, Cringle —ordenó la madre Huggen al pequeño erizo, quien no paraba de hablar—. Sí ¿Su Majestad?

159

—Elige una hembra sensata que vaya a ver a la reina, por favor —dijo Crispín—. Es necesario ponerla al corriente de lo que está ocurriendo.

—Ella había salido a visitar a ese Yarrow —dijo la madre Huggen, con un tono que indicaba claramente su concepto de él—. Le enviaré a alguien.

—Urchin —dijo Crispín— ¿Cuándo comiste por última vez?

—Justo antes de quedarme dormido, Su Majestad —repuso Urchin.

—¿Tienes alguna idea de cuánto tiempo dormiste?

—Um…

—Ya veo —dijo Crispín—. Por el momento, sal a la superficie, busca el árbol del cual nace la fisura y asegúrate de que nadie se acerque a más de tres saltos de ardilla. El suelo no debe ser perturbado. ¿Podrás mantenerte despierto?

—Sí creo, Su Majestad.

—Enviaré a alguien a reemplazarte tan pronto pueda —dijo Crispín—. Sé que te estoy exigiendo demasiado.

—Está bien, Su Majestad —replicó Urchin, sintiéndose un poco menos cansado, ahora que tenía algo que hacer. El hecho de saber que Crispín confiaba en él le dio nueva energía y fortaleza.

—Y toda la isla debe rezar —dijo Crispín—. Y el hermano Fir y Júniper deben enterarse de lo que está ocurriendo.

Intentando lucir despreocupado, Urchin dio una mirada al hilo de agua. ¿Se trataba de su imaginación, o estaba engrosándose? Al recordar las órdenes de Crispín, dio un salto en dirección a la superficie, pero mucho antes de llegar afuera, escuchó el fuerte e incesante tamboreo de la lluvia torrencial.

Durante todo el día, a Júniper le pareció que daba tumbos sin pensar, de madriguera en madriguera, acudiendo a los necesitados y atendiendo a los enfermos pero sin darse siquiera cuenta de lo que estaba haciendo, entrando y saliendo como un autómata, quedándose muy poco tiempo en cada lugar para que no le pudieran pedir consejos, ni rezos, ni bendiciones. Por fin, bajo la tempestuosa lluvia y el fuerte viento, llegó a la torre. No deseaba la paz y el silencio del torreón de Fir. No quería tener tiempo de reflexionar sobre lo que había ocurrido. Ira, dolor y confusión lo embargaban mientras subía tambaleante las escaleras de la torre, en dirección al lugar que lo llamaba.

—¿Se siente bien, hermano Júniper? —preguntó el topo de guardia—. Luce...

Júniper pasó presuroso ante él y subió cojeando las escaleras hacia el torreón que nunca más sería el mismo. Nada lo sería. Él había sido el novicio de Fir, el amigo de Urchin, el hijo adoptivo de Damson y la vida había sido amable. Nunca antes había tomado conciencia de eso y ahora todo parecía terminado. Él era el hijo de Husk. En toda su vida nunca había odiado a alguien realmente, pero ahora odiaba a su padre.

Subió tambaleante el último tramo de escaleras, recordó detenerse ante la puerta y golpear levemente. No hubo respuesta y abrió la puerta en completo silencio. El fuego estaba muy tenue y una única luz brillaba en el alféizar de una ventana. En la pequeña cama el hermano Fir yacía dormido, con una arrugada pata sobre la colcha y con el rostro apacible.

"Nunca estaré tan apacible como él", pensó Júniper. "Nunca más. Yo no pertenezco al mismo mundo". Se arrodilló tiritando al lado de la cama de Fir y anheló su bendición, dudoso de que alguna vez volviera a recibirla.

Al hermano Fir no le gustaría lo que estaba a punto de hacer. Debería pedir permiso primero y le sería denegado. Pero tenía que hacerlo.

—Lo siento —susurró, para no despertar al sacerdote—. Debo hacer esto.

Se arrodilló ante la chimenea y con ambas patas levantó una piedra suelta, teniendo cuidado de no rozarla con las demás. Con tal grado de reverencia que hizo que sus patas temblaran, las introdujo en el espacio y alzó la caja ovalada donde estaba la piedra rosada que brilló levemente con la tenue luz de la linterna, la caja que contenía la Piedra de Corazón. Destellos de oro y plata salían de ella.

Se odiaba a sí mismo. Pero tenía que descubrir algo sobre sí mismo y únicamente la Piedra de Corazón de Mistmantle podía revelárselo.

Levantó la tapa y miró la pálida piedra que descansaba, como el huevo de un pájaro, en un nido de paja y muselina. Solamente un verdadero sacerdote o gobernante de Mistmantle podía sostener la piedra en sus manos. La había visto descansar en la pata de Crispín en la coronación, tan apaciblemente como si hubiera llegado a su hogar.

Temeroso y tembloroso, arrodillado, puso una pata insegura sobre la Piedra de Corazón. Entonces, tragó saliva, sintió calor y luego frío, y no pudo moverse. La puerta se estaba abriendo.

Capítulo 13

ípico! —exclamó Hobb ante su audiencia—. ¡El rey primero nos hace esperar y luego manda decir que no va a venir! ¡No quería mirarnos a la cara! ¡Yo logré venir, pero no estoy bien de salud!

Para Hobb, había sido un gran alivio la llegada del mensajero del rey, empapado y sin aliento, a decirles que debido a una emergencia el rey tenía que postergar la reunión. Hobb había esperado hasta que el mensajero se había ido para decirles a sus amigos lo que pensaba de Crispín. La sensación de alivio le infundió confianza.

—Entonces vayamos a casa —dijo refunfuñando un erizo.

—Está diluviando —comentó una ardilla.

—¿Quiere ir a visitar a Yarrow, maestro Hobb? —propuso un topo y Hobb dijo que sería buena idea. Estaba más cerca que su casa, en donde su esposa le diría que dejara de pavonearse y de arreglar la isla y más bien se dedicara a arreglar la horca.

Urchin encaramado en el árbol con sus hombros encogidos para protegerse de la lluvia y con su mirada enfocada en el suelo inundado, vigilaba si se acercaban animales o si percibía alguna señal de temblor en la tierra. De vez en cuando, un movimiento le llamaba la atención y lo alarmaba, pero siempre se trataba de un topo o un erizo que salía a la superficie y gritaba "Todo bien" o "El techo me parece debilitado". A medida que oscurecía, se encendían linternas que titilaban en la tormenta, y más luces se movían y formaban procesiones de pequeños animales guiados desde el Palacio de los Topos a lugares seguros en las colinas. Esperaba que no muchos de ellos tuvieran que hacer el largo viaje hasta la torre o hasta Falls Cliffs, en medio de esa lluvia torrencial y de ese enfurecido viento que mecía el árbol en que se encontraba.

El sonido de patas mojadas tras él, lo hizo volverse de un salto para avisar a quien fuera que debía mantenerse alejado, pero las pisadas ya se habían detenido. Enroscando su cola para mantener el equilibrio, con los ojos entrecerrados para poder ver en medio de la lluvia, vio a Fingal que se había acostado en el suelo con sus patas estiradas hacia fuera y su cabeza levantada.

—No puedo acercarme —gritó Fingal— y debo acostarme así para repartir mi peso. Padra está arriba revisando las corrientes de agua. Hay varios ríos que se están desbordando y la lluvia está formando lodo y el lodo y las piedras se están rodando por las laderas de las colinas. Padra está dirigiendo un equipo para construir una presa para contener el agua y un canal para encauzarla hacia ese lugar; tú sabes, ese lugar rocoso que sí resistirá. La sierra.

—¿Me necesitan allá? —preguntó Urchin.

—No —gritó Fingal—. Hay peligro de un derrumbe de piedras más abajo de la presa. Tenemos que ir a revisar.

Súbitamente hizo una especia de seña con la cabeza y Urchin se volvió para ver a Crispín a sus espaldas acompañado del capitán Lugg, del mensajero Longpaw y de una joven ardilla. La lluvia rodaba sobre la capa azul de Lugg y a la luz de las linternas se veían los destellos de la cola y los bigotes de Crispín. Fingal, todavía acostado en el suelo, respiró hondo y repitió lo que le acababa de decir a Urchin.

—Entonces te conseguiré ayuda e irás al canal y lo mantendrás sin piedras, Fingal —dijo Crispín—. Longpaw, necesitamos tres o cuatro jóvenes nutrias que le presten ayuda.

Longpaw salió corriendo en dirección a la costa y Crispín se dirigió a la joven ardilla.

—Urchin, Dunnock te va a reemplazar.

—¿Puedo contar con Urchin para que ayude a evacuar animales de las madrigueras de los alrededores, Su Majestad? —preguntó Lugg—. Él es rápido y ligero y ha estado en tantos lugares estrechos que estoy seguro de que podrá soportar otros más.

—Es demasiado riesgoso y él ya ha hecho más que suficiente —dijo Crispín— necesita un descanso.

—Me ofrezco como voluntario, Su Majestad —dijo Urchin esperanzado. Por más mojado y congelado que estuviera, el desafío le parecía irresistible y además le parecía estupendo estar en el centro de la acción al lado del capitán Lugg—. Si no lo hago yo, alguien tendrá que hacerlo.

—Él solo será arrastrado por una avalancha de lodo si se queda aquí, Su Majestad —opinó Fingal, levantando su cabeza mugrosa por encima de la raíz de un árbol.

—Estos muchachos son muy valientes —comentó Lugg.

—Por favor, Su Majestad —rogó Urchin y Fingal dijo algo que sonó como si tuviera la boca llena de lodo.

—Bueno, vayan entonces —dijo Crispín—. Fingal, sal de ahí, pero vete hacia atrás y muy despacio. Y Urchin —continuó diciendo mientras Urchin se deslizaba por el tronco del árbol— a la primera sospecha de un túnel defectuoso, no intentes ser un héroe, simplemente abandónalo inmediatamente, ¿entendido?

—Sí, señor —asintió Urchin, dando pasos tan ligeros como le era posible para ponerse al lado de Lugg.

—Cuídalo, Lugg —dijo Crispín—. Si algo le ocurre a Urchin, uno de nosotros tendrá que rendirle cuentas a Apple y prefiero que seas tú y no yo.

Júniper no podía moverse. Solo podía esperar, arrodillado frente a la chimenea en la oscuridad del torreón, mientras la puerta se abría. ¿Qué podía decir? No lo sabía. Su mente, al igual que su cuerpo, falló.

Ver a Sepia, con su dulce rostro, mojada y preocupada, arrastrando una capa empapada tras ella, lo llenó de alivio. Había sido atrapado pero tal vez por el único animal que podía comprenderlo.

Sepia observó la tenue luz del cuarto, la figura del sacerdote dormido, la tibieza del fuego en la chimenea —que no estaba tan caliente como lo habría deseado pero, incluso así, era mejor que el frío de afuera— y a Júniper, arrodillado y con expresión de miedo y alarma en su rostro. ¿O era de culpa?

Había estado tan preocupada por él. Había estado buscándolo en medio de la lluvia sintiéndose cada vez más angustiada a medida que iba oscureciendo, sospechando que tal vez él estaría con Urchin, pero ¿En dónde podría estar Urchin? Mientras avanzaba saltando de árbol en árbol, les preguntaba a todos los animales que veía por Urchin, hasta que le dijeron que él estaba con el rey y el capitán Padra, que estaban trasladando a los animales pequeños a lugares seguros e intentando contener un deslizamiento de tierra, y que todo estaba muy peligroso. Entonces preguntaba que si Júniper estaba con ellos y rogaba que le dijeran si alguien lo había visto y en dónde.

Nadie lo había visto en el lugar del deslizamiento, pero alguien había visto a una ardilla que se parecía a Júniper —que podría haber sido Júniper, era difícil asegurarlo con la escasa luz que había y en medio de la lluvia— que corría hacia la torre. Cojeaba como Júniper, ahora que lo pienso. Entonces ella había enviado un mensaje para avisarle a su familia que no regresaría esta noche y había luchado para llegar a la torre mientras el viento golpeaba las ramas bajo sus patas. Agotada y ansiosa, llegó por fin al torreón. Allí estaba Júniper, arrodillado en el suelo con una caja frente a él.

Sepia se acercó a la cama para ver si Fir estaba dormido y sintió alivio al comprobar que lo estaba. Se sentó al lado de Júniper.

La luz de la chimenea iluminaba claramente la caja rosada pálida y la piedra anidada en el centro. Sepia tragó saliva. Cuando logró hablar, sus palabras no fueron más que un susurro.

—¿Qué estás haciendo? ¡Esa es la Piedra de Corazón!

—Sí —repuso Júniper hoscamente—. Mira esto.

—¡No la toques! —susurró Sepia horrorizada—. ¡Júniper, por favor, no lo hagas, no debes!

Estiró una pata para impedírselo, pero él se alejó de ella de un salto, agarró su pata derecha con su izquierda en un fallido intento de impedir que temblara y cogió la piedra rosada. Esta rodó suavemente al suelo.

—¡Guárdala! —urgió Sepia con una mirada hacia la cama.

Júniper la deslizó de nuevo en la caja.

—Tenía que hacerlo —dijo, y el desconsuelo en su voz la hizo sufrir por él—. Tenía que probármelo a mí mismo. Yo no soy un verdadero sacerdote.

—¡Eres un novicio! —dijo—. ¡Eso solo significa que no eres un verdadero sacerdote todavía y eso ya lo sabías!

—Pero le dije a Damson que lo era y escuché su confesión —repuso Júniper—. Hubiera sido mejor no haberlo hecho. Y no la habría escuchado si no hubiera fingido que era un sacerdote. No he debido hacerlo jamás.

—Pero no lo hiciste únicamente para escuchar su confesión —arguyó Sepia—. Lo hiciste para que ella pudiera morir en paz y así fue. Piensa en lo que ella hubiera sufrido si no lo hubieras hecho.

Júniper fijó su mirada en el resplandor anaranjado de las llamas y en las cenizas blancas, enfrascado en su tristeza. Sabía que Sepia tenía razón, pero estaba embargado por el dolor, la culpa y el peso de su secreto. En medio del silencio se escuchó un sonido, un sonido marcado por la debilidad, pero muy familiar.

—Hm.

—¡hermano Fir! —articuló Sepia.

<hr />

—Plagas, piojos y fuego —dijo refunfuñando el capitán Lugg, al introducir su cabeza y sus hombros dentro del túnel—. Salgan todos rápidamente y sean ligeros con sus patas.

—No he estado muy bien —se quejó una voz desde el interior—. No puedo apurarme.

—Ese es Hobb ¿no es así? —dijo Lugg—. Pues estarás peor si el túnel se derrumba. ¿Está Yarrow la ardilla por allá abajo? Sí, sé que han estado enfermos, no son los únicos. Salgan. ¡Plagas y piojos! Urchin, diles que no saquen a nadie de la siguiente madriguera todavía. Primero desocupemos esta. No queremos que haya demasiados animales yendo y viniendo al mismo tiempo. Necesitamos más puntales para fortalecer la presa.

Urchin dio un ligero salto dentro del túnel, pasó de largo la siguiente tanda de madrigueras y solicitó más puntales. Miró hacia el costado de la colina, en donde las linternas agitadas por la tormenta parecían danzar salvajemente mientras las nutrias y los erizos trabajaban enérgicamente en la construcción de presas y canales. Nubes amenazadoras cruzaban el cielo. Crispín y unos cuantos animales del Círculo, con el agua hasta las rodillas, recogían las piedras sueltas que rodaban colina abajo. Urchin desapareció dentro de una madriguera.

—Alístense a salir cuando el capitán Lugg avise —ordenó—. Hasta entonces, no se muevan a menos que sea absolutamente necesario.

Arriba de él, traqueó la raíz de un árbol. Rústicos puntales para sostener los techos de los túneles habían sido cortados de cualquier trozo de madera, que Twigg y los demás carpinteros habían podido proveer, y de las ramas arrancadas de los árboles por la tormenta. Urchin salió de la madriguera en busca de uno. Se vio un relámpago seguido de un ruido sordo, que espero él no fuera más que un trueno.

—Eso era lo que nos faltaba —refunfuñó Lugg, empujando a Yarrow hacia fuera—. Y no pienses que no he escuchado lo que andas murmurando sobre Husk, porque sí lo he hecho. No veo cómo pudo él hacer tronar. Cuidado, joven Urchin. Las cosas están empeorando.

—Mi queridísimo Júniper —dijo Fir, cuando Júniper y Sepia terminaron de contar su historia. —Ahora te odias a ti mismo por haber escuchado la confesión de Damson. Si no lo hubieras hecho, te habrías odiado por eso también.

Júniper sintió que su desesperación ya no era tan profunda como antes. Miserablemente, mientras el vendaval golpeaba las oscuras ventanas y la lámpara proyectaba su tenue luz sobre el rostro tranquilo y sabio de Fir, había contado su historia y la de Damson al hermano Fir.

—Ella deseaba que fuera usted quien la escuchara —dijo.

Sepia había arreglado las almohadas de Fir, alimentado el fuego y calentado licores. La luz de la chimenea arrojaba una luz tibia sobre su rostro y titilaba en las paredes. Júniper percibía la paz a su alrededor aun cuando él mismo no estuviera en paz.

—Nunca se me había ocurrido que Husk pudiera ser tu padre —dijo Fir—. Recuerdo a Spindrift. Pensamos que ella se había ido de la isla con alguien de alguno de los barcos. Era una pequeña ardilla tímida pero de buen carácter. Debió haberte amado mucho. Bueno, Júniper, ahora ya lo sabes. Que el Corazón le infunda paz a ella y a Damson también.

—Ella fue la única madre que tuve —dijo Júniper—. Desearía tenerla aquí conmigo. Preferiría que Damson estuviera viva a saber la verdad sobre mi padre.

—Lo sé, lo sé —dijo el hermano Fir apesadumbrado—, pero así no son las cosas. El Corazón trae el bien de todas las cosas, de todas las cosas, por más imposible que parezca. Entrega tu desgracia, tu ira y esa información indeseada al Corazón.

—No puedo, señor —repuso Júniper.

—No puedes todavía —dijo Fir— pero podrás. La vida consiste en hacer lo imposible. Gracias, señorita Sepia —añadió, dejando sobre la mesa su copa de madera vacía.

—¿Qué más está ocurriendo en esta noche salvaje?

—Están evacuando a los pequeños del Palacio de los Topos —dijo Sepia, envolviendo su copa con las patas—. Las corrientes de agua se están desbordando y el agua se precipita hacia abajo por las colinas. Es tan pesada que están construyendo defensas y otras cosas para prevenir un deslizamiento de tierra. El rey, el capitán Padra y todos los demás están dedicados a sacar a los animales de las madrigueras.

—¡Eso es peligroso! —dijo Júniper.

Sepia no quiso decir nada. Él tenía razón, pero si ella se la otorgaba, él se iría inmediatamente para allá. Júniper no esperó la respuesta.

—¿Está Urchin allá? —inquirió.

—Bueno… —dijo Sepia, deseando no haber dicho nada.

—¿Quieres decir que sí está?

—El rey no pondría en peligro a Urchin —dijo Fir suavemente.

—¡El rey no puede estar en todas partes al mismo tiempo! —exclamó Júniper, dando un salto para ponerse de pie.

—Y tú tampoco —dijo Fir—. Has tenido más que suficiente para un día y además estás afligido.

—Estaré mucho más afligido si Urchin resulta herido —arguyó Júniper— y yo no hago nada para ayudarlo. Debería haber un sacerdote allá. Usted no puede ir, por lo tanto debo ir yo.

—No te prohibiré ir —dijo Fir— pero te aconsejo que no lo hagas.

—¡Tengo que ir! —afirmó Júniper—. Tengo que demostrarme a mí mismo que puedo sobreponerme a ser el hijo de Husk.

—Te sobrepusiste mucho antes de saberlo —dijo Fir—. Si vas a ir, recuerda que no debes poner a Urchin ni a ti mismo en ningún peligro grave. Y por más deseos que tengas de ser un héroe, recuerda que no tienes mucha experiencia. Obedece las órdenes, ya sean del rey o del capitán.

—Sí, hermano Fir —asintió Júniper—. ¿Me puedes dar la bendición, de todas formas?

Se arrodilló para que la pata de Fir se posara sobre su cabeza y escuchó las palabras de su bendición. Luego tomó la capa seca que Sepia le ofreció y corrió escaleras abajo.

Fir se recostó sobre las almohadas y cerró los ojos. Sepia, que no estaba segura si estaba rezando o quedándose dormido, lo cubrió con una cobija para abrigarlo

Ella no podía ser de mucha ayuda en el lugar del deslizamiento. Ya había suficientes animales allí. Después del largo día, las ondeantes llamas y el ambiente tranquilo la hicieron darse cuenta de lo cansada que estaba.

Sería agradable irse a casa y estar en su viejo nido con sus hermanas, pero la tormenta estaba demasiado fuerte ahora y su hogar, demasiado lejos. La respiración apacible del hermano Fir la hizo sentirse inmensamente solitaria. Él podía dormir y ella no, no después de todo lo que había escuchado y visto en ese día. Una vez, él se movió en medio de su sueño y dijo "Estrellas" muy claramente como si estuviera despierto, pero después de eso siguió dormido. Ella se arropó con una capa y, no deseando alejarse del fuego, se dedicó a mirarlo, pensando sin cesar en Damson y Júniper. Había caído en un sueño ligero y desasosegado, cuando alguien golpeó suavemente en la puerta. Dio un salto, tomó la linterna y fue a abrir la puerta.

—¡Su Majestad! —dijo e hizo una venia.

Luego, cuando la luz cayó sobre el rostro de la reina, Sepia dio un paso atrás, mantuvo la puerta abierta y estiró sus patas hacia ella.

La reina estaba delgada y demacrada, sus ojos enrojecidos por el dolor y el cansancio, y tenía la cobija de Catkin agarrada entre sus patas.

Su pelaje rojo encendido se veía opaco y el olor familiar a hierbas y vinagre estaba impregnado en ella. Se veía enloquecida por la aflicción pero Sepia solo vio a alguien más que a la reina de Mistmantle. Vio a una madre enfrentando otra larga y terrible noche sin saber en dónde estaría su bebé.

—Salí a cuidar a Yarrow —dijo.

Se veía muy arropada, como si tuviera mucho frío.

—Ha sido afectado gravemente por la sequía pestilente, pero sobrevivirá. Ya me lavé e hice todas las cosas necesarias. Vine a ver si el hermano Fir está bien.

—Está mucho mejor pero ahora está dormido —repuso Sepia—. Entre, Su Majestad, entre y acérquese a la chimenea para que se caliente.

La reina se arrodilló cerca al fuego y bebió el licor caliente que Sepia le ofreció. Como ella todavía se veía con frío, Sepia pasó un brazo a su alrededor.

—¿No debería ir a acostarse? —dijo amablemente.

—Eso es lo que me vive diciendo Thripple —dijo Cedar, mientras dejaba la copa a su lado—. No quiero dormir. Tengo pesadillas. Pero me iré.

—¡No, no lo haga! —dijo Sepia—. Quiero decir, no lo haga si no lo desea. No, si prefiere estar aquí. Perdóneme un momento, ya regreso.

Ella corrió silenciosamente escaleras abajo y, con la ayuda de una sirvienta topo, trajo la colcha de la cámara real. De vuelta en el torreón, la puso a calentar cerca del fuego y luego la extendió en el suelo mientras el hermano Fir conversaba con la reina.

—Tú te enfrentaste a Smokewreath en Whitewings —estaba diciendo—. Enfréntalo en tus sueños. Y dile que no hay ninguna maldición que resista al Corazón. ¡Dile eso!

Finalmente, la reina durmió unas pocas horas. Parecía que la respiración tranquila del hermano Fir tuviera el poder de apaciguarla. Sepia también durmió. Ella soñó con estrellas, con brumas y con Catkin, mientras el hermano Fir soñó exactamente con las mismas cosas. En medio de un sueño en el cual las estrellas danzaban alrededor de la Torre de Mistmantle, se despertó.

¿Qué la había despertado? Se sentó y tomó conciencia del lugar vacío al lado suyo en donde la reina había estado y de la silueta de una ardilla que miraba por la ventana.

—¿Su Majestad? —dijo.

—¿Te desperté, Sepia? —dijo la reina en voz muy baja—. Dormí bien por primera vez desde que... por primera vez. Luego me desperté y me di cuenta de que no le había dado las buenas noches. Siempre lo hago, aun cuando no sé dónde está.

Se alejó de la ventana.

—Que el corazón te bendiga, Catkin —susurró.

—Tu mamita está aquí.

Sepia se refregó los ojos y recordó su sueño. Parecía importante.

—Su Majestad —dijo—. Recuerda la noche de las estrellas fugaces antes...

La reina se estremeció.

—Lo siento, pero, ¿Recuerda que las estrellas rodearon la torre haciendo un círculo?

—¿En verdad lo hicieron, Sepia?

—Bueno, se supone que eso nos haga pensar en nuestros sueños y esperanzas —dijo—. Porque después de rodear la torre, desaparecen, como si ya no estuvieran allí. Como si nuestros sueños y esperanzas se fueran y desaparecieran. Pero uno los vuelve a ver, su Majestad, siempre regresan.

—Supongo que lo hacen, Sepia —suspiró la reina y puso una pata sobre su boca mientras bostezaba.

Sepia volvió a bajar las escaleras para traer unas almohadas y lavanda, pues tal vez, en la acogedora paz del torreón, la reina podría dormir de nuevo sin tener pesadillas.

Capítulo 14

Plagas, piojos, fuego y sabandijas —maldijo Lugg, con las patas profundamente enterradas en el fango.

En medio de la insoportable lluvia y sumido en la oscuridad, le pasó a Urchin un brazado de puntales húmedos. Las nutrias deben estar dejando pasar más de lo que trancan.

—¡No es cierto! —gritó Crispín—. Están haciendo un excelente trabajo. ¡Esto pronto cesará!

—¡No creo que sea tan pronto! —gruñó Lugg mientras se les venía encima otra avalancha de lodo y piedras—. Los erizos ¿Ya salieron de esa madriguera?

—Todos salieron y los contamos —dijo Urchin, luchando entre el fango mientras iba pasando puntales—. Pero hay otra madriguera bajo esa. ¿Cuál es su mejor opción para salir?

—Por la parte de arriba —repuso Lugg—. Dales un grito pero no vayas hasta allá, si puedes evitarlo.

Urchin dio un grito pero sabía que su voz se la llevaría el viento.

No había otra opción que subir hasta el terraplén, pero antes se deshizo de su espada para moverse más fácil.

—¡Salgan por la parte de arriba! —gritó—. ¡Rápidamente y de uno en uno!

Escuchó que Crispín gritaba algo, intentó dilucidar las palabras y se dio vuelta con los ojos anegados por la lluvia. Al mirar hacia la cima de la colina, vio a Crispín que hacía un altavoz con sus patas y gritaba, y a Padra señalando una ola de lodo y piedras que se precipitaba furiosamente colina abajo.

Urchin dio un salto hacia atrás mientras el lodo, el pasto y las piedras caían en cascada en dirección a las madrigueras. Animales armados de linternas corrían en todas direcciones mientras Crispín, Padra y Lugg daban órdenes: ¡quédense atrás! —"¡vayan hacia allá!", "¡sepárense!". La avalancha de lodo iba adquiriendo cada vez más volumen y velocidad, desalojando piedras a su paso, inmensa y salvaje como un monstruo en una pesadilla.

La pendiente del terreno fue disminuyendo. El deslizamiento de tierra se hizo más lento y fue repartiendo su peso, luego fue desapareciendo hasta que todo quedó por fin quieto.

Hubo un breve y total silencio, luego una ovación que parecía más un suspiro de alivio y finalmente se escuchó un silbido de Lugg.

—No estuvo nada mal como práctica de una carrera —comentó.

Crispín se subió a un monte de tierra. Estaba tan embadurnado de lodo que la mancha blanca de su pecho ya no se veía y sus orejas eran la única parte que quedaba limpia en todo su cuerpo.

—¿Hay alguien herido? —gritó—. Urchin, ven más para atrás. Esto hubiera sido mucho peor de no haber sido por el trabajo que hicieron las nutrias allá arriba. Esta última avalancha ya estaba mucho más abajo de la presa. ¿Queda alguien en las madrigueras?

—Sí, Su Majestad, y no veo que estén saliendo con prisa alguna —repuso Lugg.

—Íbamos a sacarlos por la parte de arriba pero esa avalancha los hubiera bloqueado completamente. La única salida que queda es una muy tortuosa que pasa muy por debajo de la colina. Hay muchas salidas que están bloqueadas. Necesitarán un guía que los ayude a salir. Solicito permiso para hacerlo yo mismo, por favor, Su Majestad. No deseo pedírselo a nadie.

—Concedido, Lugg —dijo Crispín—. Y elige quién quieres que te ayude. No tomes riesgos innecesarios. Lugg llamó a algunos erizos para que lo acompañaran y se dirigió nuevamente hacia la cima. Urchin observó que estecorría hacia el terraplén, escarbaba en una entrada casi invisible y se sumía en la oscuridad. Se escucharon algunas palabras apagadas que pedían más puntales.

El montón de puntales había sido desparramado en todas direcciones por el lodo. Urchin, al ver que algunos sobresalían entre el fango, se arrastró para recolectarlos.

—¡Puntales, Lugg! —gritó y los fue introduciendo y empujando hacia dentro pues trataban de trancarse entre las raíces de los árboles. Al escuchar el grito "¡Cuidado conmigo!" comprendió que estaban llegando a su destino.

—¡Muévanse, pequeños! —gritó Lugg.

En un coro de gruñidos y maldiciones, dos jóvenes ardillas macho aterrorizadas se alejaron de la entrada, mirando sobre sus hombros con ojos espantados.

—¡Se está hundiendo! —chilló una.

—¡Aléjense entonces! —gritó Urchin, pero no le obedecieron y se escudaron en él. Parecían hermanos y recordaba haberlos visto antes—. Se hundirá todavía más rápido si ustedes se paran encima —insistió.

—Váyanse…

Pudo ver a Docken del Círculo que estaba guiando a los animales hacia un lugar seguro.

—¿Ven a ese erizo alto? Ese es Docken del Círculo. Vayan hacia él. Arrástrense, vayan subiendo y traten de llegar al lugar más seco que encuentren.

El mayor de los hermanos retrocedió, asió la pata del menor pero con un grito descorazonador de "¡Mamita!", el pequeño dio un jalón con todas sus fuerzas hacia la entrada.

—Shh, Pepper —dijo el mayor—. El maestro Urchin y el capitán Lugg los sacarán. Por favor, maestro Urchin, señor, yo soy Grain y él es Pepper y nuestros padres y la señorita Wheatear todavía están allá dentro.

—Y ellos querrán que ustedes estén a salvo, por eso deben ir hacia el maestro Docken —insistió Urchin—. El capitán Lugg los sacará, si alguien puede hacerlo.

—¿Necesita esto, señor? —preguntó Grain, sacando con su pata de entre el fango un palo que sobresalía.

—Gracias —dijo Urchin, dejándolo a un lado para dárselo a Lugg—. Ahora ¡váyanse!

Había otro trozo de madera casi enterrado en el fango pero, cuando lo sacó, vio que era demasiado corto para servir de puntal en un túnel.

—¡Más puntales! —gritó por si alguien lo escuchaba.

—¡No hay más! —gritó Docken, cogiendo de las patas a las dos ardillas Grain y Pepper—. ¡Ninguno lo suficientemente largo!

—¡Pásenme lo que haya! —gritó Urchin.

Los palos que alguien le pasó eran muy cortos para sostener un túnel, pero tal vez un animal podría sostenerlos o apoyarlos en alguna raíz... Desde el subsuelo vino un aterrador rugido.

—¡Plaga! —maldijo Lugg—. ¿Dónde están los malditos puntales? ¡Luz!

—¡Que alguien traiga una linterna! —gritó Urchin.

Twigg se arrastró hacia él con un brazado de palos y con una linterna en la otra pata.

—Puede que la madera no sea lo suficientemente larga pero fue lo único que pude conseguir —dijo Twigg—. Y aquí tienes la linterna.

Urchin entregó la madera, pero la linterna por su forma no entraba bien en el túnel. Entonces, penetrando primero con las patas traseras, y sosteniendo en alto la linterna, se deslizó dentro del túnel. En un pequeño círculo vio a Lugg colocando puntales en su lugar. Montes de tierra, hojas y fango lo rodeaban. Los rostros de tres ardillas lo observaban desde un rincón.

—¿Será que hacemos el intento de salir, capitán Lugg? —preguntó una de ellas.

—¡Todavía no! —gruñó Lugg—. Urchin, por todas las plagas y los fuegos ¿qué haces aquí?

—Le traigo su linterna —respondió Urchin.

—Buen muchacho —murmuró—. ¿Tienes puntales?

—Solo estos pero no serán lo suficientemente largos —dijo Urchin—. ¿Servirá que yo sostenga uno?

—Si no podemos hacer otra cosa, tal vez sirva —gruñó Lugg.

Les hizo un guiño a las ardillas y una seña con la cabeza a Urchin.

—Solo porque nuestro Urchin atravesó las brumas y regresó, cree que es indestructible. Busca una piedra para que te pares en ella, Urchin. Lo mejor que se puede hacer con ese palo tan corto es colocarlo al través en el techo y luego apoyarlo en las raíces de los árboles para que se sostenga en su lugar. Si no logras eso, entonces sí sostenlo tú mismo.

Un poco de tierra cayó al lado de Urchin cuando se subió a la piedra. Ahogó un acceso de tos y se refregó los ojos. La tierra rugió.

Había escuchado ese sonido toda la noche, pero ahora que lo sentía sobre su cabeza, su pelaje se erizó de miedo. Intentó no imaginarse lo que ocurriría si el túnel se desplomaba. Sin que él hubiera dicho nada, Lugg comprendió sus temores.

—Ni siquiera pienses en ello, hijo —dijo Lugg—. Concéntrate en lo que estás haciendo.

Avergonzado del temblor de sus patas, Urchin colocó suavemente la linterna en el piso. No debían hacer movimientos bruscos. En un momento dado, el brazalete de pelo de ardilla que llevaba en la muñeca brilló con un rayo de luz y eso lo hizo sentirse reconfortado.

—¡Corazón, ayúdanos! —susurró y se encaramó para colocar la rama entre las raíces de los árboles.

Júniper saltó de copa en copa los árboles, corrió por los claros del bosque y escuchó los gritos de los animales mucho antes de llegar a ver el brillo de las linternas agitadas por la tormenta. Su capa, que volaba con el viento y se había enredado en las ramas, ahora colgaba deshecha y destilando agua. Grupos de nutrias todavía luchaban desesperadamente reforzando la presa y cavando canales para dirigir las corrientes de agua y, bajo ellas, lo único que pudo ver fueron animales y linternas desplazándose con dificultad por entre el fango y las piedras. El paisaje había cambiado tanto que no logró reconocer nada. Cuando iba descendiendo la colina, fue detenido por la capitana Arran y Russet del Círculo, que cargaban viejos palos de madera pulida en sus brazos.

—¡Detente! —gritó Arran y Russet dio un salto y lo agarró por los hombros.

—Provocarás el derrumbe de toda la colina.

—Tengo que encontrar a Urchin —balbuceó Júniper—. ¿Está a salvo?

—Nadie está a salvo, y menos aún si tú sigues dando esos saltos —refunfuñó Russet.

—Ven conmigo y daremos un rodeo. Como eres pequeño y liviano, podrías ser útil. Debes hacer exactamente lo que yo te diga, y por el bien de todos, por favor anda lo más ligeramente que puedas.

—Y llévate estos —dijo Arran y le entregó los palos—. Así podré regresar a la cima.

Con sus brazos llenos de palos y ramas, Júniper siguió a Russet al lugar en donde se hallaba Docken. Los ojos de Docken se iluminaron cuando vio la madera.

—El capitán Lugg necesita esa madera con urgencia —dijo.

—¿En dónde está Urchin? —preguntó Júniper.

—Allá — Docken señaló las madrigueras—. Como eres un sacerdote, limítate a rezar para que salga ileso.

—Le llevaré esto —dijo Júniper—. Russet, dame tu carga de palos y también la llevaré.

—Yo lo haré.

—Yo soy más pequeño y más liviano —repuso Júniper.

Vio la mirada que cruzaron Russet y Docken y comprendió su significado. "Sí, nos ayudaría que Júniper le llevara la madera a Lugg, pero no podemos enviar allá a otro joven animal".

Él no esperó la orden. Esto era algo que él podía hacer para reparar parte del daño que su padre había hecho. Asegurando los palos más largos y fuertes bajo sus brazos, se arrastró en el fango con la cabeza agachada, sin volverse a mirar cuando escuchó el grito de Docken "¡Júniper!". Se escuchó un consejo en voz baja de Russet. "Déjalo intentarlo". Con su barbilla levantada por encima del fango, siguió arrastrándose.

Algunas voces lo iban guiando hasta la madriguera. Primero descargó los puntales a la entrada y luego penetró en ella.

—¡Qué bien, mira lo que el Corazón nos envió! —exclamó Lugg.

—¡Júniper! —gritó Urchin.

Estaba haciendo equilibrio sobre una raíz retorcida al tiempo que sostenía un palo contra el techo y el sudor rodaba por su cuello. Hubo un segundo en el cual sus ojos brillaron de dicha al ver el rostro de Júniper, pero luego su corazón se oprimió. Júniper estaba allí. Una valiosa vida más se perdería si la madriguera se desplomaba.

—Júniper ¿Qué estás haciendo? —preguntó—. ¿Qué estás haciendo aquí?

—Vengo a sacarte de aquí —dijo Júniper—. Déjame sostener eso. Urchin, sal de aquí.

—Cállate y pásanos los puntales —dijo Lugg—. Ese largo, úsalo para sostener ese costado. Ese más corto, colócalo allá, en la forma en que lo está haciendo Urchin. Aquí, al lado mío. Eso es.

Júniper ocupó su lugar lejos de la entrada de la madriguera. Urchin estaba mucho más cerca de la salida que él. Eso era bueno. Eso era lo que él quería.

—Ahora —dijo Lugg—. ¿Están listos para salir? Uno por uno. Primero usted, señora.

Una ardilla pasó como una exhalación frente a Urchin, con las orejas gachas y la cola estirada tras ella. Los hombros de Urchin ya casi no soportaban el dolor producido por el esfuerzo de sostener el puntal, pero su obligación era no moverse y aguantar.

—¡La siguiente! —ordenó Lugg—. Deme una pata, entonces, señora.

La siguiente ardilla salió tan rápido como pudo de la madriguera. Mientras Lugg la ayudaba a apoyarse en las raíces de los árboles, un poco de tierra cayó sobre la cabeza de Urchin. Parpadeó para quitarse el polvo de los ojos.

"Salgan pronto", pensó, "Salgan rápido". No debía moverse, aun cuando tenía tortícolis, además un dolor agudo recorría sus brazos y el sudor empapaba su pelaje. Faltaba sacar a la última ardilla.

—Urchin y Júniper, cuando la última haya salido, salgan ustedes también —ordenó Lugg—. Obedezcan. Órdenes del capitán. Yo no saldré sino hasta que ustedes lo hayan hecho, y como quiero salir vivo, les agradecería que lo hicieran con cuidado.

—capitán Lugg… —empezó a decir Júniper.

—¡Haz lo que se te ordena! —insistió Lugg.

—capitán Lugg —dijo la última ardilla que quedaba—, si cree que yo me voy a quedar aquí mientras esos dos jóvenes me sostienen el techo…

—Está bien —dijo Lugg—. Júniper, Urchin, escápense. Ahora. Órdenes del capitán.

—Ya soy casi un sacerdote —dijo Júniper, luchando por lograr respirar mientras sostenía el puntal en su lugar—. Yo debo quedarme. Si no hay nadie que sostenga el techo…

—Yo lo sostendré —dijo Lugg—. Tú pones más problemas que todas mis hijas juntas. Y que todos mis nietos.

—¿No podemos irnos todos juntos? —preguntó la ardilla.

—Todas esas patas ¿Golpeando la tierra al tiempo? —dijo Lugg— Muchachos, ustedes dos, salgan, estírense sobre el suelo y estén listos para darnos una pata. Urchin, muévete.

La ardilla se colocó en su lugar, tras Urchin, y se estiró para sostener el puntal justo cuando el dolor de sus hombros se hizo insoportable. Lugg reemplazó a Júniper, y con una última mirada ansiosa, Júniper y Urchin dieron un salto tan ligero como pudieron hacia el túnel, se encaramaron de uno en uno hasta la salida y se tiraron al piso. Desde bien adentro escucharon a Lugg dar una orden y luego escucharon el ruido de patas corriendo. Se estiraron hacia la madriguera para ayudar a salir a la ardilla.

—Corran ustedes dos —dijo—. Yo esperaré aquí al capitán Lugg.

En medio de la lluvia y la oscuridad, Urchin no podía ver el rostro de Júniper, pero no era necesario. Sabía que estaba dispuesto a protestar.

—Ven, Júniper, vayámonos —dijo—, solo estaremos incrementando la presión sobre la tierra si nos quedamos.

—Arrástrense en direcciones opuestas —se escuchó la voz bajo tierra de Lugg.

—¡Aquí! —gritó Docken a sus espaldas.

Cautelosamente, y a regañadientes, empezaron a arrastrarse. Por un segundo o dos, Urchin creyó escuchar pasos de topo bajo tierra, pero el ruido de la lluvia confundía las vibraciones. Entonces, muy por debajo de ellos, se oyó un rugido y un crujido que se fue volviendo cada vez más fuerte.

Urchin, al mirar sobre su hombro, se dio cuenta de que estaba casi al alcance de la pata estirada de Docken. Luego volvió su mirada hacia la madriguera y su piel se erizó de pánico.

Júniper estaba luchando entre el fango, estirando sus patas delanteras e intentando arrastrarse pero cada vez se resbalaba más. El fango estaba muy resbaloso y Júniper se estaba deslizando en dirección a las madrigueras y no había ninguna seña de Lugg.

Urchin saltó a través del terraplén, se cayó y se tambaleó, después se fue moviendo en zigzag para evitar resbalarse en el fango, mientras escuchaba voces que gritaban pero sin saber ni importarle qué decían. Algo pasó volando sobre su cabeza, se agachó y luego vio qué era. Era un palo. Docken le había lanzado un puntal. Se estiró para cogerlo y luego lo puso al alcance de Júniper.

—¡Agárralo! —gritó, pero Júniper estaba demasiado lejos. Lentamente, Urchin se arrastró hacia delante hasta que finalmente Júniper logró asir el palo.

Haló con las dos patas y con todas sus fuerzas, sus dientes rechinaron y dio un nuevo jalón, pero el peso del palo unido al de Júniper, enterrado en el fango, era excesivo. Aunque sus músculos le dolían, siguió halando con todas sus fuerzas, pero parecía como si Júniper y el palo estuvieran hechos de roca. Sus patas temblaban por el esfuerzo.

—¡Aguanta! —gritó, pero entonces lo que más temía, sucedió. La tierra bajo él, lenta e inexorablemente empezó a moverse y él, también, se fue deslizando sin control.

Unas patas fuertes agarraron sus tobillos. Alguien lo estaba halando hacia atrás, Júniper también estaba saliendo de entre el fango. Russet y Heath habían aparecido y estaban halando el palo y sacando a Júniper del peligro. Escuchó la voz de Crispín.

—Estás bien, Urchin. Ya te tengo.

El suelo estaba más firme ahora y pudo pararse. Docken y Crispín cobijaron los cuerpos empapados y mugrosos de los recién rescatados y les dieron palmaditas de aliento en la espalda.

—¿Dónde... dónde está Lugg? —tartamudeó Urchin tiritando de frío. Nadie respondió.

—¡Lugg! —gritó.

Sin pensarlo un instante se dirigió a la madriguera, pero Crispín lo detuvo. Docken asió a Júniper. Más abajo, la tierra rugía y se removía como una inmensa babosa; luego se hundió y se escuchó el crujido de las raíces de los árboles y la madriguera desapareció.

Urchin miraba perplejo. Deseó no tener que creer lo que estaba viendo.

—Bueno, ya salimos con bien —dijo una voz tras él.

—¡Lugg! —gritó de nuevo Urchin.

El capitán Lugg estaba de pie a sus espaldas con sus patas delanteras sobre el cinto. Le hizo una reverencia a Crispín.

—¡Todo resuelto, Su Majestad! —dijo.

—Pero tú estabas… —empezó a decir Júniper.

—Sí, pero debo reconocer que la tierra se puso de mi lado —dijo Lugg—. Si uno la trata con respeto, ella hace lo mismo. Cuando cierra un túnel, por lo general abre otro. Fue bastante angustioso, pero todo salió bien. Y yo diría que lo peor ya pasó.

Entonces hubo abrazos y felicitaciones a montón y Lugg comentó que los túneles se estaban volviendo muy estrechos. Luego, Crispín puso sus brazos alrededor de Urchin y Júniper.

—Ustedes dos se comportaron muy bien —dijo Crispín—. Muy bien. Vayan ahora a bañarse y abrigarse.

—¿A dónde vamos, señor? —preguntó Urchin. El pensamiento de la larga caminata hasta la torre le pareció insoportable.

—La señora Apple no los recibirá en la madriguera en ese estado —comentó Docken.

—Hay una fila de madrigueras vacías a medio camino hacia la cima de la colina, más allá de donde están trabajando las nutrias —dijo Crispín—. Las hemos adecuado para emergencias. Arran está allá.

Con gran esfuerzo fueron remontando la colina. Cada paso era una verdadera odisea. Urchin estaba demasiado cansado para hablar y supuso que el silencio de Júniper se debía únicamente a que él también estaba exhausto. Cuando llegaron por fin a un terraplén, vieron linternas que brillaban a la entrada de una madriguera, lo cual reconfortó inmediatamente a Urchin.

—Parece una bienvenida —dijo y como Júniper no comentó nada, añadió—: ¿Te encuentras bien?

—Damson murió —dijo Júniper.

Tenía que contarle eso a Urchin en algún momento y por lo menos eso le daba una justificación para permanecer silencioso.

—Lo siento —dijo Urchin y puso una pata sobre el hombro de Júniper, pero Júniper no reaccionó.

En la oscuridad, Urchin lo miró pero él estaba con su mirada fija en el horizonte y no era fácil verle el rostro. Urchin pensó en cómo se sentiría él si hubiera sido Apple la que hubiera muerto, y sufrió por su amigo, pero sintió que Júniper estaba a miles de millas de distancia, más allá de las brumas, y Urchin no logró hacer contacto con él. A la entrada de la madriguera, se hizo a un lado para que Júniper entrara primero y luego le preguntó al erizo que estaba de guardia en dónde estaba la Capitana Arran.

—Enviaré a alguien a buscarla —respondió el erizo—. Vayan entrando. La capitana Arran nos dio la orden de estar pendientes de ustedes.

La madriguera tenía una serie de cuartos, cada uno con puerta de madera y algunos conectados entre sí. El erizo abrió una puerta para Urchin y Júniper y los condujo a una alcoba sencilla y limpia además de maravillosamente acogedora, con un piso arenoso pero seco y fuego crujiendo en la chimenea, que les dio la bienvenida. Tinas de madera llenas de agua caliente los esperaban frente a ella, el vapor inundaba el aire cálido y había toallas dispuestas al lado de ellas.

—Dense un buen baño —dijo el erizo—. Nunca había visto ardillas tan mugrientas. Tendré que cambiar el agua varias veces. ¿Cómo van las cosas en la excavación?

—Ya todo el mundo salió de las madrigueras y parece que lo peor ya pasó —repuso Urchin.

—¡Gracias al Corazón por eso! —exclamó el erizo y se fue corriendo a dar las buenas nuevas y a buscar a Arran. Urchin y Júniper se quedaron solos.

Urchin quiso deshacerse de su espada pero recordó que la había dejado en las excavaciones. Hundió sus patas en el agua caliente y como sintió que el calor llegaba hasta sus huesos de manera tan agradable, decidió hundir su cabeza primero en la tina y luego sumergirse de cuerpo entero y empezar a refregar su pelaje, su cabeza y sus orejas, sus patas y su cola hasta que el lodo se fuera desprendiendo y hasta sentirse tan limpio como una esponja recién lavada. Luego se paró en el borde de la tina y dio un salto hasta la toalla y se envolvió en ella.

—¡Es maravilloso! —le dijo a Júniper—. ¡Ensáyalo!

Júniper se había sentado apretando sus patas contra su cuerpo. Ya nunca más sería parte del mundo de Urchin. Se sentía como si tuviera algo aún peor que la sequía pestilente.

Alarmado, Urchin se arrodilló frente a él.

—¡Júniper! —dijo y colocó una pata sobre la cabeza de Júniper, pero él no se inmutó. Debía estar en estado de conmoción. Él había acabado de perder a Damson y luego casi había muerto enterrado en la madriguera.

—Pronto estarás mejor, Júniper —le dijo—. Te ayudaremos a salir de esto. Te sentirás mucho mejor después de una zambullida en el agua caliente. Debes hacerlo.

Luego dio un salto hacia atrás, aterrado al ver a Júniper ponerse en pie de un salto.

—¿Qué sabes tú de esto? —gritó—. ¿Acaso crees que lo sabes todo? ¿Crees que todo lo comprendes y que todo se arreglará con un baño caliente y un buen fuego? ¡No tienes ni la menor idea de nada!

—¡Lo siento! —balbuceó Urchin.

—¡Tú no sabes nada! —gritó Júniper amargamente—. ¿No comprendes? Fui a salvarte y tú terminaste salvándome a mí, porque tú siempre tienes que ser el héroe.

—Júniper, qué... —empezó a decir Urchin pero Júniper no escuchaba.

—Entonces, ¡Qué tal que yo hubiera muerto intentando salvarte! —gritó Júniper—. ¡Eso era lo que yo quería! Habría hecho una cosa noble y valiosa y luego todo hubiera terminado y no habría tenido que vivir con esto— la rabia en sus ojos se convirtió en un profundo dolor—. ¡Tú no sabes quién soy!

Capítulo 15

La puerta se abrió. Muy erguida e imponente con su aire grave, Arran entró en el cuarto.

—Griten más fuerte —ordenó—. Puede que no los hayan escuchado en Whitewings. ¿Qué está ocurriendo aquí?

Ninguno de los dos habló. Ninguno sabía por dónde empezar.

—Dese un baño, Júniper —dijo bruscamente.

Aplacado por su presencia, Júniper se metió en la tina, se lavó y se estaba secando cuando Padra y Crispín, sonrientes pero muy mugrientos, entraron en el cuarto. Para Urchin, todo lució inmediatamente mucho menos negro. Cuando estaba en compañía de Crispín y Padra, siempre sentía que todo saldría bien.

—Bien hecho, jóvenes —dijo Crispín.

—Excelentemente bien hecho —dijo Padra.

Tiraron sus espadas y sus capas en un rincón, además de la espada de Urchin, y de un salto se sumergieron en el agua. Mientras ellos se bañaban, Urchin se acercó a Júniper.

—Esto no se trata únicamente de Damson,— ¿No es cierto? —susurró—. ¿Qué querías decir con eso de saber quién eres?

Como Júniper no respondió, le rogó con sinceridad.

—Sea lo que sea, cuéntaselo a Crispín. Es importante.

Júniper sintió cómo le iba penetrando el calor de la chimenea y también sentía que la presencia de Crispín y Padra le resultaba tranquilizadora. Debería contarle a Crispín. El rey tenía el derecho de enterarse y Padra también, por ser el capitán más antiguo. Probablemente ya no le permitirían ser sacerdote y ellos tendrían que saber por qué. De esta manera, tendría que contarlo una sola vez y quedaría desembarazado de ese peso, pero entonces no podía, no mientras Padra y Crispín estuvieran disfrutando su baño. Seguro que habían disfrutado el desafío y la lucha contra el deslizamiento de tierra. Por un corto tiempo, sus mentes habían estado libres del pensamiento de Catkin.

—Júniper —susurró Urchin— dijiste que yo no sabía quién eras tú. Pues bien, sí lo sé. Te lo dije en Whitewings, somos hermanos.

—No te obligaré a seguir creyendo eso —dijo Júniper.

Se hizo un silencio. Crispín y Padra ya se habían secado y habían notado el cuchicheo entre las dos ardillas. Arran puso cuidadosamente otro tronco que hizo saltar chispas en el fuego.

—¿Algo está ocurriendo? —preguntó.

—¡Adelante! —susurró Urchin.

—¿Júniper? —llamó amablemente Crispín.

Júniper encogió los hombros y miró a Urchin.

—No hay tiempo —balbuceó.

—Sea lo que sea, te será más difícil contarlo más tarde —dijo Crispín cariñosamente—. Padra ¿Puedes asegurarte de que nadie nos interrumpa?

Crispín condujo a Júniper y a Urchin a un lugar cerca del fuego y les preguntó si habían quedado heridos después del rescate en la madriguera. Tenían unos cuantos rasguños que no habían notado antes y a Urchin le dolían bastante los hombros, pero nada de eso era importante. Luego regresó Padra con jarras de licor y de vino caliente con especias y varias copas que colocó cerca del fuego.

—Di la orden de que no nos interrumpan a menos que haya algo realmente urgente —dijo mientras servía las bebidas que echaban vapor frente a la luz de la chimenea—. Bébete esto, Júniper. Sea lo que sea lo que nos vas a contar, probablemente no es tan malo como a ti te parece.

El licor estaba fuerte y muy caliente y Júniper se sintió mejor después de beberlo. Luego depositó su copa en el suelo. Mirando algunas veces el fuego, otras veces sus patas y otras más sus rostros, les contó todo. Les habló de su decisión de escuchar la confesión de Damson. Finalmente, manteniendo su voz tan nítida como pudo, luchando por mirar de frente a Crispín y sintiendo que cada palabra pesaba como una piedra, les contó el asesinato de su madre.

—Y debido a que ella se había mantenido alejada, habían pasado años antes de que Damson lo viera de nuevo, y lo escuchara y se diera cuenta de quién era —dijo—. Fue... Su Majestad, es la peor persona del mundo.

Respiró muy hondo. Una sola sílaba y acabaría.

—Husk —dijo.

Se dio cuenta de que tanto Padra como Arran habían cerrado los ojos con fuerza como si los hubieran herido, pero Crispín había seguido mirándolo sin parpadear. Júniper pensó que debía repetir el nombre por si acaso Crispín no lo había escuchado.

—¿Comprende, Su Majestad? Yo soy el hijo de Husk y él asesinó a mi madre.

—Fue muy valiente de tu parte contárnoslo —dijo Crispín suavemente y tomó a Júniper por los hombros—. Bien hecho. Tú no tienes la culpa de quién era tu padre.

—Yo nunca volveré a ser feliz, señor —dijo Júniper, agachó la cabeza y no sostuvo la mirada de Crispín—. Cuando escuché acerca de lo que Urchin estaba haciendo en el deslizamiento, fui allí porque quería reemplazarlo, hacer algo que valiera la pena y luego morir.

—¡Oh, Júniper! —exclamó Arran.

—Me encanta que no hayas tenido éxito en eso —dijo Crispín—. Habría sido una gran pérdida para todos nosotros. La isla entera habría sido un lugar más pobre sin ti.

—Pero yo tengo que ver con él —dijo Júniper—. Podría volverme igual a él.

Se encogió y descansó su cabeza sobre las rodillas. Urchin le ofreció una copa y él bebió a la salud de Urchin.

—¿Por qué te convertirías en alguien igual a él? —preguntó Crispín—. Hasta ahora no ha sido así. Yo conocí a Husk y no te pareces en nada a él.

—Tampoco soy muy bueno —dijo Júniper.

—Eres lo suficientemente bueno para nosotros —dijo Crispín—. El hermano Fir así lo piensa y yo también. Si existe algo muy malo en ti, lo has escondido muy bien.

—Husk hacía creer a la gente que él era bueno, señor —dijo, y deseó que Urchin no hubiera estado presente. Esperaba que su amistad con Urchin resistiera esta dura prueba.

—El hermano Fir dice que Husk le tenía envidia a usted, cuando eran dos jóvenes ardillas de la torre, y que esa fue una de las cosas que hizo nacer lo peor en él —dijo—. Y yo siento envidia. No quisiera pero no puedo evitarlo.

—¿Envidias a alguien en particular, Júniper? —preguntó Crispín.

Era la pregunta que se veía venir. Mirándose las patas nuevamente, dijo:

—A Urchin —y miró hacia un costado—. Lo siento, Urchin. No puedo evitarlo.

—Pero siempre hemos sido amigos —dijo Urchin, quien no estaba entendiendo muy bien las cosas.

—Oh, sí —repuso Júniper—. Pero de todas formas, te tengo envidia.

—Me imagino que a mucha gente le pasa lo mismo —comentó Crispín.

—¡Pero arriesgaste tu vida para salvar la mía! —dijo Urchin—. ¡Dos veces!

—Porque valía la pena salvarla —explicó Júniper— y porque eres mi amigo y mi hermano, pero te tengo envidia. No puedo evitarlo. Tú ayudaste a salvar la isla. Tú siempre logras hacer cosas emocionantes, hasta volaste en un cisne. Y cuando te enteraste de la verdad sobre tus padres, descubriste que eran unos héroes.

—Júniper, ¡Tú también eres un héroe! —dijo Padra. Se alejó de Arran, se arrodilló frente a Júniper y asió sus patas—. Mírame; Júniper. Cuando murió Spindrift, la única que te cuidó fue Damson y ella vivía muy orgullosa de ti. Husk eligió el mal. Ansiaba el poder y la gloria y hubiera hecho cualquier cosa por conseguirlos. Tú no hiciste esa elección, tú elegiste el amor y la lealtad. ¡Recuerda lo que hiciste cuando fuiste a Whitewings! Has sido leal a Urchin aun cuando le hayas tenido envidia. Tú tienes cualidades excelentes. Fir te eligió. La sangre de tu padre no es la que te hace ser quien eres. Tú elegiste el Corazón que te ama a ti, y el Corazón te cobija. Estás libre de tu pasado.

—Más aún —dijo Crispín—. Eres algo bueno que surgió de la vida de Husk, a pesar de todo lo que él hizo.

—Y eres mi hermano —dijo Urchin.

—Por favor, Su Majestad —preguntó Júniper—, ¿Es necesario que los demás también se enteren?

—No veo la razón —dijo Crispín— y ciertamente no por ahora. No tomes decisiones todavía, pues apenas acabas de enterarte de esto. Debes dormir antes de tomarlas. Eso es algo que todos necesitamos, ninguno de nosotros durmió mucho, anoche. Padra, Arran, ¿No quisieran irse a su casa a ver a Tide y a Swanfeather?

—Oh, sí, por favor —dijo Arran—. Hemos tenido que dejarlos con la madre Huggen y con Apple tan a menudo últimamente, que temo que se olviden de quién soy, y yo —se detuvo súbitamente, y luego terminó— sí deseo estar con ellos.

Urchin sospechó que ella había estado a punto de decir que le preocupaba que pudieran desaparecer, pero se había detenido justo a tiempo.

—Dile a Cedar que todos estamos a salvo —dijo Crispín—. Y diles a los guardias nocturnos que dormiré aquí esta noche, para que me despierten en caso de que ocurra algo. Pero no creo que así sea.

Urchin agitó sus orejas y se sacudió para intentar permanecer despierto. Súbitamente, sus ojos querían cerrarse. Quería parecer muy despierto y alerta, pero era difícil hacerlo ya que había tenido que poner sus dos patas sobre la boca para disimular un inmenso bostezo. No podía esperar que Crispín no lo hubiera notado.

—Urchin, estás exhausto —dijo—. Enviaré a alguien a traer cobijas.

Padra y Arran se fueron de regreso a la torre y trajeron cobijas para Urchin y Júniper, quienes se acostaron frente al fuego.

La excitación del día entero y de la noche mantuvo despierto a Urchin durante largo rato, con su mirada fija en las llamas. Por fin, se durmió, con un sueño ligero y perturbado, soñando con túneles aplastados, inundaciones y otros túneles oscuros que se abrían frente al rostro de Husk. Se despertó asustado y sudando y se quedó pensando en la oscuridad.

"Estoy a salvo. Estoy en una madriguera refugio, con el fuego encendido y Júniper a mi lado". Se sentó, abrazado a la cobija, y fijó su mirada en el rescoldo color naranja encendido. Se escuchaban voces afuera, pero eran Crispín y Lugg, hablando en voz baja. Debían estar intentando no despertar a nadie.

—Inundaciones y deslizamientos de tierra, Su Majestad —decía Lugg suavemente—, eso lo puedo manejar. Uno sabe lo que está enfrentando, puede verlo, oírlo y sentirlo. Estoy más preocupado por las cosas que están diciendo en esta isla, Su Majestad, y me excuso por traer este tema a cuento. Hay otro erizo que jura que anoche vio a Husk. Estaba lo suficientemente borracho y atontado como para poder creerle. Ninguna ardilla normal y sensata puede irse a casa en la oscuridad, sin que y se ufane de haber visto a Husk.

—Y hasta que no se convenzan firmemente de que él no puede hacerles daño, estarán asustados —dijo Crispín—. Un día de estos, Lugg, todo habrá pasado. La enfermedad se habrá ido, la isla estará en calma y segura, y Cedar y yo pondremos a Catkin a dormir en su cuna. Debemos seguir creyendo en eso. Dime, ¿dónde están los animales heridos por el deslizamiento?

—En los cuartos al final de esta fila, Su Majestad, y demos gracias al Corazón de que nadie haya muerto. Pero, Su Majestad, no solo están hablando de Husk.

—¿De qué se trata ahora? —preguntó Crispín, y Urchin notó la angustia y el cansancio en su voz.

Hubo un momento de pausa, y luego, tan bajito que Urchin apenas pudo escuchar, Lugg dijo:

—La reina —y lo siguiente fue dicho en voz tan baja que Urchin no logró escucharlo.

—Tómate unas pocas horas de descanso, Lugg —dijo finalmente Crispín—. Es una orden. Yo iré a visitar a los heridos.

Urchin oyó el suave golpeteo de las patas que se alejaban. Se estaba quedando dormido de nuevo, cuando otra voz lo sorprendió.

—¡Urchin!

—¿Júniper? ¿Estás bien?

—No podía dormir —dijo Júniper, apoyándose en el codo—. Acabo de escuchar la conversación entre Lugg y el rey.

—Yo también la oí —dijo Urchin—. Supongo que no hubiéramos debido escucharla.

—Yo estoy contento de haberla escuchado —dijo Júniper—. Cuando los animales no andan con las habladurías sobre —ya sabes, él —, se la pasan diciendo que la reina está loca. El hermano Fir dice que los enemigos más peligrosos son los que uno no puede ver. Uno podía ver a Husk, y al rey Silverbirch y a Granite, y también a Smokewreath, y ellos ya eran bastante malos, pero uno no puede ver los rumores. Tendremos que hacer algo a ese respecto.

—Algo como qué —dijo Urchin.

—Eso es lo que estoy tratando de pensar —dijo Júniper.

Él fijó su mirada en la oscuridad y silenciosamente repitió la su profecía en su mente. La profecía imposible. Pero ahora el que no tenía padre, había encontrado uno, o, al menos, ya sabía quién era su padre y lo que le había ocurrido. Las colinas se habían desmoronado. Tal vez había esperanza, entonces, una esperanza que surgía de su propia desesperación. En algún lugar en el futuro había una garra estirada hacia fuera, un destello azul —¿En dónde había visto ese tono de azul?— y el brillo de un cuchillo.

—Urchin —dijo finalmente—, ¿Todavía estás despierto?

—No, en realidad, no —balbuceó Urchin.

—No puedo dormir —dijo Júniper—. Me voy para la torre a estar con Fir.

—¿Ahora mismo? —inquirió Urchin.

—No me quiero quedar aquí acostado esperando el amanecer —repuso Júniper.

Con desgano y un gran esfuerzo, Urchin se sentó. No había dormido mucho pero, al menos, había estado abrigado y descansando.

—Iré contigo —dijo.

—No, no lo hagas —dijo Júniper—. El rey podría necesitarte en la mañana. Si alguien pregunta por mí diles dónde estaré.

Crispín estaba sentado solo frente a un fuego agonizante. Podría haber llamado a un guardia, o despertado a alguien, pero no habría servido de nada. Tenía que enfrentar la soledad de su condición de rey.

Los deslizamientos de tierra y las enfermedades constituían una lucha, pero una lucha que él podía sostener. Había luchado contra cosas peores. Noche tras noche, acostado y sin poder dormir, se había preguntado si Husk podría realmente estar de regreso, y si habría convencido a Linty de llevarle a Catkin. Se había preguntado si alguna vez la vería de nuevo e incluso, cuando las noches eran más largas y más oscuras, si realmente existiría una maldición contra la heredera de Mistmantle. Y para completar, ahora tenía que enfrentar lo que le había dicho Lugg. Cedar le había dado tanta felicidad, tanto calor y fortaleza a la isla y a él mismo, y ahora ¿Qué tal el último y estúpido chisme que habían inventado? La reina extranjera viene de una tierra de hechiceros en la cual no saben cómo se hacen las cosas. Ni siquiera puede cuidar a su propia hija. La culpa de todo es de ella. Incluso la sequía pestilente.

No recordaba haberse sentido tan fría y amargamente enojado desde el día en que su primera esposa había muerto. Podía sentir pena por los animales fácilmente influenciables que creían los rumores sobre Husk. Podía entender el pánico de los animales que no se atrevían a perder de vista ni por un instante a sus críos. Podía comprender que lo criticaran a él—, él era el rey y la isla era su responsabilidad. Pero habían resuelto emprenderla contra Cedar, la persona que para él era más querida que su propio corazón. Había que luchar contra la ignorancia en la isla, pero también tendría que sostener una batalla dentro de sí mismo. Antes de poder hablarles a los isleños, tenía que enfrentar su dolor y su ira.

El hermano Fir habría podido ayudarlo, pero él estaba muy lejos en su torreón. Basado en su experiencia de muchos años, debía plantearse las preguntas que el hermano Fir le habría hecho. Se imaginó al sacerdote, sentado frente a la chimenea con una copa de licor entre sus patas, diciendo: "¡Piensa, Crispín, piensa! Luego ¿No te he enseñado a pensar? Debo ser entonces un sacerdote mediocre. Hazte preguntas. Entonces algunos animales —solo algunos animales— están siendo irrespetuosos con Su Majestad la reina. Hm. Hazte las preguntas correctas".

Crispín se hizo las preguntas que el hermano Fir le hubiera hecho. ¿Por qué? ¿Por qué se están comportando así? ¿Qué te acabas de decir a ti mismo? Pregunta. Pregunta. ¿Cuáles son los enemigos que estamos enfrentando? Ignorancia, sí, debilidad, sí, ¿y? ¡Esfuérzate, piensa!

Entonces supo cuál era el mayor enemigo de la isla y comprendió que siempre lo había sabido. Era obvio. Encendió una vela y por fin sonrió.

No tenía sentido seguir ahí sentado, sin hacer nada, esperando el amanecer. Fue de nuevo a visitar a los heridos y luego salió en busca de aire fresco, subió al punto de la colina que le ofrecía la mejor vista y, mientras la oscuridad iba cediendo, miró hacia Mistmantle. Sintió que su corazón se llenaba de amor por esa isla y por sus animales.

¿Por qué razón la gente pensaba que el objetivo de la realeza era gobernar, dar órdenes y mantener el poder? Para él, se trataba únicamente de cuidar la isla durante toda su vida, alimentándola y protegiéndola como si fuera su padre al igual que lo era de Catkin. "La pequeña Catkin. Corazón protégela. Te estamos buscando. Yo no puedo soportar esto, no puedo soportar no tenerte entre mis brazos".

Alguien lo estaba llamando. Se dio vuelta y vio a Urchin que subía la colina en dirección a él, cargando una capa en un brazo y la espada y el cinto de Crispín en el otro.

—¿Usted tampoco puede dormir, Su Majestad? —dijo—. ¿Una capa?

—Gracias, Urchin —dijo Crispín, quien no sentía la necesidad de la capa pero permitió que Urchin se la pusiera sobre los hombros—. Tal vez debamos descender. Pronto amanecerá.

Caminaron por el terraplén que fue descendiendo lentamente hacia los bosques. De alguna manera, ambos estaban mirando en la misma dirección al mismo tiempo, cuando lo vieron.

En un bosquecillo, un poco más abajo de donde se encontraban, no muy lejos de la entrada al Palacio de los Topos, un árbol muerto, un viejo árbol destruido por un rayo, se destacaba entre los demás. Sobre él se veía una forma oscura que podría haber sido un nido, pero ¿Quién iba a construir un nido en ese lugar? La forma se movió y ellos reconocieron la curva de una cola de ardilla. Luego, vagamente en el gris amanecer, vieron una silueta que heló la sangre de Urchin, le paró las orejas y resecó su boca. Nunca había pensado que vería ese perfil nuevamente.

Miró en dirección a Crispín y notó que tenía la mirada fija en el mismo punto, pero lo vio muy tranquilo, casi sonriente. Cuando Urchin volvió a mirar hacia el árbol, la ardilla había desaparecido.

—Su Majestad —susurró Urchin—, Husk.

Crispín siguió observando durante un momento, como si estuviera esperando que la ardilla reapareciera.

—Podría ser —dijo simplemente—. Pondré una vigilancia en ese bosquecillo. Ten valor, Urchin. Esta vez, estaremos listos para él. Volvamos a la torre, creo, antes de reunir a toda la isla.

Capítulo 16

Cuando el sol ya se había levantado, los ojos de Padra estaban todavía demasiado pesados para abrirse, pero los constantes codazos y patadas de Tide y Swanfeather se habían vuelto insoportables. Con un esfuerzo se levantó, alzó a cada hijo en un brazo y se fue hasta el manantial, en el cual sumergió a las dos nutrias y salpicó su rostro con agua fría. Chillando de placer, Swanfeather se retorció y dando volantines se dirigió al mar, mientras Tide la seguía en línea recta hasta alcanzarla.

—Deténganse cuando lleguen a las olas —gritó Padra.

La marea no estaba muy alta y les llevaría algún tiempo llegar hasta el borde del agua. Se refregó el rostro, sacudió sus bigotes mojados y observó la mañana posterior a la tormenta.

Había visto peores. Pero esta era bastante mala.

La pálida arena dorada estaba manchada con lodo grasoso. En cualquier lugar donde mirara, había ramas rotas entre tapetes de hojas, que se iban adentrando en el mar o tapizaban la playa o cubrían las rocas. Entre los restos de madera y los deshechos, se podían reconocer objetos pertenecientes a los animales, que habían sido arrancados de las madrigueras por la fuerza de la tormenta —ruedas sueltas de carretillas, herramientas rotas, un pequeño banco, un sombrero maltrecho, una tetera. Padra sufría por aquellos que habían perdido sus hogares y sus tesoros. La mayoría de los deshechos de madera y de los objetos ya eran irreconocibles, pero algunos pedazos tenían todavía la forma suficiente para reconocerse como partes de un bote.

Los botes de las nutrias eran pequeños pero resistentes. La tormenta tenía que haber sido muy fuerte para que hubiera podido desalojar los botes y luego golpearlos contra las rocas. Los botes que habían sobrevivido —probablemente los que estaban amarrados en las calas mejor protegidas— ahora estaban en el agua, y las nutrias remaban y se detenían y volvían a remar, recuperando cualquier cosa que fuera servible. Otras nutrias que se hundían en el agua, salían a la superficie, mirando a su alrededor, o reaparecían algunas veces con una copa o una azada rota y la llevaban hasta el bote más cercano. Padra sintió a alguien a su lado y supo, sin volverse a mirar, que era Arran.

—Por lo menos la cosecha está recolectada y almacenada —dijo—. Habría podido ser mucho peor.

Ninguno de ellos dijo que Linty y Catkin podrían estar bajo un derrumbe, pero ambos lo pensaron.

Swanfeather se arrastraba por la playa con un trapo sucio atrapado en su boca. Mientras Padra se agachaba para quitárselo, la voz de Apple resonó tras él.

—Oh, Corazón, ¿qué tiene allí? Un trozo de cortina, una capa o qué? ¡Qué mañana!, capitán Padra, mañana, capitán Padra, mañana, capitana Arran, ¡Qué mañana, qué noche! ¿Qué has encontrado, pequeña Swanfeather?

—Es uno de los gallardetes de la torre —dijo Padra, mientras examinaba el retazo empapado y desgarrado—. Swanfeather, quédate en la parte panda.

Él miró hacia los torreones. No quedaba un gallardete en su lugar e incluso las astas de las banderas estaban rotas. Ese era el menor de los problemas, sin embargo, la visión era descorazonadora.

Swanfeather chillaba y salpicaba. Una nutria había surgido de pronto, le había hecho un saludo y luego había desaparecido dentro del agua.

—Es Fingal —dijo Arran, intentando no bostezar—. Debe estar afuera desde temprano.

Fingal emergió de nuevo y agarró la tetera que pasaba a su lado. Se puso de espaldas y nadó hasta la playa, con la tetera agarrada contra su pecho.

—¿Su tetera, señora Apple? —preguntó haciendo una elegante venia.

—No es mía —dijo Apple—. Podría ser de la señora Duntern, yo se la llevaré, lo que yo estoy buscando es… ¡Oh, por el Corazón, allá está, mi sombrero, flotando en el mar camino a las brumas!

Las nutrias se volvieron a mirar. El sombrero de ala ancha flotaba muy lejos sobre las olas como si estuviera jugando con ellas.

—Lo había sacado porque pensé que debía usarlo para asistir al funeral de la señora Damson —se quejó—. Y el viento me lo arrancó como si me tuviera rencor, y allá está…

Fingal se fue enseguida a rescatarlo, nadando bajo el agua y emergiendo de vez en cuando para comprobar qué tan lejos estaba. Apple estaba preocupada de que tuviera que ir más allá de las brumas, y Arran la tranquilizó diciéndole que no habría problema, siempre y cuando Fingal pudiera moverse más rápidamente que el sombrero.

En ese momento, dos nutrias salieron del agua arrastrando un trozo de madera.

—Un pedazo de bote, capitán Padra, señor —antes de sacudir sus bigotes y regresar al mar—. Un buen trozo de madera y todavía tiene la mayoría de la pintura.

—Sí, eso veo —dijo Padra.

Él observó más cuidadosamente el trozo de madera, frunció el ceño y miró hacia el mar en donde alcanzó a percibir la presencia de Fingal bajo el agua.

—¿No se supone que ustedes dos deben estar haciendo guardia en la costa? —inquirió.

—Sí, lo estábamos —dijo uno de ellos—. Pero el rey nos dijo que saliéramos hoy por la mañana a tratar de rescatar cosas tales como ollas, muebles y demás, señor, que la gente haya perdido. Supongo que no nos hubiéramos debido ocupar de ese trozo de madera, pero es un buen trozo, señor.

—Me alegra que lo hayan encontrado —dijo Padra.

Un ligero movimiento le llamó la atención y se dio vuelta para ver al mensajero Longpaw corriendo hacia ellos.

—Reunión en Seathrift Meadow a mediodía, señor y señora —dijo, y se alejó corriendo. En la distancia otras ardillas corrían de árbol en árbol presumiblemente llevando el mismo mensaje.

—¿Por qué no en la Cámara de Reuniones? —dijo Arran.

—Seathrift Meadow les queda un poco más cerca a los animales, recuerda que anoche sufrieron bastante —dijo Padra—. Aquellos que todavía se están recuperando de la enfermedad o de las heridas, no tendrán que hacer el esfuerzo de subir las escaleras de la torre y si alguien sigue siendo contagioso, es mejor reunirlos al aire libre. Ese es el estilo de cosas en las que Crispín...

Fue interrumpido por los chillidos de excitación de Tide y Swan-feather, que señalaban hacia el mar. El sombrero seguía balanceándose sobre las olas cuando un movimiento y una salpicadura lo sacudieron fuertemente.

—¡Oh! —gritó Apple—. ¡Mi sombrero!

Y entonces el sombrero se levantó sobre el agua el rostro sonriente de Fingal quien lo llevó triunfalmente hasta la playa. Con un elegante gesto se lo quitó, se sacudió el agua y se lo presentó a Apple con una venia.

—Señora, oh, espere un momento —dijo. Retiró unas cuantas algas y un cangrejo viviente de los capullos de rosa que destilaban agua—. Señora, su corona.

—¡Oh, qué encantador eres! —dijo Apple y le dio un abrazo tan efusivo que lo dejó sin respiración—. ¡Oh, mírenme cómo quedé, emparamada, eso se lo debo a andar abrazando nutrias recién salidas del mar. Bendito seas, Corazón, bendito seas, joven Fingal, eres una nutria tan buena como lo es tu hermano y eso es decir bastante.

Ella mantenía el sombrero en su pata.

—Lo pondré como nuevo, en un santiamén. Va a necesitar algunos aditamentos nuevos, pero ya era hora de remplazarlos. Ha tenido esos capullos de rosa desde antes de que encontráramos a nuestro Urchin y él ya casi es un miembro del Círculo, es increíble, ¿no es cierto? Creo que iré a ponerlo a secar.

Y se fue muy contenta en dirección a Anemone Wood.

—Desearía poder ser como ella —dijo Padra—. Quedar completamente satisfecha y feliz por haber encontrado un sombrero. Arran, hay nutrias heridas que no pueden trabajar y las otras están dedicadas a limpiar los desastres de la tormenta. Crispín debe haber tenido que reducir la búsqueda de Catkin y Linty en la costa.

—Tiene menos nutrias pero más ardillas dedicadas a observar cualquier cosa que parezca sospechosa —dijo Fingal.

—¿Y no se suponía que tú tenías descanso? —preguntó Arran.

Fingal encogió los hombros y pateó un guijarro en la arena. —Solo vine a ver... ya sabes... bueno, nadie podía dormir, y después de la tormenta... solo pensé en venir a ver... a ver cómo estaban las cosas.

—Fingal —dijo Padra con tristeza. Y puso un brazo alrededor de los hombros de Fingal—. Hay un trozo de madera allá. No sé si lo notaste.

—Sí, lo sé —dijo Fingal. Le echó un vistazo al trozo de madera por encima del hombro pero rápidamente desvió la mirada—. Yo salí temprano. Algunos botes habían desaparecido, y pensé que el mío podría haberse adentrado en el mar con la tormenta, por eso nadé por los alrededores en su búsqueda. Encontré unos cuantos pedazos. Debió haberse estrellado contra las rocas —se encogió de hombros nuevamente e hizo un amago de sonrisa—. No era más que un bote, y lo importante es que nadie estaba en él.

—¡Fingal, tu bote! —exclamó Arran—. Estás seguro...

—Oh sí, yo reconozco los pedazos de mi propio barco —dijo Fingal—. Tendré que empezar de nuevo. Lo siento, le había prometido a los mellizos sacarlos a pasear en él. Podrán seguir paseando sobre mi espalda por ahora.

—Te ayudaré a construir otro —dijo Padra—. Pondremos a Twigg a que nos ayude. Todavía hay mucha madera en los depósitos.

—No puede haber, no después de anoche —dijo Fingal—. Y hay madrigueras y otras cosas que deben repararse. Todavía no se sabe dónde está Catkin. Hubo animales que murieron en la epidemia y familias enteras perdieron sus hogares con los deslizamientos de tierra. No era más que un barco.

—Era tu barco —comentó Padra y abrazó más fuertemente a Fingal.

—Sabemos lo que sentías por él.

Fingal se deshizo del abrazo de Padra.

¿Hay alguna posibilidad de desayuno —preguntó— o tendré que ir a pescarlo?

Más tarde en la mañana, los animales empezaron a correr, saltar o arrastrarse hasta Seathrift Meadow. En las madrigueras en lo alto de la colina, los animales que estaban malheridos permanecieron con quienes los cuidaban, pero el resto se hicieron camino hasta el lugar de reunión. Después de un parco desayuno, de un baño y una cepillada de sus pelajes, Urchin, Júniper, Lugg y el rey Crispín bajaron de la torre.

—Pónganle la mejor cara que puedan a esto —dijo Crispín—. Todos tuvimos una larga y dura noche y muy poco sueño, y además todos estamos maltratados y adoloridos. Hasta ahora lo han hecho magníficamente. Lo que tenemos que hacer ahora es caminar hacia los prados con nuestro pelaje limpio y nuestros pasos firmes, o tan firmes como puedan serlo, sobre este terreno fangoso. Debemos lucir fuertes y confiados por el bien de los demás.

—Sí, Su Majestad —dijo Urchin, consciente de que intentar lucir fuerte y confiado para convencer a los demás era una manera muy buena de convencerse a sí mismo—. La reina ¿Vendrá con nosotros?

—Le aconsejé que descansara y se quedara con el hermano Fir —dijo Crispín.

Urchin presintió que Crispín no le estaba diciendo todo. Tal vez tenía cosas que decir que era mejor decirlas cuando Cedar no estuviera presente. Él no querría molestarla. Urchin enderezó sus hombros maltrechos y levantó la quijada, deteniéndose de vez en cuando pues Júniper se estaba quedando rezagado.

—No te preocupes —gritó Júniper—. Estoy esperando a Lugg, yo los alcanzaré luego.

—Siquiera vamos escaleras abajo —murmuró Lugg, quien andaba más despacio que nunca esta mañana.

—¿Te acuerdas de todo ese trabajo que hicimos anoche para sostener los techos? —preguntó Júniper—, ¿crees que durará?

—Solo queda esperar —dijo Lugg, recuperando su aliento—. La tierra necesita tiempo para asentarse y todavía hay partes muy blandas. Tal vez tengamos que reforzar los techos un poco más. Anoche los sostuvimos con lo que tuvimos a mano.

Júniper recordó la noche anterior, en que habían colocado puntales contra las paredes y los techos. No habían tenido mucho tiempo de pensar en ese momento, pero algo lo intrigaba.

—Esos puntales —dijo—. Algunos de ellos no eran más que ramas que encontramos por ahí, pero había algunos que eran verdadera madera, que había sido aserrada y que tenía marcas que mostraban que ya había sido usada, incluso madera pulida. No era nueva, por eso supongo que venía del depósito de Twigg, y además habría tomado demasiado tiempo traerla desde allá. Entonces, ¿De dónde salió?

—Buena pregunta —dijo Lugg—. Bueno, como comprenderás, con lo que ha estado sucediendo, con lo de la pequeña Catkin y todo eso, he estado muy ocupado con los túneles. Con toda clase de túneles, en todas partes de la isla. Túneles viejos, en su mayoría, que habían sido bloqueados hace mucho tiempo y que se suponía que debían permanecer así, pero el rey quiso que los revisara, por si acaso, por alguna casualidad, alguien había entrado en ellos pero no había podido salir. Entre más tiempo siga desaparecida la bebé, debemos admitir que algo de ese estilo puede haber sucedido. Por lo tanto, he desbloqueado puertas que deberían estar bloqueadas y que pronto lo estarán de nuevo. He abierto túneles y cámaras tan solo para echar un vistazo, por si alguien estaba oculto allí. Abrirlos es una cuestión pero cerrarlos de nuevo es distinto, sobre todo cuando hay tanto que hacer y la mitad de la isla se está desmoronando sobre tu cabeza. Yo tenía puertas a medio bloquear que no había terminado cuando empezó el deslizamiento. Por eso, cuando necesitamos madera para los puntales, yo sabía dónde encontrarla.

—¡Madera de túneles cancelados! —exclamó Júniper.

Lugg se rió entre dientes.

—No hay ninguna ley que lo prohíba —comentó—. Si la hubiera, la señora Tay ya la habría encontrado hace tiempo. Pero, cuidado, no creo que ella sepa sobre esto, por lo tanto...

—No se preocupe —dijo Júniper rápidamente—. Yo no le contaré.

—Hay túneles bajo la torre que habría que registrar en busca de la princesa —dijo Lugg—. Ya lo habría hecho, de no haber sido por la maldita lluvia y el deslizamiento.

—Cuando Catkin desapareció —dijo Júniper—, Urchin y yo tuvimos que registrar la Cámara de las Velas y Hope nos acompañó. Él dijo que había otra capa por debajo.

Lugg sonrió.

—Se nota que fue entrenado por topos —dijo—. Oh, sí, así fue como los prisioneros se escaparon, hace mucho tiempo. Hay toda clase de vías allá abajo, pero yo no las conozco. No sé qué se ha derrumbado y qué no —se detuvo, resollando ruidosamente y le hizo una seña a Júniper para que siguiera adelante—. Necesito recuperar el aliento nuevamente. Sigue adelante.

—No —dijo Júniper— lo esperaré.

—Haz lo que te ordena el capitán, pequeño rebelde —dijo Lugg—. ¿Acaso alguien te ha enseñado buenos modales? —agitó una pata—. Vete ya, el rey puede necesitarte.

Las rocas brillaban y más allá el césped se veía esponjoso por la lluvia. Aquí y allá, se habían formado pequeños arrumes de hojas secas. Las rosas brillaban en los arbustos. Con aire de negocios y muy excitados los animales de Mistmantle se iban reuniendo en Seathrift Meadow. Aquellos que vivían más cerca le avisaban a los demás cuáles eran los sitios más empantanados, y los jóvenes erizos y ardillas saltaban de todas formas en ellos para comprobar si en verdad se hundirían hasta las rodillas en el fango. Un ocasional soplo de viento agitaba los pelajes. Los padres llenos de ansiedad no desamparaban a sus críos. Algunos pequeños empezaron a jugar "Encontremos al heredero de Mistmantle" y fueron silenciados instantáneamente.

Russet, Heath, Docken y el resto de los animales del Círculo iban de un grupo de animales a otro, intentando mantener el orden, escuchando los relatos sobre los daños que había causado la tormenta y asegurándose de que todos pudieran ver la roca sobre la cual se pararía Crispin. Como muchos animales habían hecho un largo viaje para llegar aquí, Arran había preparado refrescos para que los sirvieran tanto antes como después de la reunión, y tanto erizos como ardillas ataviadas con delantales se hacían camino entre la muchedumbre con copas sobre bandejas y cestas llenas de bayas y nueces. Needle y Crackle intentaban mantener ocupados a los excitados pequeños lo cual resultaba difícil pues las ardillas solo deseaban encontrar árboles para treparse en ellos y un erizo muy pequeño se cayó dentro de una madriguera, y

Needle tuvo que sacarlo pero con Scufflen prendido a su otra pata porque le habían dicho que no se separara de Needle y no la soltaba por nada del mundo. Hope había ofrecido ayudar pero de hecho estaba inmovilizado bajo el peso de un bebé muy satisfecho que dormía chupándose la pata, mientras él le contaba a todo el mundo que esa era su hermanita menor, Mopple, "y yo la cuido porque le caigo bien".

Needle, cepillando al erizo rescatado, se preguntaba dónde estaba Urchin y esperaba que apareciera para ayudarla. Sepia y Scatter habrían sido útiles, también, pero estaban ocupadas en la torre en donde el hermano Fir o la reina podrían necesitarlas. Fue un gran alivio que Urchin por fin apareciera, con Jig y Fig, las sirvientas topo.

—El rey me pidió que te buscara —le dijo—. Me pidió que encontrara a alguien que hiciera... bueno, justamente lo que estás haciendo. Encontré a Jig y Fig.

Un topo rechoncho vio a Fig y se acomodó entre sus brazos.

—Me pregunto dónde está Júniper. Veo que Lugg ya viene en camino pero no veo a Júniper. Espero que esté bien. —dijo Fir.

—Hace días que no lo veo —dijo Needle, haciendo un esfuerzo por no irritarse. A veces sentía algo de resentimiento hacia Júniper. Urchin y Júniper se llevaban tan bien. Ambos eran ardillas, ambos machos y podían compartir aventuras y peligros juntos. Ella era hembra, un animal muy nítido que trabajaba en los talleres, que había sido encargado de salvar a Mistmantle, mientras ellos habían terminado en prisión en Whitewings sin siquiera haber pensado nunca en ir allá. Pero ella siempre había sido su mejor amiga.

"Olvidemos eso", se dijo a sí misma y sacudió sus espinas. Tan solo para demostrar que sí le importaba Júniper, le hizo un saludo a una nutria de aspecto amable que estaba cuidando a los mellizos de Padra y Arran.

—Señora Inish, ¿ha visto al hermano Júniper?

—Qué curioso que lo preguntes —dijo Inish, meciendo a un inquieto Tide en un brazo y a la aún más inquieta Swanfeather en el otro—. Supuse que iba a ver al hermano Fir. En un momento dado estaba llenando de hojas su bolso pero luego lo vi correr hacia la torre.

Acomodó a Swanfeather que se había puesto patas arriba.

—No pude ver de qué hojas se trataba, pero —fíjate en lo que haces Tide, esa cola que estás agarrando es la tuya— no creo que fueran para sanar. ¡Pero se fue a tal velocidad!

—Gracias —dijo Urchin, y se fue por entre la muchedumbre hasta las rocas en donde Crispín y Padra estaban hablando con los animales del Círculo. Tay estaba de pie con los brazos cruzados y una mirada de absoluta desaprobación, sin hacer caso de una pequeña araña que pendía de sus bigotes. Needle se había subido a la roca y Padra se acercaba para hablar con ellos cuando Urchin dijo: —¡Miren! ¡Allá está Júniper!

Padra y Needle se volvieron a mirar. Júniper, con una bolsa repleta sobre sus hombros, corría presuroso hacia la torre.

—Debería estar aquí —dijo Padra—. Ve y tráelo, Urchin.

—Sí, señor, si es una orden —dijo Urchin mirando ansiosamente hacia Júniper—. Pero estoy preocupado por él. Con la muerte de Damson y… —recordó justo a tiempo que Needle no sabía lo del padre de Júniper— … y todo lo demás, me parece que no está siendo él mismo.

Padra asintió—.

Ve por él, Urchin —dijo—. Ya eres casi un miembro del Círculo. Usa tu juicio y decide lo que te parezca mejor. Yo le explicaré tu ausencia al rey de ser necesario.

—Gracias, señor —dijo Urchin.

—Y si no has regresado cuando el rey disuelva la reunión, enviaré a alguien a buscarte —dijo Padra.

—Por favor, capitán Padra —empezó a decir Needle—, yo también ya casi soy miembro del Círculo, y podría suceder...

—Bueno, entonces váyanse los dos —dijo Padra sonriendo, y luego los observó, ya sin sonreir, mientras ellos se alejaban corriendo, hasta que salieron de su vista.

—Corazón, protégelos —dijo calladamente y levantó una pata en dirección a la torre—. Corazón, mantenlos a salvo.

Urchin y Needle se fueron en busca de Júniper, Urchin esforzándose para andar al paso más lento de Needle y Needle haciendo un esfuerzo aún mayor para alcanzar a Urchin. En las rocas cercanas a la torre, Júniper dio vuelta hacia la izquierda.

—¿No irá hacia los Tangletwigs? —dijo Urchin—. Nunca lo encontraremos allá.

Needle se agachó, con sus ojos muy alertas y su nariz fruncida. —¡Allá va! —exclamó—. ¡Hacia la colina!

Júniper había volteado abruptamente hacia la derecha y se había metido entre las rocas que quedaban bajo la torre. Needle y Urchin se apresuraron a seguirlo.

—Ahí era donde quedaba la carpintería de Twigg, antes de que la trasladara —dijo Needle—. ¿Qué estará haciendo Júniper allá adentro? ¿No deberíamos llamarlo?

—No todavía —dijo Urchin. No estaba seguro de la razón por la cual había dicho eso, pero sabía que había una razón, y se preguntó a sí mismo cuál era—. Él está en un estado espantoso. Está intentando hacer algo. Si le preguntamos demasiado pronto, evitará contárnoslo. Tenemos que preguntarle en el momento adecuado y no creo que sea este.

—Si tú lo dices —dijo Needle, y lo siguió hasta una cueva, en donde todavía quedaba aserrín en el piso de la entrada. Adentro estaba limpia, barrida y completamente vacía.

—¿A dónde se ha ido? —susurró Needle.

Capítulo 17

Crispín dio un salto hasta la roca y la golpeó con su espada para pedir silencio. El cotorreo cesó, a excepción de una nutria bebé que lloraba y de una voz de ardilla que decía: "Oh, miren hay una araña en la seño… oh, lo siento". Pero cuando Crispín dio un paso adelante, se hizo un silencio absoluto.

La mirada penetrante de Crispín se paseó sobre la muchedumbre, clavándose en los animales del fondo, pasando luego al frente, y recorriendo luego fila tras fila hasta que todos los animales percibieran que el rey los tenía en cuenta y los cuidaba y los comprendía. Luego, empezó.

—Animales de Mistmantle —dijo— hemos atravesado por tantas cosas juntos en este otoño. Sé cómo han sudado bajo el sol para recolectar la cosecha y cómo han recorrido la isla día y noche en busca de Catkin. Hemos luchado juntos contra la enfermedad, la tormenta y los deslizamientos de tierra y todo lo han compartido con tanta valentía, amor, esfuerzo y perseverancia que estoy admirado. ¡Ser un isleño de Mistmantle! ¡No hay honor más grande que ese!

—¿No es un amor? —le susurró Apple a la nutria que estaba a su lado y recibió un codazo en las costillas.

—Lo peor de la sequía pestilente ya ha pasado —dijo Crispín—. Y debemos agradecerles a tres de nuestros jóvenes animales. ¡Fingal, Scatter, Crackle, vengan aquí!

Crackle que no había estado escuchando realmente se sobresaltó al oír su nombre. ¿Habría alguien más que se llamara Crackle? Scatter la cogió de una pata.

—¡Esas somos nosotras! —susurró, arrastrándola hacia delante—. ¿En dónde está Fingal?

Asidas de las patas, se fueron haciendo camino entre la muchedumbre hasta llegar a la roca. Fingal también se fue acercando, un poco intimidado, lo cual no era típico en él. Crackle sentía que estaba en un lugar muy alto pero luego comprendió que la roca no era muy grande sino que los demás estaban mucho más abajo que ella, y en eso, alguien le pasó a Crispín unos ramos de flores otoñales.

—Muy bien hecho, Crackle —dijo.

"¡Esta soy yo, yo la que estoy aquí, y el rey me está entregando flores!"

Crackle se volvió hacia la muchedumbre. ¡Aplausos! ¡Estaban aplaudiendo! Enternecida y feliz se acercó las flores a la mejilla. ¡Mistmantle la amaba! A su lado, Scatter recibió un ramo de las patas del rey, y exultante, se preguntó si era posible explotar de dicha.

Crispín se volvió hacia Fingal.

—Por favor, no me dé flores —dijo Fingal.

—La reina pensó que preferirías esto —dijo Crispín, y le puso un brazalete de plata en la muñeca, teniendo cuidado de no hacerle daño—. ¿Cómo van las quemaduras?

—Ya casi desaparecidas, señor —dijo Fingal.

Crispín le dio la vuelta para que enfrentara a la muchedumbre. Fingal sonrió, hizo un saludo y saltó de la roca; Crispín continuó su discurso.

—Y sé que queremos agradecer al equipo de sanadores —dijo— que ha viajado día y noche a cuidar a los enfermos, pasando noches enteras sin dormir y poniendo su salud en peligro. A todos ustedes, desde los más viejos y más sabios hasta los nuevos aprendices, los recolectores de hierbas y los fabricantes de medicamentos, a todos ustedes les agradecemos con nuestro corazón. La reina me ha contado sobre su extraordinario trabajo y está maravillada.

Se detuvo mientras se escucharon algunas voces de agradecimiento y de aprobación, pero tomando nota de los murmullos y de los silencios.

—Sé que ha sido duro —continuó—. Si tienen quejas, si están descontentos, si sienten que nuestros problemas habrían podido manejarse mejor, animales de Mistmantle, díganmelo. ¡Díganmelo ahora! Yo soy su rey y estoy aquí para cuidarlos. Cuéntenme sus necesidades. Cuéntenme sus dudas. ¡Ayúdenme a ayudarlos!

Se hizo silencio. Unos pocos animales agitaron sus patas.

—Entonces, ¿Todo está perfecto? —preguntó.

Hubo unas risas nerviosas.

—Anoche —continuó— me vi forzado a cancelar una reunión con una delegación de animales que tenía problemas que discutir conmigo. Buenas criaturas, ¿quieren hablar conmigo ahora?

Hobb y Yarrow permanecieron muy quietos, mirando obsesivamente en dirección al suelo. Quill se ocultó detrás de Gleaner con la esperanza de que no lo vieran. Alguien le tocó la espalda a Hobb.

—Déjennos en paz —murmuró.

—Entonces, ¿todo está bien? —preguntó Crispín—. La enfermedad se ha llevado a nuestros seres queridos, mi hija sigue desaparecida, las madrigueras están inundadas. ¿Está todo bien?

Los animales se miraron unos a otros. Una joven ardilla de ojos brillantes, perteneciente al coro, se levantó y exclamó: "¡No, señor, pero eso no es culpa suya!" Y se escucharon más risas nerviosas.

—Gracias, Siskin —dijo Crispín. Siskin asombrada de que el rey supiera su nombre, se puso a temblar y tuvo que sentarse.

En medio de la muchedumbre, alguien tomó a Yarrow por el brazo.

—¡Oh! —exclamó Yarrow—. ¡Suélteme!

Las cabezas se volvieron hacia él.

—Antes tenías mucho que decir —dijo Hammily en voz alta—. Puedes decirlo ahora.

—Tú eres el que sabe hablar —le murmuró Yarrow a Hobb.

—Pero yo nunca… —empezó a decir Hobb, pero era demasiado tarde.

Los animales los estaban empujando hacia la roca en que estaba Crispín. El padre de Quill lo empujó hacia delante y fue llevado, en contra de su voluntad, al frente de la muchedumbre. Otros pocos de los que protestaban, mirando resentidos por sobre sus hombros, fueron empujados con ellos hasta que quedaron todos frente al rey.

—¡Con cuidado! —gritó el rey. Estiró una pata para ayudar a Quill a subirse a la roca—. Queridos animales ¡No los traten como si fueran trozos de madera!

Amilanados y preocupados, los animales se alisaron el pelaje y se pararon frente al rey.

—No estoy aquí para acusarlos, juzgarlos o ponerles una trampa —dijo Crispín—. Y ciertamente no estoy aquí para ponerlos en evidencia.

Sea lo que sea que tengan que decir, díganmelo a mí y no a sus vecinos en las madrigueras. Estoy aquí para que conozcamos la verdad y la aceptemos como una verdad. No se trata de nada más. Entonces —dijo, y alzó la voz—, ¿qué querían preguntarme? ¿Cuáles son sus quejas?

Yarrow y Hobb seguían mirándose las patas. Quill decidió que todo dependía de él. Con una voz tan temblorosa que casi no pudo pronunciar el nombre, susurró

—Husk, señor.

—¡Husk! —exclamó Crispín. Un temblor de miedo recorrió la audiencia. —Bien hecho, Quill. No tengas miedo, es solo un nombre. ¿Qué pasa con Husk?

—Dicen que ha regresado, señor —susurró Quill.

Crispín se arrodilló frente a él.

—¿Puedes decirme quién lo dice, Quill? —preguntó.

—Bueno, no importa, hiciste un esfuerzo. Buen muchacho— y se levantó—. ¿Puede alguien decirnos quién dice que Husk ha regresado?

—Muchos animales, señor —dijo una voz entre la multitud.

—Pero él ha regresado, señor —dijo un erizo—. ¡Yo lo vi!

Varios animales, haciendo acopio de valentía, contaron sus historias. Habían visto a Husk recortado en el horizonte. Bueno, se parecía a Husk. Sí, estaba oscuro. No, no había sido durante mucho tiempo, pero habían pensado que era Husk.

—Y —preguntó Gleaner— ¿Qué opinaban de la muselina que habían robado de la tumba de Aspen?

—Entonces, ustedes creen que ha vuelto —dijo Crispín—. En un momento hablaremos sobre Husk. ¿Hay alguna otra cosa que los preocupe? ¿Alguna otra cosa que haya que sacar a la luz?

Hubo más movimiento y murmuraciones. Una disputa parecía estar surgiendo entre Gleaner y el erizo que estaba a su lado.

—Dijiste que eso era —insistió el erizo.

—No, no lo dije, solo dije que Yarrow lo decía.

—No, tú dijiste que ella...

—¡Sí, lo dijiste! —dijo otro erizo.

—¡No fui yo, fue Quill!

Gleaner súbitamente notó que todos a su alrededor estaban en silencio. Todos, incluidos los animales decanos que estaban en la roca, los estaban mirando.

"Bueno, pues que miren", pensó. "Diré lo que pienso. Crackle y Scatter ya tuvieron su momento de gloria. Yo tendré el mío". Enderezó sus hombros y se hizo camino hasta el pie de la roca, en donde se irguió, con las patas en sus caderas y miró de frente a Crispín.

—Es la reina —anunció—. Ella todo lo hace mal.

Hubo un murmullo general y luego reinó un silencio de ultratumba. Todos miraron a Crispín quien respiró hondo y exhaló muy lentamente.

—Gracias por tu coraje, Gleaner —dijo.

Retiró su espada del cinto y se sentó al borde de la roca, más cerca de la multitud, examinando sus rostros. Algunos se veían avergonzados, otros desafiantes y otros más, tan solo culpables. La mayoría estaban atónitos. Hubo unos murmullos en un rincón, pues Tipp insistía en que si alguien decía algo en contra de la reina, él la defendería y lucharía por ella; su madre intentaba aplacarlo.

—¿La reina —dijo Crispín—. Cedar quien destronó a Silverbirch y a Smokewreath en Whitewings y puso en el trono a la reina legítima? ¿Cedar quien trajo a Urchin, a Júniper y a Lugg de regreso y a salvo a la isla? ¿Cedar quien los sanó? ¿Cedar quien me ayuda a ser el rey? No pensarán ustedes que fue ella quien trajo la sequía pestilente, ¿verdad? No creerán tampoco que no supo cuidar a Catkin, ¿no es cierto? Entonces, ¿por qué culparla?

—¡No la culpamos, Su Majestad! —gritó una voz de la multitud. Pata tras pata se fueron levantando, pues los animales se rapaban la palabra para relatar las bondades de la reina y su sabiduría y cómo los había ayudado y sanado.

—En ese caso —dijo Crispín amablemente— por qué razón ha habido quejas de ella? ¡Díganmelo!

Yarrow se inclinó hacia Gleaner.

—¡Díselo! —susurró.

—¿Decirme qué, Yarrow? —preguntó Crispín sin volver su cabeza.

—Nada, Su Ma... Quiero decir... —balbuceó Yarrow—.

Quiero decir no es culpa suya, si no está cuerda.

Se escuchó una reacción de incredulidad entre los animales. Crispín estaba a punto de hablar cuando Thripple alzó su pata.

—¿Puedo hablar, Su Majestad? —preguntó.

Crispín extendió una pata para ayudarla a subir a la roca y ella se volvió para hablarle a la muchedumbre que la miraba con interés. Ella lucía como siempre, desequilibrada, con el cuerpo echado a un lado para compensar el peso de su joroba.

—Yo usualmente no hago este tipo de cosas —dijo—. Pero no puedo callar ahora. Cuando mi pequeño nació, se lo llevaron por la ley de la deformidad y fue el capitán Crispín, que en ese entonces lo era, quien lo recuperó y lo salvó. Yo sé lo que fue estar separada de mi hijo y he estado acompañando a la reina día tras día y noche tras noche, y puedo asegurarles que ella está tan sana y tan fuerte como cualquier animal de la isla. ¡Y más sana y más fuerte que muchos! —agregó dando una mirada penetrante a la multitud—. Ella se está comportando exactamente como una madre que necesita encontrar a su bebé ¿Y por qué motivo no lo haría? ¡Sé qué es lo que ustedes piensan realmente! ¡Piensan que ella no es de Mistmantle!

Si desean culpar a alguien, culparán a la reina, porque piensan que ella no hace parte de nuestra isla. ¡Pues bien, ahora hace parte! ¡Y con todo el derecho!

Un silencio de piedra se instaló. Ya aplacada, Thripple se volvió hacia el rey.

—Le pido perdón, Su Majestad —dijo—. No era mi intención dejarme llevar en esa forma.

—Yo mismo no lo habría hecho mejor —dijo Crispín y se puso de pie. Había llegado el momento de la siguiente escena.

Linty se despertó sobresaltada. Había caos en la isla ahora, tormentas, deslizamientos de tierra, inundaciones. No era un buen momento para quedarse dormida. En todas partes estaban buscando a Daisy para matarla. ¿Daisy? ¿Catkin? El bebé. No debía quedarse dormida, por si acaso venían por el bebé, por eso se puso a caminar.

El aire fresco la ayudaría. Era un riesgo, pero tenía que tomarlo. Dejó al bebé dormido en su escondite sólidamente protegido y recorrió las vueltas y revueltas de los túneles, cubriendo sus huellas, bloqueando el camino a su paso, caminando sobre el suelo arenoso hasta que olisqueó el aire salado de una cueva.

Se escabulló por entre la grieta de una roca en donde podía permanecer oculta y tener, sin embargo, una buena vista sobre la bahía. Una patrulla de nutrias pasaba por ahí, recogiendo madera y deshechos. Estaban arrastrando algo, algo que rechinaba sobre la arena mojada. ¡Se estaban acercando a ella! ¡Cada vez más fuerte! ¡Cada vez más cerca!

Linty quedó helada de terror. Presionó aún más su cuerpo contra la roca, con el sudor helando su piel y su corazón retumbando.

¡Venían por ella! ¡Venían por su bebé! "Que se atrevan a intentarlo". Respiró profundamente, arqueó sus patas y mostró sus dientes. Lucharía si fuera necesario.

—Pero, ¿de quién es este bote? —preguntó una de las nutrias—. El del joven Fingal no se ha encontrado, pero éste no se parece al de él.

—No, el de él quedó hecho pedazos —dijo otra. —No me consta que este pertenezca a nadie en particular. Está bien mantenido y además sobrevivió a la tormenta. Necesita unos arreglos, pero servirá. Dejémoslo aquí adentro. Esta noche hay marea alta y no queremos que se lo lleve. Me parece que la marea traerá consigo las brumas. ¿Estás bostezando?

—Todos estamos bostezando. No creo que ninguno de nosotros haya dormido anoche.

Linty permaneció totalmente quieta hasta que se fueron y luego volvió a meterse en la grieta. Un bote. Una marea alta. Y las patrullas de nutrias estaban cansadas. Nunca tendría otra oportunidad como esta. Se llevaría al bebé más allá de las brumas y nadie de Mistmantle podría volver a acercárseles jamás.

Capítulo 18

Urchin y Needle se pararon, lado a lado, a la entrada de la cueva que antes había sido el taller de Twigg. Aparte de unas pocas tablas recostadas contra la pared y de algunas viejas herramientas herrumbradas, estaba vacía.

—Debe haber una salida por detrás —dijo Urchin—. Una de esas bien estrechas que se encuentran en las cuevas.

Puso sus patas delanteras sobre la pared y caminó lentamente hacia el fondo, buscando grietas en medio de la oscuridad.

—¡Cuidado! —exclamó Needle.

Cuando ella gritó, él sintió una corriente de aire frío en sus patas. Dando un salto hacia atrás, miró hacia abajo, hacia un espacio vacío en el cual un escotillón había sido abierto y descansaba sobre el piso. Se tendió sobre este y se acercó al borde del negro espacio cuadrado y miró hacia el fondo.

—No puedo ver gran cosa —dijo Urchin—. Solo un espacio grande y oscuro que da vértigo y la impresión de querer devorarnos.

Me encantaría haber traído una vela. Espero que Júniper lo haya hecho.

—Tus ojos se irán acostumbrando —dijo Needle, acurrucada a su lado.

—Creo que esos son escalones —dijo—. Sí, hay escalones cortados aquí. Es algún tipo de sótano. Twigg debía usarlo como depósito. Iré primero, puedo ver mejor que tú en la oscuridad.

Presionó ambas patas delanteras contra la pared, buscó el primer escalón y luego bajó en cuatro patas. Iba a advertirle a Needle que los escalones eran disparejos cuando el sonido de algo que rodaba hacia él, lo obligó a dar un salto hacia atrás y a pegarse contra la pared. Una bola de agujas pasó dando saltos hasta que se detuvo en el fondo.

—No era mi intención hacer eso, lo siento —susurró, asomando su cabeza.

—¿Estás bien? —preguntó y luego alzó la voz—. ¡Júniper! ¿Dónde estás?

No hubo respuesta. Esperaron un poco. Un círculo de luz débil apareció delante de ellos, a su derecha, y se fue agrandando y agrandando. Era una vela que iluminaba con luz fantasmagórica el rostro de Júniper mientras él emergía de una esquina.

—¿Cómo supieron que estaba aquí? —preguntó.

—Te seguimos —dijo Urchin—. Estábamos preocupados por ti.

Intentó pensar por adelantado qué diría si Júniper les decía que se fueran y lo dejaran en paz. Pero Júniper solo dijo:

—Me encanta que sean ustedes. Los escalones son disparejos, dicho sea de paso. Lo mejor es saltar o dejarse rodar.

Urchin dio un salto, Needle se echó a rodar y los tres quedaron reunidos a la luz de la vela de Júniper.

—Entonces, ¿qué estás haciendo? —preguntó Urchin.

—Todo se está aclarando —dijo Júniper y aunque su voz sonó agitada por la emoción, su rostro a la luz de la vela se veía completamente calmado—. La única manera de demostrar que Husk está muerto es encontrar su cadáver y permitir que el que quiera verlo, lo vea.

Se escuchó un jadeo de Needle, quien se llevó una pata a la boca. Urchin cerró los ojos y deseó con todo su corazón que esto no estuviera ocurriendo. No era ni el momento ni el lugar para contarle a Júniper lo que Crispín y él mismo habían visto al amanecer, pero tenía que contárselo a Júniper. Él no podía continuar haciéndose camino bajo tierra en busca de un cadáver que no existía.

—Es tan sencillo —continuó Júniper, y bajó el tono de su voz—. Es la profecía.

Él ni siquiera miró hacia Needle, pero Urchin comprendió. Ella no sabía el secreto de Júniper y no era el momento de revelárselo.

—Needle —dijo—, ¿podrías revisar si hay algún terreno inseguro u otra cosa?

—"¡Los machos!", pensó Needle con disgusto. "¿De qué querrán hablar a mis espaldas?", pero era demasiado orgullosa para ponerse a discutirles y por eso decidió irse a investigar.

—El que no tiene padre, lo encontrará… —dijo Júniper en un susurro emocionado—. Yo soy el que no tiene padre.

—Y las colinas se enterrarán en la tierra —dijo Urchin—. ¡Así fue! Pero la pata muerta…

—No es suficiente saber quién es mi padre —dijo Júniper—. Debo encontrarlo. Creo que eso es todo. No entiendo eso de los senderos en el mar, pero también he dilucidado la otra cuestión. El mayor enemigo de Mistmantle.

—Sí, Júniper, pero espera un momento —dijo Urchin. Dio una mirada para ver si Needle estaba cerca, y luego se llevó a Júniper lo más lejos posible y susurró—: Crees que puedes encontrar su cadáver, y yo así lo hubiera creído, pero esta mañana... —apenas si pronunció las palabras— iyo lo vi!

—Crees que lo viste —dijo Júniper y pareció que iba a decir algo más, pero Needle se había alejado de los rincones que estaba inspeccionando y venía hacia ellos.

—Solo cree en mi palabra, Urchin —susurró rápidamente—. Tú no lo viste. No puedo explicarte ahora, pero... ¿encontraste algo, Needle?

—Claro que no —repuso Needle—. Entonces, si creen que debemos ir a buscar un cadáver, supongo que debemos hacerlo ya mismo.

—Todos debemos reconocer a través de nosotros mismos al mayor enemigo de la isla —dijo Júniper—. Tú lo conoces, Urchin. Lo conociste en Whitewings, cuando estuviste frente al rey Silverbirch.

—Lo conocí mucho antes de eso —dijo Urchin, pensando en la noche en que había seguido al capitán Husk a través de túneles oscuros.

—Oh, ya veo a qué te refieres —dijo Needle, recordando a su vez una trampa en la cual había caído.

—Y debemos enfrentarlo y no permitir que gane —dijo Urchin—. Creo que tienes razón. Debemos encontrar a Husk, si es que todavía está allá.

—Estaba conversando con Lugg cuando descendíamos hacia la pradera —dijo Júniper—. Entre que hay puertas a medio bloquear a causa de la búsqueda de Catkin y que eliminamos barreras de madera para usarla para los puntales, ninguno de estos lugares está tan perfectamente sellado como estaba antes. Él tendrá que volver a sellarlos pronto, por eso si queremos encontrar el cadáver de Husk, esta será nuestra última oportunidad. Y es ahora cuando hay que hacerlo, porque algunos animales realmente creen que está de regreso.

—¡Pero no tienes la menor idea de dónde hay que buscar! —protestó Needle.

—Creo que ya lo descubrí —dijo Júniper—. Debemos ubicarnos directamente bajo la Cámara de las Velas y sabemos que es muy profunda. Twigg la usó como depósito y dijo que había una puerta bloqueada allá abajo y probablemente otra más detrás de ella. Y debemos ir más o menos hacia el sureste. Algunas puertas han sido desmanteladas en parte y algunas pueden estar en mal estado, pero imagino que de todas formas tendremos que cavar un poco y retirar algunos obstáculos para poder llegar allá.

—¡Nunca habrías podido hacerlo tú solo! —afirmó Urchin—. ¿Por qué no nos pediste ayuda desde el principio?

—No podía hacerlo, o ¿crees que sí? —repuso Júniper y Urchin comprendió que había hecho una pregunta estúpida. Júniper no podía haberle pedido a nadie que le ayudara en algo como esto.

—Entonces lo mejor es que lo hagamos pronto —dijo Needle con convicción— antes de que el rey envíe a alguien a buscarnos.

—Por aquí —dijo Júniper.

Siguieron la luz de la vela a la derecha. Allí, en un nicho, había una puerta de madera que parecía muy sólida. Júniper movió la manija pero descubrió que estaba cerrada con llave y entonces le dio un fuerte empujón con su hombro. Traqueó pero no se abrió.

—Esta es la puerta sobre la que me habló Twigg —dijo—. No está bloqueada, simplemente no tenemos la llave.

—Una espada podría ser útil —dijo Urchin.

Dio un paso atrás y observó la puerta de arriba abajo. Había aprendido a utilizar su espada para distintas cosas como cortar hiedra o pescar capas perdidas en el mar, pero no estaba seguro si serviría para algo en este caso. Intentó introducirla entre las tablas, pero estaban demasiado firmes y sólidas para poder separarlas.

—¿No podríamos conseguir algo con qué derribarla? —sugirió.

—¿En el depósito de un carpintero? —inquirió Needle—. Debe haber algunas herramientas o... oh, había un hacha allá arriba. Estaba herrumbrada, pero...

Urchin se devolvió hasta el antiguo taller y regresó hasta lo alto de los escalones con un hacha en una mano y arrastrando lo que parecía el asta de una bandera con la otra. Le pareció que podría resultar útil.

—¡Cuidado! —advirtió y lanzó el asta escaleras abajo. Luego dio un salto con el hacha en la mano—. Si el hacha no funciona, podemos intentar derribar la puerta.

Se fueron turnando con el hacha y descubrieron que Júniper, quien por haber crecido entre las nutrias, además de un excelente nadador, tenía mucha fuerza y daba golpes poderosos. Cuando habían logrado debilitar la madera a punta de golpes de hacha, alzaron entre todos el asta, Urchin al frente y Needle de última, y le dieron un golpe muy certero.

El impacto repercutió en los hombros adoloridos de Urchin y a Needle la tumbó al piso. —Qué bueno que yo estuviera de última —murmuró, mientras se levantaba. Urchin rechinó los dientes y se sobó los hombros.

—La puerta ya está cediendo —dijo—. Uno más.

Con el siguiente golpe, la madera traqueó y se venció. Con otros cuantos golpes de hacha de Júniper hicieron un agujero suficientemente grande para tirar las herramientas por él y lograr pasar ellos también al otro lado. Las espinas de Needle y el bolso de Júniper se enredaron en las astillas de la madera, pero con ayuda de Urchin lograron llegar por fin a una total oscuridad. Aparte de la corriente de aire que entraba por el agujero en la puerta, no sintieron ningún otro soplo de aire. Era un lugar enclaustrado.

—Casi acabamos con la puerta —anotó Needle.

—No creo que a nadie le importe —dijo Urchin—. Eso no fue muy difícil.

Apenas dijo eso comprendió que las cosas se iban a dificultar mucho más. Eso siempre ocurría. Júniper estaba sosteniendo la vela en alto, y daba la vuelta lentamente, mientras Needle se lamía un rasguño profundo en una pata trasera.

—Estamos en otra cámara —dijo Júniper—. Paredes de tierra. Me había imaginado que sería un túnel o una escalera.

—Démosle una buena mirada —dijo Urchin—. Era demasiado ingenuo esperar que no tendríamos que tumbar sino una puerta. Pero esa solo estaba con llave, no estaba sellada, luego pudo haber sido usada hace poco. Y como conduce a esta cámara alguien puede haber estado aquí recientemente. Los topos pueden haber empezado ya a cavar una salida.

Dirigieron la luz a todos los rincones de la cámara. Urchin desenfundó su espada y recorrió con su punta las paredes, y casi pierde el equilibrio cuando se hundió en una tierra blanda.

—¡Aquí es! —dijo.

—Hay marcas en el piso —dijo Needle, mirando el suelo—. Huellas de topos. Lugg y su equipo pueden haber estado aquí. Esta debe ser una de esas puertas que han sido medio desbloqueadas.

—Retírense —dijo Urchin—. Júniper tú eres el mejor con el hacha.

Después de algunos golpes, de forcejear y arrancar habían hecho un agujero por el cual pudieron atravesar, Júniper de primero con la vela, Urchin enseguida con una pata en la empuñadura de su espada y Needle siguiéndolos muy cerca y mirando sobre el hombro de Urchin. Júniper se detuvo súbitamente.

—¿Qué encontraste? —susurró Needle.

—Nada —dijo, metiendo la pata dentro de su bolsa—. Estoy colocando una hoja. Intenten que no se adhiera a sus patas, debe quedarse donde la puse.

—Señalando el camino —dijo Urchin— para que podamos encontrar la forma de regresar.

Needle estuvo por decir que se suponía que Júniper debía saber a dónde se dirigían, pero decidió que eso no serviría de nada. Sin embargo, estaba contenta de estar allí para cuidar a Urchin, si este tenía que irse tras Júniper en alguna aventura peligrosa y estúpida y que, probablemente, no los llevaría a ninguna parte. Y además para cuando el rey los necesitara. ¿Entonces cómo se justificarían ante Crispín?

El camino se retorcía y daba tantas vueltas que Needle muy pronto perdió toda idea de dónde se encontraban. Júniper se detenía de vez en cuando a colocar una hoja en el piso, una de ellas tan abruptamente que Needle, quien estaba intentando adivinar dónde estaban, se tropezó con Urchin.

—Lo siento —dijo—. Me gustaría que no hicieran eso.

Olisqueó el aire.

—Hay una rama de este túnel que va hacia la derecha.

—Lo sé —dijo Júniper—. Hay muchas de ellas. Pero este es el camino correcto.

—¿Cómo lo sabes? —preguntó ella.

—Lo sé —dijo Júniper.

Estaba prestando atención a todas y cada una de las señales en las paredes, a las corrientes de aire y a los cambios de temperatura. Escuchaba además las señales de su propio corazón que lo forzaban en esa dirección y, al mismo tiempo, estaba temeroso de lo que fuera a encontrar.

—No te preocupes —dijo Urchin—. Él entiende cosas que no entendemos el resto de nosotros.

"¡Las ardillas!", pensó Needle. Algunas veces eran más los problemas que causaban que los resultados que obtenían. Pero ahora Júniper tenía la vela en lo alto y estaba diciendo algo sobre escalones.

—Una escalera en espiral —dijo, moviéndose hacia un lado—. No se alejen.

Incluso permaneciendo lo más cerca posible de él, era difícil para Urchin y Needle ver la vela pues Júniper daba vuelta tras vuelta en la escalera en espiral. ¿Cuánto tiempo llevaban en este descenso y qué tan abajo estaban? El aire frío y húmedo indicaba que estaban muy, pero muy debajo de la tierra.

"Debe acabarse algún día", pensó Needle, mientras continuaba el descenso. Las aventuras se pueden volver muy aburridas a veces. Luego se dio cuenta de que Urchin se había detenido, la luz también y que los tres estaban juntos en un lugar sin salida aparente. Júniper levantó muy en alto la vela.

—Es otra entrada bloqueada —dijo. El corazón de Needle se hundió—. Si lo examinamos cuidadosamente podemos ver la forma de una puerta. Puede que encontremos una puerta de madera detrás cuando atravesemos.

—Déjenme pasar —dijo Needle.

Si tenían que atravesar otra entrada sellada, al menos quería ver qué tan difícil resultaría. Alzó su nariz hacia la pared de tierra.

—Puedo oler madera en alguna parte —dijo e hizo una mueca— y putrefacción. Definitivamente me huele a putrefacción.

Urchin olisqueó y el olor le trajo recuerdos tan terribles que empezó a temblar. Sentía como si esta fuera una puerta del pasado que daba entrada a sus más grandes temores y podía experimentar de nuevo el terror agobiante de correr por corredores en medio de la oscuridad y cómo cosas misteriosas se escabullían a su alrededor; sentía telarañas enredándose en su rostro y también objetos desconocidos bajo sus patas. Husk, el olor del mal, la muerte y la putrefacción.

—Urchin, ¿estás bien? —preguntó Júniper.

Él asintió. El hermano Fir había limpiado ese calabozo aterrador y lo había convertido en un lugar santo. Pero el lugar que estaban buscando ahora, el fondo del pozo en el que estaba el cadáver de Husk, era más profundo y más oscuro que cualquier lugar que él hubiera conocido.

—Sé lo que piensas —dijo Júniper—. Pero yo no percibo el mal al otro lado de esto. Solo tristeza.

—¿Estás seguro de que este es el camino? —preguntó Needle.

—Oh, sí —dijo Júniper—. Tenemos que atravesar esa puerta.

Como ya sabían cómo hacerlo, dedicaron todas sus energías a golpear, raspar y desalojar la tierra. Esta pared parecía mucho más gruesa que las otras, y por eso siguieron trabajando mientras la tierra caía sobre sus pelajes y sus orejas, irritaba sus ojos y negreaba sus patas. Urchin soñaba con darse una buena sacudida pero como no podía hacerlo sin echarle más tierra a los otros, era mejor no pensar en ello, al igual que era mejor no pensar en lo que encontrarían al otro lado. Tal vez Júniper estaba equivocado y finalmente llegarían al lugar que no era.

Les tomó mucho trabajo. La pared de tierra era tan gruesa que cuando por fin hicieron un agujero en ella suficientemente grande para adentrarse en él arrastrándose, no lograron llegar hasta el otro lado.

—Pero está más delgada —dijo Needle—. Tengan cuidado, no queremos que se nos caiga encima.

—Deberíamos continuar cavando de uno en uno —dijo Urchin—.

Dos de nosotros miramos al que está cavando y lo sacamos en caso de que algo se derrumbe.

No había para qué preguntar quién lo haría primero. Júniper estaba cavando furiosamente pero tuvo que detenerse para quitar la gruesa capa de tierra acumulada en su pata y entonces Needle dijo: "Déjame intentarlo a mí".

—Sí, recupera el aliento, Júniper —dijo Urchin.

Needle se arrastró por el agujero. Júniper había avanzado bastante.

—Ya casi llegamos a la madera —dijo desde allá, y su voz sonó tan apagada que les costó trabajo escucharla—. Debe haber algo blando por aquí. Creo... sí. Creo que... ¡Oh! ¡Oh!

Hubo un ruido, el sonido de piedras al caer y un grito. Urchin y Júniper se metieron de un salto en el agujero, pero el grito ya había muerto.

—¡Needle! —gritaron.

A la luz de la vela pudieron ver algo que lucía como unos escalones rotos y una caída rocosa que desaparecía en la negrura.

—¡Needle! —gritaron de nuevo.

Un débil quejido de dolor surgió desde lo más profundo. Júniper se estiró aún más pero Urchin lo agarró fuertemente.

—Quieto —dijo, mientras volvía a enfundar su espada—. Sea lo que sea lo que le haya ocurrido a Needle, no queremos que a ti también te suceda.

Y gritó de nuevo.

—¡Needle! ¿Puedes escucharme?

Una voz muy débil llegó a sus oídos. Parecía provenir de un lugar muy, pero muy profundo y Urchin tuvo que agachar sus orejas y aguzar el oído.

—Es rocoso... y muy inclinado... un despeñadero... no se vayan a caer... ¡ay! —balbuceó Needle.

—Ya voy, Needle —dijo—. Júniper, ¿me llevo la vela?

Con Urchin llevando la vela, se fueron arrastrando hacia delante. Había unos cuantos escalones rotos pero luego Urchin se echó hacia atrás. Sus patas temblaban. La caída que veían era un verdadero precipicio. Al final había un antepecho, luego dos escalones más y un descenso lleno de rocas rotas cuyo fondo no lograban ver.

Urchin estaba acostumbrado a bajar corriendo por las paredes. En la torre, lo hacía todo el tiempo. Pero no estaba bien hacerlo de un momento a otro. Estiró una pata para darle un aviso a Júniper.

—Es una caída muy peligrosa —dijo—. Podríamos saltar, pero creo que es más seguro correr. ¿Lo hago yo primero?

Le entregó la vela a Júniper y se arrastró hasta llegar al borde.

—¡Estamos en camino, Needle! —gritó y se irguió para poder mirar sobre el hombro a Júniper—. Iré hasta el antepecho y te esperaré. Después de eso será más fácil.

Luego se lanzó y corrió por la pared del precipicio, resbalándose a veces y agarrándose como mejor podía.

Júniper intentó respirar profundo, recordando abrir su corazón al Corazón para recibir la fortaleza que necesitaba. Alguna vez, en el pasado, antes de cualquier otro recuerdo, había oscuridad, Husk, un grito y un precipicio. Ahora, en este horrible lugar, con oscuridad ante él y detrás de él, estaba llegando al final de esa jornada en particular. Faltaba esa zambullida en lo desconocido antes de poder completarla. Tenía que hacer esto antes de empezar una nueva etapa de su vida.

Urchin estaba esperándolo, Needle estaba herida y no había tiempo para pensar. Se asomó al borde.

La lisura de la roca lo dejó boquiabierto. No había nada a qué aferrarse, nada que lo ayudara a equilibrarse, se estaba resbalando, cada vez más rápido, estaba rodando por la pendiente, pero

Urchin lo agarró. Lado a lado, fueron bajando el resto de la pendiente, desalojando piedras, dando tumbos, aferrándose a lo que encontraban y haciendo toda clase de maromas para no perder el equilibrio.

—¡Cuidado, Needle! —gritó Urchin mientras unas piedras se deslizaban bajo sus patas y lo dejaban tirado sobre su espalda.

La vela se le zafó y se apagó.

—¡Enróscate!

—¡Estoy enroscada! —respondió una voz apagada. Ya era más ella misma.

Urchin llegó al final de la pendiente y se sacudió mientras trataba de acostumbrarse al frío y la oscuridad.

—¿En dónde estás? —gritó.

—Aquí —dijo una voz a su izquierda y él esforzó su vista y pudo ver una bola de agujas.

Se arrodilló a su lado.

—¿Estás muy malherida, Needle? —preguntó.

Júniper estaba rebuscando en su bolso las piedras para encender y otra vela. Sacó una chispa y colocó una luz al lado de Urchin y Needle, mientras sostenía otra en su pata.

Urchin empezó a examinar en dónde se encontraban. El aire se sentía vacío, como si nadie que se fuera de este lugar regresara jamás. El olor a putrefacción y a moho prevalecía, y se alegró de no ver mayor cosa. El lugar tenía la frialdad característica de los lugares que no han sido habitados nunca y que tampoco han recibido la luz del sol.

—¿Puedes levantarte? —le preguntó a Needle.

Agarrando la pata de Urchin con su pata delantera izquierda, se levantó. Cuando él intentó tomarle la pata delantera derecha, ella la retiró.

—Algo me pasado en esta pata —dijo y la acercó a la luz de la vela—. Escuché que algo traqueó.

La pata ya se había hinchado desde el codo hasta la muñeca. —¿Puedes mover tus garras? —preguntó Urchin.

—No mucho —dijo.

—Júniper tiene su bolso —dijo—. Debería poder vendártela.

Se volvió para ver a dónde se había ido Júniper y lo vio alejándose de ellos y adentrándose en la oscuridad, con una pequeña vela en su pata.

Júniper se internó en sombras desconocidas, frías y dolorosas, y también en el final de su jornada. No era el miedo lo que llenaba este lugar, ni una sensación de peligro, sino una tristeza más honda de lo que él jamás había sentido. Viejos huesos blancos cubrían el suelo. Este era un lugar de dolor y desolación.

Consciente de que había algo encima de él, miró hacia arriba y con gran alivio vio el débil resplandor de una cálida luz amarilla sobre él. Él tenía razón, entonces. Estaban directamente bajo la Cámara de las Velas. Acercó la vela lo más cerca del suelo que pudo para ver qué había allí. Cuando su pata trasera tocó algo duro y frío, se encogió como si se hubiera quemado. No era nada. Solo un viejo trozo de metal. Le acercó la vela.

En la pálida luz, pudo reconocer la punta de la hoja de una espada. Se arrodilló, dirigió la luz para seguir la línea de la espada desde la punta hasta la hoja sin brillo, hasta la elegante y labrada empuñadura y al hueco dejado por una joya que se le había caído. Más allá de la empuñadura de la espada se veía el esqueleto de una pata que finalmente había soltado la empuñadura. Las garras estaban enroscadas como si quisieran decir algo.

Levantó la vela más alto. Delicados huesos blancos brillaban. Había una pata, los huesos largos de los cuales pendían todavía despojos de tela y unos cuantos hilos de oro. Se levantó y caminó a su alrededor, dando pasos cuidadosos para no pisar el torcido anillo que había rodado de la cabeza quebrada y astillada. Los dientes estaban salidos como si estuvieran gritando. Caminó alrededor del otro brazo roto, de las costillas fragmentadas y del hueso del cuello, de las piernas y la espina dorsal, todos rotos por la caída. Algo que parecía una arenilla brillaba suavemente, podrían ser piedras preciosas, talvez el borde de la túnica deshecha hubiera estado bordado con ellas. Casi nada quedaba de ella. Pequeñas criaturas debían habérsela comido.

Levantó la mirada para encontrar los ojos de Urchin. Se quedaron parados a lado y lado del esqueleto de Husk, cada uno alumbrándolo con una vela.

—Lo encontré —dijo Júniper.

Urchin se acercó a él, y se quedaron mirando el anillo, la espada y la túnica que él había visto por última vez cuando era mucho más joven, cuando el brillo de ese anillo y la magnificencia de la túnica habían hecho caer a la isla entera bajo el poder de Husk y cuando los asesinatos reinaban en el ambiente. Entonces, aquí estaba el fin de la historia de Husk. Jirones de ropa, joyas desprendidas del anillo maltrecho, una herrumbrada espada y huesos rotos.

—Desearía que nada de esto hubiera ocurrido —murmuró Júniper—. Todas las cosas que él hizo y en lo que se convirtió. Pero ocurrió, y no podemos cambiar el pasado. Tan solo podemos marcar una diferencia ahora.

De la escena de esa antigua muerte, alzó la vista para ver el reconfortante resplandor de la Cámara de las Velas que los cubría.

—Ahora— añadió en voz baja, porque no quería que Needle escuchara— nadie podrá verme bajo una débil luz, en la distancia, y pensar que vio a mi padre.

Urchin se quedó mirándolo fijamente. Estaba por decir que Júniper no se parecía en nada a Husk, pero, ahora que lo pensaba mejor, sí había algo, algo indefinible, tal vez en su perfil, que visto desde lejos, y con mala luz, podría recordar a Husk.

—Yo me encaramé a la copa del árbol muerto esta mañana —dijo Júniper.

—Lo sé —dijo Urchin—. En el bosquecillo. Crispín y yo acabábamos de salir de la madriguera.

Se escuchó un ruido y los dos corrieron a ver a Needle. Estaba acostada en el piso con la boca apretada por el dolor.

—Intenté caminar —dijo—. Creo que algo le ha pasado a la pata trasera de este lado, también. Estoy herida en todo un costado. Pero estaré bien en un momento.

—Trata de respirar profundamente —aconsejó Júniper.

—Eso hice —dijo ella— pero me duele.

—Tenemos que sacarla de aquí rápidamente —le dijo Urchin a Júniper—. No podemos subirla hasta allá sin ayuda.

—Excúsenme, todavía estoy aquí —dijo Needle con tono de indignación.

—Lo siento —dijo Urchin—. Necesitamos sacarte de aquí y necesitamos ayuda. Necesitamos un equipo con una soga o con un cabestrillo, o un cesto o algo, para cargarte. A ninguno se nos ocurrió traer una soga. Needle, lo mejor es que Júniper se quede contigo porque él es el que sabe sobre heridas. Le contaré a Crispín lo que hemos encontrado y traeré un equipo de rescate.

—Lo más rápido que puedas, Urchin —dijo Júniper.

Súbitamente, al sentir la necesidad de calor, se dio cuenta de que Needle debía estar sintiendo mucho frío también. Se quitó su capa y cobijó a Needle con ella.

Urchin se echó hacia atrás para darle una buena mirada al camino por el cual habían bajado, calcular el ángulo de la pendiente, ubicar los escalones, el antepecho y el precipicio.

Si tomara mucho impulso y corriera sobre las rocas sueltas, lo cual de por sí sería difícil, tendría una probabilidad de subir el precipicio. No recordaba haber subido nunca por algo tan liso ni tan empinado. Tomó una gran bocanada de aire e hizo acopio de todas sus fuerzas para coger impulso.

Corrió y dio un gran salto, que lo llevó a una buena altura del precipicio, pero el trecho que le quedó faltando fue demasiado grande y empezó a resbalarse sin lograr aferrarse a nada hasta caer al piso de nuevo. Furioso consigo mismo, tanto por el fracaso como por tener de testigos a sus amigos, volvió a respirar muy profundamente y con toda su fuerza y habilidad se lanzó de nuevo, pero esta segunda vez tampoco tuvo éxito.

Había hecho su mejor esfuerzo, había puesto todo su empeño y no había sido suficiente. La fuerza que necesitaba estaba muy por encima de lo que se había imaginado. Desde lo más hondo de su corazón, recitó una plegaria mientras que Júniper también estaba rezando.

"Corazón, tú que me trajiste desde las estrellas, dame tu fortaleza. Corazón, tú que me protegiste en el terremoto, ayúdame. Que tu fortaleza sea mi fortaleza. Que tu Corazón embargue mi corazón".

Se imaginó bosques en primavera, con jóvenes ardillas saltando de árbol en árbol, cada vez más rápido y cada vez más alto. Se vio volando transportado por la felicidad. Y dio un salto.

"Piensa en lo más alto, en lo más alto", se dijo a sí mismo, mientras estiraba sus patas en el aire. *¡Vuela!*

Aterrizó muy cerca de la cima del precipicio, pero no suficientemente cerca y sintió que empezaba a resbalarse. Esta vez, no intentó aferrar las patas en el piso. "¡Vuela!", pensó, y tocando apenas con sus patas la pared, se impulsó de nuevo, estiró sus garras y se aferró al borde del precipicio.

—¡Bien hecho Urchin! —gritó Júniper—. ¡Que el Corazón te dé velocidad!

Ya Urchin corría por el camino de regreso, olisqueando el aire y reconociendo las hojas que Júniper había dejado guías. Ya iba en busca de Crispín.

Capítulo 19

Linty, con Catkin en sus brazos, se recostó contra la pared del fondo de la cueva y dio las gracias. Había sido duro, arrastrar hasta aquí, a través de los túneles, las provisiones y, por supuesto, cargando siempre a Catkin que le parecía cada vez más pesada. Pero ahora ya estaba lista. Solo tenía que cargar el bote y las condiciones del mar estaban perfectas. La marea había traído las brumas y pronto llegaría el crepúsculo. Nunca más habría una oportunidad como esta.

—Nos iremos en un bote, mi querida Daisy... Catkin... mi pequeña, mi bebé —susurró suavemente, mientras mecía a Catkin. —La marea nos llevará desde aquí, y el malvado de Husk nunca te atrapará, y nunca regresaremos aquí. Encontraremos un hermoso lugar donde vivir y tu padre y tu madre... — la asaltaron las dudas y se retorció incómoda—. Yo soy tu madre ahora. Yo soy tu verdadera madre. He sido yo quien te ha cuidado. Tú eres mi pequeño bebé.

—¿Cómo va la pata? —le preguntó Júniper a Needle. Y la mantuvo abrazada en la capa, tanto para darle calor como para sentirlo él mismo.

—Está mejor desde que le pusiste el vendaje —repuso.

—¿Y la pata trasera?

—Ahí va. Y los rasguños no están tan mal siempre y cuando me esté quieta. ¿No tienes frío?

—No, yo no —dijo Júniper—. No lo siento.

Y alcanzó el bolso tratando de no moverse mucho, para no incomodar a Needle.

—Bébete otro sorbo.

Ella bebió de la botella de licor.

—¿Valió la pena —dijo medio dormida— hacer un esfuerzo tan grande para llegar a él?

—Para mí, sí valió la pena —dijo Júniper— pero siento mucho que esto te haya ocurrido a ti.

—Oh, me mejoraré —susurró.

Para ella también había valido la pena porque había empezado a conocer a Júniper. Si tenía que estar acostada y malherida en el fondo de un pozo oscuro, Júniper era una buena persona para tener como compañero. Era casi tan bueno como estar con Urchin. Mejor, realmente, porque Júniper sabía más sobre heridas que Urchin. Ahora formaban un trío y compartirían sus vidas juntos.

En Seathrift Meadow, el rey Crispín estaba sentado en una roca y miraba a los animales pequeños. No tenía el aspecto de un rey gobernando una isla, lucía más como un tío contando historias.

—Cuando yo era una ardilla muy pequeña —dijo— mis padres me llevaban a veces a tomar el té en la cueva de una anciana nutria en las noches de invierno. Se suponía que era un placer y sí lo era, ella preparaba un té maravilloso. Pero yo le temía a esas salidas. Les temía debido a una roca que había a la entrada de la cueva. Era casi negra y tenía unas vetas muy extrañas. A la luz del día, era una piedra. Pero a medida que había más sombras, yo no dejaba de sentir la roca a mis espaldas. Si me volvía a mirarla, esas vetas formaban un rostro terrible que me seguía luego hasta mi casa. No mirarla era peor porque yo sabía que me estaba mirando. Se me convirtió en un horror.

Miró hacia abajo, hacia los jóvenes animales que lo estaban mirando.

—¿Ustedes tienen cosas de ese estilo? ¿Cosas que les producen miedo?

Con los ojos muy abiertos, ellos asintieron. Cada uno de ellos pudo pensar en una retorcida raíz de un árbol o en una sombra extraña en la chimenea.

—Les contaré lo que hice al respecto —dijo—. Me dije a mí mismo que no era más que una roca y que no tenía sentido perderme de un buen té por el miedo que le tenía. Le pregunté a la nutria para qué era y me dijo que la movía hasta un sitio para tapar una corriente de aire. Entonces fui hasta allá con luz del día, le di una buena mirada y la pateé. Me dolieron las garras y me devolví cojeando, pero valió la pena.

Los pequeños se rieron tímidamente. Crispín continuó:

Estoy seguro de que todos ustedes tienen alguna cosa de ese estilo, alguna cosa que les produce miedo. Cuando sus padres y sus abuelos eran pequeños, ellos también sentían miedo. Miedo de un árbol retorcido, o de alguna forma en los acantilados o de algún animal que los asustaba. Todos tenemos esa clase de miedos y todos tenemos que aprender a no tenerlos —levantó la cabeza y miró a la muchedumbre—. ¿No es cierto? ¿No es cierto que cuando eran jóvenes le tenían miedo a algo?

Entonces se levantó y su voz resonó entre las rocas.

—¡Entonces, ustedes le tienen miedo a Husk! Les preocupa que pueda estar vivo y que esté entre nosotros. ¡Tal vez esté! ¡Que el Corazón nos ayude! ¡Él no es más que una ardilla! Hecho de patas, orejas y una cola, como el resto de nosotros. Solo pudo apoderarse de la isla porque nosotros se lo permitimos. ¡Él no tiene ningún poder sobre nosotros a menos que seamos nosotros quienes se lo otorguemos!

—¡Y no se lo vamos a otorgar! —exclamó Hope y luego se acurrucó mientras todos reían.

—Bien dicho, Hope —dijo Crispín—. No lo haremos. Yo, por mi parte, tengo suficiente con la sequía pestilente, los deslizamientos de tierra, las inundaciones y la desaparición de Catkin como para ocuparme de una ardilla buscapleitos ¡Que no sabe permanecer muerta!

Thripple carraspeó. Lugg sonrió.

—Él es muy bueno para esto ¿No es cierto? —dijo.

—¿Cuáles son sus temores? —preguntó Crispín—. ¡Deben ser honestos consigo mismos! ¿A qué le temen? ¿Le temen a un fantasma? ¿Le temen a lo desconocido? Porque la reina viene de un lugar que ustedes no conocen, ¿les da miedo lo que ella pueda hacer? ¿Le temen a lo que ven en sus pesadillas o a los rumores que escuchan? ¿Tienen miedo de que yo no los gobierne bien, o de que Cedar, los capitanes y yo los decepcionemos?

Dio un paso adelante. Todos los ojos estaban fijos en él.

—Buenas criaturas —dijo lentamente—, sé cuál es el mayor enemigo de la isla y sé que está entre nosotros. Ha estado con nosotros todo este tiempo, dedicado a enfrentar pata contra pata, mente contra mente, corazón contra Corazón, tal y como lo advirtió el hermano Fir. Es el hijo de la ignorancia. Su nombre...

Hizo una pausa. El silencio era tenso.

—Su nombre es miedo —dijo—. ¡Miedo! No me refiero al miedo sano que conduce a ser cuidadoso, sino al sobrecogedor miedo que lo lisia a uno. Mis muy queridos animales, no conspiren ni murmuren unos de otros. ¡Llenen sus mentes con los enemigos del miedo! Acojan el amor, la esperanza, la amistad, la música, la risa y apóyense unos a otros. ¡El Corazón no tiene espacio para el miedo!

Hubo una breve pausa y entonces los animales jóvenes decidieron aplaudir, y lo hicieron, y todos se fueron uniendo hasta formar una ola de vítores, aplausos y golpeteos. Un soplo de viento los acarició, y fue como si ese viento ligero hubiera recogido la tristeza, el descontento y la palabra miedo y se las hubiera llevado al mar. El aire se sintió limpio.

Crispín alzó una pata para pedir silencio.

—Ahora —dijo—. Si tienen preguntas que hacer, vengan y me las hacen a mí o a uno de los capitanes. Pronto traerán comida de las cocinas de la torre para que nadie se vaya a casa hambriento.

Se volvió para mirar al pequeño grupo de animales que estaba a sus espaldas.

—¿En dónde está Júniper?

—Él pidió permiso para ausentarse, su Majestad —repuso Padra.

—Entonces yo impartiré la bendición —dijo Crispín y levantó una pata—. Que el Corazón los bendiga y los proteja ahora que se van, mientras descansan esta noche y cuando se levanten por la mañana.

Algunos de los animales que vivían en las cercanías ya se estaban cobijando con sus capas y dirigiéndose a sus hogares, pero la mayoría se quedaron a esperar las bebidas calientes y la comida que estaban trayendo de la torre. Se formaron pequeños grupos y se sentaron a conversar y comer y a comentar que el rey tenía razón, o que al menos, esperaban que la tuviera y que ¿Cómo era posible que alguien no fuera amable con la reina, esa pobre criatura? Padra, que observaba a quienes querían acercarse al rey pero eran demasiado tímidos o inseguros para hacerlo, decidió que era hora de conversar con Crispín acerca de Júniper, Urchin y Needle, cuando un grito angustiado de "¡Su Majestad!", no solo los hizo volverse a todos los que estaban sobre la roca sino también a guardar silencio. Entonces la muchedumbre también notó el silencio y dejaron a un lado sus alimentos y bebidas para mirar qué ocurría.

Corriendo desde la torre, sin aliento y muy sucio, venía Urchin. El polvo y la mugre cubrían su pelaje, telarañas se enredaban en sus orejas y había sangre en sus patas, pero en sus ojos había una fortaleza y una profundidad que Crispín nunca antes había visto. Varias patas se estiraron para ayudarlo a subir a la roca.

—Su Majestad —balbuceó— Needle necesita ayuda y Júniper está con ella. Y, Su Majestad, nadie tiene que volver a dudar si Husk está vivo. Júniper lo encontró. Yace en donde cayó, hecho trizas, con su espada y su anillo. Yo lo he visto, Su Majestad. Yo estuve allá.

Le tomó muy poco tiempo a Urchin explicarle la situación a Crispín y a los capitanes e inmediatamente organizaron un grupo de rescate y consiguieron sogas, un cabestrillo y linternas. Mientras hacían esto, Arran preguntó si se debía permitir que otros animales bajaran allá.

—Oh, no lo sé —dijo Lugg—. Hay muchos a quienes les encantaría poder asegurarse de que él está realmente muerto. Eso, si tienen las agallas para bajar allá.

—Sí —dijo Crispín—, pero no queremos que los animales bajen allá por mera curiosidad, a echar un vistazo. Él no es un espectáculo digno de verse.

—Creo que la perspectiva de tener que bajar hasta el fondo del pozo para verlo, disuadirá a la mayoría —dijo Padra—. Pero algunos deberían ir. No es suficiente que los capitanes bajen y luego digan que lo vieron muerto. Los que tienen dudas deberían verlo ellos mismos.

—Entonces haré que cada especie elija un representante —dijo Crispín—. Pueden bajar allá mañana en la mañana, pero deben ser escogidos esta noche y hacer guardia a la entrada del lugar. De esta manera, nadie podrá decir que se ha alterado el lugar ni se ha tocado nada allá. Sería mejor que fueran dos de cada especie. Docken, Russet, Heath, organícenlos, por favor. Entonces, ¿ya estamos listos? ¿Alguien fue a buscar a los padres de Needle? Urchin dirígenos.

—¡Bien hecho, Crispín! —dijo Padra—. Ese fue el trabajo de un verdadero rey.

—Si tú lo dices —murmuró Crispín—. Es maravilloso lo que podemos hacer juntos. Detener los deslizamientos de tierra, luchar contra la plaga, apagar la rebelión. Esos tres, incluso encontraron a Husk. Pero, sin embargo, no somos capaces de encontrar a una ardilla loca, ni a mi hija.

Luego levantó su cabeza y alzó la voz.

—¿Listos, todos? ¡Adelante!

Cuando el grupo de rescate se hubo ido, Sepia y Scatter se sentaron en un lugar de la torre. No podían hacer nada para ayudar a rescatar a Needle y a Júniper, nada distinto a esperar hasta que los trajeran, y decidieron hacer eso, en la tranquilidad de la torre mientras caía el crepúsculo. Era bueno estar alejado del barullo de los animales y Sepia sintió que necesitaba silencio para pensar en Damson. Por eso se sentó en las escaleras para mirar el cielo a través de la ventana y observar cómo se iba oscureciendo con el crepúsculo, mientras le entregaba al Corazón las vidas de Urchin, Júniper y Needle, porque a veces sus amigos le parecían demasiado pesados para que su pequeño corazón pudiera cargarlos a los tres. Habían estado lejos durante tanto tiempo, o por lo menos a ella así le parecía.

Entonces, Scatter, quien se estaba aburriendo pero no quería reconocerlo, dijo:

—¿Quieres que vayamos a ver cómo está el hermano Fir?

—Oh, sí —dijo Sepia—. Debemos averiguar si necesita alguna cosa.

Subieron las escaleras hasta el torreón, golpearon en la puerta y esperaron a que les permitieran entrar; pero cuando entraron en la cámara hicieron una reverencia porque la reina, más delgada que nunca, estaba sentada al lado del hermano Fir.

—¡Su Majestad! —dijeron.

—Qué excelente compañía —dijo Fir, y aun cuando su voz sonaba débil a Sepia le pareció que estaba mucho mejor. Sus ojos profundos se animaron. Tres de los animales más jóvenes de la isla, todos juntos. Debo ser un viejo muy canalla y peligroso para que se necesiten tres de ustedes para impedirme hacer mis travesuras.

—Vinimos a ver si necesitabas algo, hermano Fir —dijo Scatter.

—Eso fue muy amable de su parte —repuso el hermano Fir. Como pueden ver, por fin, estoy fuera de la cama y la reina me preparó ella misma un licor. Pero pronto regresaré a la cama. Sepia, Scatter, queridas mías, serían tan amables de cerrar mi ventana.

Contenta de tener algo que hacer, Sepia se dirigió hacia la ventana para ir a cerrarla. A pesar de las nubes grises y de la bruma que traía la marea, la noche iba a ser muy hermosa. El cielo estaba gris violeta, con unas pocas estrellas y el reflejo de la luna acariciaba el mar rizado.

Algo se estaba moviendo en el agua. Debía ser un bote que venía del otro lado de la isla o tal vez una patrulla de nutrias. Pero, cuando ella esforzó la vista, pudo ver que no era una nutria la que remaba... podría ser...

—Por favor, Su Majestad —dijo— venga a ver esto.

Entonces Cedar, Scatter y Sepia dieron saltos escaleras abajo, llamaron a los guardias, a los mensajeros y a Crispín.

En la cima del precipicio, bajo tierra, estaban Crispín, Padra, Lugg y los animales elegidos, rodeados de linternas y velas. A Urchin le pareció mucho menos peligroso ahora que todos estaban allí y que había tanta luz. Con una larga soga amarrada a la cintura de Docken y una fila de los animales más fuertes, frente a él, sosteniéndola firmemente, fueron bajando un cabestrillo desde el borde del precipicio. Se escucharon unos cuantos chillidos apagados y el sonido de metales golpeándose, y luego la voz de Júniper, acompañada de un eco, se oyó desde las profundidades.

—Súbanla con cuidado —dijo—. Está herida.

—¡Listos! —grito Docken.

En un instante el rostro valiente de Needle apareció al borde del precipicio, y en pocos segundos Crispín la levantó del cabestrillo.

—Bájenlo de nuevo para Júniper —ordenó—. Needle ¿Cómo te sientes?

—Me duele —dijo Needle. Su voz estaba un poco débil pero intentó sonreír—. Todo se arreglará. Hola, Urchin.

—Llévala para arriba, Urchin —ordenó Crispín— a tu cuarto en Spring Gate. Lugg, necesitarán ayuda. ¿Podrán cargarla entre ustedes dos?

—¿Qué tan pesada creen que soy? —preguntó Needle débilmente.

Crispín dejó a Urchin y a Needle intercambiando historias mientras se la llevaban y se asomó al precipicio para ver la subida de Júniper. Él estaba sucio, manchado de sangre y tratando de controlar los escalofríos, pero su rostro mostraba una tranquilidad que nadie olvidaría. Lucía, pensaron luego, como el hermano Fir. Crispín le miró gravemente el rostro.

—Bien hecho, Júniper —dijo— Muy bien hecho. ¿Estás bien?

—Sí, Su Majestad —dijo Júniper— sabía que debía explicarle a Crispín por qué había hecho lo que había hecho y que debía ofrecer excusas porque era culpa suya que Needle estuviera herida, pero no lograba encontrar las palabras.

Crispín no dijo nada ni para cuestionarlo ni para inculparlo, simplemente lo tomó por los hombros y dijo:

—¿Ya se ha terminado todo?

—No lo hice sólo por mí —dijo Júniper—. Lo hice para la isla y por usted. Había una profecía.

—Comprendo —dijo Crispín y se quitó la capa—. Póntela, estás helado. Ahora quiero bajar allá y ver yo mismo los restos. No usaré el cabestrillo. Si esos dos pudieron dar un salto como ese, yo también podré.

Dio uno o dos pasos hacia atrás para prepararse para el salto. Pero antes de que lo diera, se escuchó un ruido de patas que venía hacia ellos y Longpaw entró por la puerta como una exhalación.

—¡Su Majestad! —gritó— ¡Catkin! Linty, en un bote, se dirige a las brumas.

253

El viento se estaba levantando mientras Sepia corría por la playa y se encaramaba en una roca alta para obtener la mejor vista posible. Había un grupo de animales que rodeaba a Arran, quien estaba dando instrucciones, y trataba de impedir que otros se fueran nadando o que llevaran los botes al mar.

—Si está tan desesperada como para remar hasta las brumas, es capaz de cualquier cosa —explicó Arran—. Está remando en un bote pesado y contra la marea, eso no le permitirá avanzar muy rápido. La reina ha dado órdenes, desde el comienzo de esto, en el sentido de que no debemos producirle pánico a Linty. Sin embargo, veré si ella me escucha a mí.

Se quitó el anillo de capitán y se lo entregó a una pequeña nutria llamada Skye.

—Por favor, guárdame esto. Iré sola pues, de lo contrario, ella se asustará. Tengan dos o tres botes listos, pero no hagan nada hasta que reciban la orden del rey o de Padra —y se lanzó al agua.

Sepia permaneció en donde se encontraba, apretando la capa contra su cuerpo para protegerse del frío y observando a cada ardilla y a cada topo que corría en la playa. Tenía que pensar en Urchin y Lugg ahora, quienes habían ido más allá de las brumas dos veces y habían regresado a salvo. Nadie lo había hecho nunca una tercera vez. Catkin podría no ser la única que requería ser salvada.

Podía verlos, a Urchin y a Lugg, cargando a Needle, acompañados de dos erizos adultos que debían ser los padres de Needle. Parecía que Lugg y Urchin iban para el mismo lugar, lo cual facilitaría su tarea.

Seguirlos, también era fácil. Iban despacio pues cargaban a Needle y además se detenían ocasionalmente a averiguar qué estaba ocurriendo.

"Spring Gate, parecía que se dirigían a Spring Gate. Qué bueno".

Ella no estaba segura de si podría pedirle al Corazón que la ayudara en lo que se proponía hacer, pero tal vez podría pedirle que la perdonara por eso. Corazón, por favor comprende la razón por la cual estoy haciendo esto, y lo siento, pero debo hacerlo.

Los alcanzó cuando iban llegando a Spring Gate. Conversó con ellos y preguntó por el estado de Needle y luego corrió a abrirles la puerta, a encender el fuego en la chimenea y a extender una cobija sobre el nido de Urchin. También llenó una jarra con agua del manantial. Luego, como estaban ocupados atendiendo a Needle, se retiró silenciosamente y cerró la puerta.

Esa puerta no tenía llave. Una lástima. Miró a su alrededor y encontró un montón de madera que seguramente estaba destinado a la hoguera. Cogió una tabla que parecía del tamaño indicado, la colocó haciendo presión bajo la puerta para bloquearla, susurró "¡Lo siento!", y se fue corriendo.

Subió las primeras escaleras que encontró, corrió por los corredores vacíos, pasó frente a las tapicerías y los talleres, dejó atrás las ventanas que daban al crepúsculo, hasta que llegó sin aliento a la puerta del torreón de Fir, con el corazón palpitando cada vez más fuerte y rápido.

Había hecho una cosa mala por una buena razón. Ahora, tendría que hacer la segunda. Tenía que hacerla. Intentando no pensar en lo que estaba haciendo, entró en la cámara. Había suficiente luz para ver la piedra suelta en la chimenea.

—Corazón, perdóname —susurró.

Cuando Júniper había sacado la Piedra de Corazón de su estuche, ella había quedado muy impactada. Pero, ya una vez la Piedra de Corazón había traído a Urchin de regreso a la isla, y, por lo tanto, tal vez la protegería a ella también. No abriría ni siquiera el estuche, simplemente lo cogería y lo pondría en su bolso.

No, no lo haría.

No, no podría. Todos sus instintos le decían que no lo hiciera. Se dio vuelta para irse.

—Hija querida —dijo Fir.

—La puerta está bloqueada —dijo Lugg—. Dame una ayuda, Urchin.

Urchin saltó hasta él y golpeó la pesada y vieja puerta. No hubo ningún movimiento. Aplicó sus garras al borde e hizo presión, pero nada ocurrió.

—¡Estamos atrapados! —dijo Needle.

—No, no lo estamos —dijo Lugg, quien estaba acostado en el piso inspeccionando—. Hay una tabla aquí debajo. No me explico cómo llegó ahí, pero la quitaremos. ¿Tal vez ustedes dos puedan ayudarnos?

La tabla estaba a presión y ninguna fuerza fue capaz de moverla. Lugg se puso de pie y tomó aliento.

—Tendremos que sacar la tierra bajo ella para poder aflojarla —dijo—. Ayuden todos a excavar.

Sepia miraba por la ventana mientras le contaba al hermano Fir la razón por la que se encontraba allí.

—Siento mucho haber pensado en hacer eso —dijo—. No podía creer que había tenido la intención de hacer algo tan terrible. Es que, simplemente creo que Linty me escucharía a mí porque no me tendría miedo. Ella está tratando de llegar más allá de las

brumas, y en una noche como esta, es difícil distinguir las verdaderas brumas de Mistmantle de la neblina debida al mal tiempo.
Tengo miedo de seguirla y de no poder regresar, por eso quería que
la Piedra de Corazón me ayudara. Pero cuando llegué aquí, supe
que no podría llevármela.

—Por supuesto —dijo el hermano Fir.

—Entonces, es mejor que me vaya —dijo— ya he desperdiciado
demasiado tiempo.

El hermano Fir sonrió con tanta amabilidad que ella hubiera
querido quedarse con él, disfrutando y recibiendo la sabiduría y el
amor que emanaban sus ojos.

—Entonces vete, hija. Deposita tu confianza en el Corazón, no en
la Piedra de Corazón. Y vete pronto, con mi bendición.

Sepia corrió escaleras abajo. El hermano Fir cojeó hasta la ventana, en donde alzó una pata y volvió su rostro hacia la playa. Entre
las brumas, la neblina y la creciente oscuridad era difícil distinguir
algo. El hermano Fir rezó concienzudamente mientras miraba el
oscuro panorama.

Capítulo 20

La brisa agitaba las olas, adelgazaba y mezclaba la neblina que se había levantado, de manera que era difícil saber en dónde terminaba la neblina y en dónde empezaban las brumas. Sepia, corriendo por la playa con una pata aferrada a su capa, vio los botes que se mecían sobre el agua y dos figuras, la de Crispín y la de Cedar, con las patas hundidas en el agua y dando gritos. Padra estaba un poco más atrás. Pronto estuvo suficientemente cerca para observar la angustia mezclada con la esperanza que se reflejaba en sus rostros y la manera como la reina Cedar apretaba en sus patas la cobija de Catkin, como si no pudiera esperar más el momento de envolver a su hija en ella y arrullarla. Entonces Arran surgió del agua y se sacudió.

—Ella no quiere tener nada que ver conmigo —dijo Arran—. Si intento acercarme, simplemente rema más fuerte para alejarse. No confía en ninguno de nosotros. Júniper está en un bote cerca de ella y no le ha exigido que se vaya, pero tampoco le permite acercarse.

—A mí, me escuchará —dijo Cedar.

—No creo que lo haga, Su Majestad —dijo Arran—. Tiene metido en la cabeza que Catkin es su bebé y que se lo quieren quitar. Si usted llega a acercársele con seguridad atravesará las brumas. Usted tendrá que contenerse y nosotros encontraremos a alguien a quien ella escuche. A la madre Huggen, ¿tal vez? ¿O a alguno de los jóvenes?

Sepia estaba buscando un bote vacío. No encontraba ninguno. Algo tibio rozó su pierna y vio a Fingal rodando entre la arena y mirándola.

—Las nutrias son mejores que los botes —dijo—. ¿Quieres un paseo?

—Soy muy pesada —dijo.

—¿Tú? —dijo él—. Simplemente déjame meterme al agua primero.

Mientras Fingal dio un salto al agua, Sepia corrió hacia la reina.

—Por favor, Su Majestad —dijo—. ¿La cobija de Catkin? ¿Puedo llevársela yo?

La reina, esforzándose por ver el bote que se iba alejando, ni siquiera pareció escuchar a Sepia.

—Por favor, ¿Su Majestad? —repitió Sepia y estiró sus patas hacia ella.

La reina pareció despertar de un trance. Le entregó la cobija a Sepia.

—Ve, entonces, Sepia —dijo—. Que el Corazón te bendiga. Cuídate, no...

Sepia salió corriendo y no alcanzó a escuchar que la reina decía "No te vayas más allá de las brumas", porque probablemente eso sería justo lo que tendría que hacer. Escuchó a Crispín que gritaba su nombre como para hacerla regresar, pero ya estaba tirando su capa en la playa y tiritando por el frío del agua.

—Yo permaneceré a una cierta distancia —dijo Padra y se metió al agua para seguirlos.

Haciéndose lo más ligera posible, Sepia se montó sobre la espalda de Fingal y enroscó su cola para mantener el equilibrio. Se inclinó, agarrándose con sus patas delanteras y puso la cobija de Catkin entre sus dientes para mantenerla seca.

—¡Está helada! —dijo entre dientes mientras Fingal avanzaba.

—¡No, para nada! —gritó Fingal.

Sepia intentó mantener el equilibrio sobre el cuerpo liso y mojado de la nutria mientras él iba atravesando las olas agitadas. Cuando se atrevía a mirar hacia arriba, veía la luna en los espacios que dejaban las nubes y la neblina en el cielo salvaje. Si lo hacía hacia abajo, veía las olas entrelazándose salpicadas de luz de luna o de estrellas. Y, a medida que Fingal se apuraba, veía más clara la silueta del bote de Linty que se acercaba cada vez más a las brumas.

No se atrevió a mirar hacia atrás, por el susto de caerse, y por eso no vio a Urchin volando hacia la playa con Lugg, que se esforzaba por seguirle el paso. Pero Padra, desde el agua sí lo había visto y nadó para ir a su encuentro.

—Si Sepia y Fingal van para allá, les vendría bien un bote de escolta —dijo Urchin cuando Padra terminó de explicarle lo que ocurría —. Docken, te necesitaré en la playa. Urchin y Lugg, remen hasta acercarse lo más posible a Linty, sin llegar a asustarla. Lugg, quítate tu anillo de capitán. Si llega a ver a un capitán, estaremos perdidos.

—Pero señor —dijo Docken—, si ella intentara meterse en las brumas, sería muy fácil alcanzarla y entre todos nosotros seremos capaces de dominarla, incluso si opusiera resistencia.

—Sí —dijo Padra—, pero en el curso de esa lucha, el bebé puede terminar en el agua y no queremos una princesa ahogada. No atacaremos el bote a menos que no haya otra opción.

Sepia podía ver mejor ahora y se sentía más confiada. Se aferró a Fingal con una pata delantera y con la otra anudó la cobija a su cuello, no para mantenerse caliente ella sino para que la cobija no se mojara. Temblando sobre la espalda de Fingal, se puso a pensar en qué le diría a Linty. Linty estaba sentada en la parte de adelante del bote y remaba con ahínco. Júniper, al ver a Sepia y a Fingal, remó hacia ellos.

—Ella no quiere escucharme —dijo—; tú tal vez tendrías más éxito por ser hembra. ¿Pueden acercarse a ella? Nosotros permaneceremos cerca e iremos si nos llaman.

—No demasiado cerca —dijo Sepia—. De pronto, si ella ve un bote, piensa que quieren llevarse a Catkin en él. Yo no tengo bote, solo a Fingal.

—¿Solo a Fingal? —preguntó Fingal—. ¿Quieres que trate de colocarme a su lado?

—Sí, por favor —dijo Sepia—; pero te detienes si te lo pido.

Él siguió nadando y cada vez Sepia veía más claramente. Vio la intensidad en los ojos salvajes de Linty y escuchó unos leves gemidos que venían del fondo del bote.

—Nada más despacio, Fingal —dijo suavemente.

Fingal disminuyó la velocidad justo a tiempo. Linty se puso de pie de un salto y el bote se meneó peligrosamente. Sepia se angustió por el bebé. El bote se sacudió de nuevo pues Linty se detuvo para recoger algo del fondo y, justo a tiempo, Sepia se agachó. Una piedra pasó por encima de ella.

—No le haré daño, Linty —gritó—, he venido a ayudar. Le he traído la cobija del bebé, la escuché llorando.

—¡Aléjense! —gritó Linty.

Cogió otra piedra, se puso de pie y levantó su pata amenazante. El bebé lloró más fuerte y Sepia sintió el impulso de alzarla.

—Ella necesita su cobija —dijo amablemente—. Permítame entregársela. Es su cobija especial. La necesita. Ella... ella se enfermará sin ella.

Dos pequeñas patas aparecieron en el borde del bote, seguidas por los dos mechones de las orejas de una ardilla. Sepia sintió un vuelco en el corazón al ver el pequeño y vivo rostro de Catkin, que miraba con fascinación desde el borde del bote.

—Siéntate, mi querida niña —dijo Linty— Peligroso.

Dándole una mirada de desconfianza a Sepia, puso los remos dentro del bote y alzó al bebé.

—¡La estoy observando, niña! —gritó.

Con una pata mantuvo a Catkin contra el fondo del bote y con la otra hizo señas despedidoras.

—¡Manténganse alejados!

—Todo está bien, Linty —dijo Sepia—. Vine a ayudarla. ¿Quiere que yo reme mientras usted cuida al bebé?

—Algo intentará —murmuró Linty, mientras luchaba por mantener el control de Catkin y también del bote, que ya derivaba hacia las brumas—. No confío en usted.

—Creo que debería confiar en alguien —dijo Sepia—. No puede seguir remando y mantener tranquilo al bébe al mismo tiempo; usted no quiere que se caiga al mar. ¿Qué le gustaría que yo hiciera para usted?

Linty mantenía al bebé fuertemente abrazado contra su pecho mientras el bote se mecía. "La pequeña está bien. Lástima. Dejémosla remar. La puedo tirar al mar si pone problemas".

—Está bien, entonces —gruñó—. Puede usar los remos un rato, mientras el bebé se calma. Mantenga alejada a la nutria.

—Lo enviaré de regreso cuando yo esté en el bote, lo prometo —dijo Sepia—. Pero no puedo nadar y al mismo tiempo mantener la cobija seca.

—Él recibirá un golpe de remos en la cabeza si se acerca demasiado —advirtió Linty, mientras miraba a Fingal con ojos llenos de furia.

—Cuando yo me suba al bote, Fingal, vete lo más lejos posible —dijo Sepia mientras luchaba por mantener el equilibrio, parada sobre la espalda mojada de Fingal, y luego se encaramaba al bote de Linty.

Tomó el lugar de Linty en la banca para remar y asió los remos; el aire frío sobre su cuerpo mojado le produjo escalofríos y sus dientes empezaron a castañetear. Cuando un rayo de luna se asomó por entre las nubes, vio claramente el rostro de Linty.

Linty se había puesto muy pálida desde que había alzado al bebé. Sus ojos denotaban sospecha, inseguridad y, en opinión de Sepia, algo de locura. Catkin se veía bastante bien, mientras Linty la envolvía en la cobija y la mecía. El bebé miraba con interés a Sepia. Había pasado bastante tiempo sin ver ningún rostro distinto al de Linty, y este la intrigaba. Sepia sonrió y Catkin le devolvió encantada la sonrisa.

—¡No haga eso! —ordenó Linty—. Limítese a remar hacia las brumas, niña.

Sepia remaba muy lentamente. Era muy difícil saber si lo que las envolvía era la neblina o ya eran las brumas. Esperó que fuera neblina. "Confía en el Corazón y no en la Piedra de Corazón".

—¡Váyase ya mismo, nutria! —le gritó Linty a Fingal—. Y esa ardilla que dice que es un sacerdote, también debe irse. El hermano Fir es el sacerdote, no él. Ese malvado capitán debió enviarlo.

—El malvado capitán está muerto, Linty —dijo Sepia—. Él no puede hacerte daño y tampoco puede hacerle daño al bebé.

—¡Dije que despachara a la ardilla! —chilló Linty—. ¡Y reme más rápido!

—Tendrás que irte, Júniper —gritó Sepia y fingió que remaba más rápido, pero todo el tiempo su corazón llamaba a Júniper y a Fingal al verlos alejarse. "Las brumas están a mis espaldas y nunca volveré a verlos... debo coger al bebé y tirarme al mar... pero ella me matará y el bebé se ahogará... Corazón ayúdame..."

Se obligó a concentrarse. Tenía que estar siempre un paso delante de Linty. Remaba muy superficialmente, pues sabía que la marea estaba en contra.

—El capitán Husk está muerto, Señora Linty —dijo—. Ya no está permitido matar bebés.

—No me diga —comentó Linty sarcásticamente, y su mirada reflejó su falta de cordura—. Está mintiendo. Los escuché hablar de él. Él ha regresado.

—No —dijo Sepia—. Estaban equivocados a ese respecto. Él está realmente muerto. "Admira al bebé. A ella le gustará". Es un hermoso bebé. Usted ha sabido cuidarlo muy bien.

—Por supuesto que lo he cuidado —dijo Linty, mirando con orgullo el rostro de Catkin.

—¿Cómo se llama? —preguntó Sepia.

—Ca... Daisy —dijo Linty—. La bauticé Daisy.

—¿Y de quién es hija?

—Es hija mía, por supuesto —repuso Linty—. ¿De quién más iba a ser?

Y abrazó cariñosamente a Catkin.

—El rey y la reina piensan que es de ellos, pero están equivocados. Este es mi bebé. Ellos no sabían cómo cuidar a su bebé y por eso la perdieron —bostezó y luego dijo de nuevo—: Ella es mía. Esta es mi Daisy.

—Comprendo —dijo Sepia, mientras intentaba pensar en algo aun cuando el frío de su pelaje congelado no le ayudaba a concentrarse—.

¿Le gustaría llevar a Daisy a su hogar, al pequeño y tibio nido que usted hizo para ella?

—¡Siga remando! —dijo Linty, pero bostezó de nuevo.

Los bostezos le dieron una luz de esperanza a Sepia. Nadie podía permanecer despierto indefinidamente y Linty debía haber pasado muchas horas despierta cuidando a Catkin. Al tiempo que remaba, empezó lentamente a cantar una vieja canción de cuna de Mistmantle, mientras el bote los mecía…

Olas de los mares
Viento en los árboles
Brisa con aroma de primavera

Linty debe estar cansada. Sepia terminó la canción, y sin hacer ninguna pausa volvió a empezarla, y esta vez Linty cantó con ella. Pero el canto de Linty gradualmente se fue entrecortando y Sepia se atrevió a mirarla. Sus ojos se cerraban y se abrían de nuevo.

Sepia siguió cantando. Linty cabeceaba y luchaba contra el sueño. De pronto, se sacudió y acomodó a Catkin firmemente en su regazo, pero cada vez que sus ojos se cerraban permanecían cerrados más tiempo. Lentamente, sin dejar de cantar, Sepia levantó un remo y remó con el otro, para darle la vuelta al barco, pero mirando constantemente a Linty y a Catkin.

Linty ya estaba aflojando la presión que hacía con su pata sobre Catkin. ¿Debía tratar de cogerla y arriesgarse a que Linty se despertara? En medio de un suave ronquido, Linty se acomodó, apretó de nuevo a Catkin contra su regazo y se quedó por fin dormida. Sepia seguía cantando y remando para alejarse de las brumas. Linty abrió un poco los ojos.

—Tienes que atravesar las brumas —dijo medio dormida.

—Las estamos atravesando —dijo Sepia.

Estaba mirando tan fijamente a Linty que no vio una larga tabla que venía hacia ellas. No golpeó muy duro al bote, pero sí lo suficiente para sacudir a Linty. Alarmada y completamente despierta, Linty miró a su alrededor.

—¿Hacia dónde vamos? Estamos...—se puso de pie, alzó a Catkin y miró a todos lados—. ¡Esto no son brumas, es simplemente una neblina que se está levantando! ¡Estás remando para el lado que no es!

—¡No! —exclamó Sepia—. Por aquí es más rápido, estamos...

—¡No me mienta! —gruñó Linty—. ¡Entrégueme los remos! ¡Sálgase de mi bote!

—¡Está bien! —dijo Sepia—. Le daré la vuelta al bote.

—¡Sálgase de mi bote! —gritó Linty, y con un movimiento muy veloz dejó a Catkin en el piso y se lanzó con las patas extendidas contra Sepia. Sepia cogió a Catkin. El bote se meció de lado a lado, Catkin se puso a llorar, agarrada a Sepia que la apretaba contra su pecho...

—¡Daisy! —gritó Linty, y se lanzó de nuevo contra Sepia con tal vehemencia que las dos perdieron el equilibrio y el bote se volteó.

El poder del choque y del frío dejó a Sepia sin aliento, su boca se llenó de agua salada; desesperada y sofocándose, pataleó para llegar a la superficie. Con el bebé todavía entre sus patas, sacudió la cabeza y tomó aire.

Durante un extraño momento, le pareció que las estrellas se movían o que ella estaba en el cielo en medio de ellas, pero cuando su vista se aclaró, se dio cuenta de que las estaba viendo en el cielo pues el viento había despejado las nubes. Buscó el bote pero lo vio volteado y alejándose de ella.

"Entonces me estoy muriendo", pensó Sepia, "debo estarme muriendo, porque estoy viendo plata en el mar, un sendero de plata que va directamente hacia la playa, y eso no puede existir". Parpadeó y vio que el sendero de plata era real, era la luz de la luna, era el reflejo de la luna sobre el agua, que le mostraba la tabla que venía flotando hacia ella. Se estiró para asirla con su pata libre, logró subirse a ella, temblando descontroladamente y con sus dientes castañeteando, gritó para pedir ayuda, aun cuando estaba todavía tan impactada y tan congelada que su voz sonó muy débilmente.

—¡Júniper! ¡Fingal! —gritó—. ¡Padra, Urchin, Arran, alguien por favor ayúdeme!

Por encima de su voz, se escucharon los gritos de angustia del bebé. Ella se arrodilló sobre la tabla, apoyándose con una pata, mientras asía a Catkin con la otra, y tenía tanto frío que tuvo que mirar hacia abajo para asegurarse de que sí tenía bien agarrado al bebé, porque sus patas ya no sentían nada distinto a la tremenda sensación de helaje. "¡Oh, Corazón ayúdame! Cuando cosas de este estilo le ocurren a Urchin, el Corazón le envía estrellas fugaces, o la Piedra de Corazón...".

Entonces escuchó la voz de una nutria y el chapoteo de remos.

"El Corazón me escuchó. El Corazón me envió a las nutrias...". Fue tal la felicidad que sintió, que se puso a sonreír mientras miraba el reflejo de la luna, entonces abrazaba a Catkin y gritaba de nuevo.

—¡Júniper! ¡Fingal! ¡Aquí estamos! —apretó cariñosamente a Catkin contra su pecho—. No llores, querida. Ya casi llegamos a tu hogar y pronto estarás en brazos de tu mamá.

—Muy bien hecho, Sepia. Dame al bebé —era la voz de Padra, calmada y reconfortante, que se acercaba en compañía de Fingal—. Con un grito de alivio, este se dejó caer sobre la espalda. Al mirar hacia un lado, vio a Linty que se agarraba a la tabla.

—Todo está bien ahora, señora Linty —dijo Fingal amablemente—. La llevaré a su hogar.

Sepia se acomodó sobre la espalda de Padra quien nadaba muy rápido siguiendo el reflejo de la luna. No se atrevió a mirar hacia atrás por el miedo de caerse, pero escuchó que Fingal gritaba, "¡Necesito ayuda!" y escuchó también que Padra llamaba a Lugg y a Urchin. Luego se escuchó la cadencia de los golpes de remo y el chapoteo de nadadores. Un bote se acercaba y el mar se sentía más agitado, ella se mordió los labios de miedo, pero Padra mantuvo su curso. Luego ella le cantó la canción de cuna al bebé hasta cuando unas patas poderosas le quitaron a Catkin y otras la subieron a ella al bote y la envolvieron en una cobija.

—¡Muy bien hecho! —era su hermano, Longpaw el mensajero, iluminado por la luna y varias linternas—.

Entonces Crispín atravesó el barco y la abrazó, y luego ella dirigió su mirada más allá de Longpaw y Crispín para ver lo que realmente le interesaba: a Catkin y a Cedar abrazadas y llorando en el piso del bote.

Longpaw tomó los remos y condujo el bote hacia la costa.

—L... L... Linty —balbuceó Sepia—. Todavía estaba demasiado atontada para hablar claramente.

—Ya fueron a buscarla —dijo Cedar muy calmada—. Linty va a estar bien.

Capítulo 21

Plagas y piojos, odio los botes —exclamó Lugg—. Hubiera sido mejor estar dentro del agua y no sobre ella. Pero por nada del mundo me habría perdido de ver a Sepia con ese bebé.

Urchin colocó los remos dentro del bote y se estiró hacia delante.

—Allí está —dijo.

Tensa y tiritando, Linty se encaramó en la tabla y se puso a mirar fijamente en la oscuridad.

—¡Señora Linty! —gritó Urchin.

Su cabeza se volvió de pronto.

—¿Quién está ahí?

—Soy Urchin —replicó él—. Urchin de las estrellas fugaces. ¿Está usted buscando a su bebé?

Un estremecimiento sacudió a Linty de pies a cabeza.

—¿Usted la tiene?

—Está a salvo —dijo Urchin—. Nosotros la llevaremos a donde se encuentra.

—Yo despaché a esa nutria —les advirtió Linty—. Estaba a la defensiva, pero, permitió que remaran junto a ella.

—Entonces, estire su pata, señora —dijo Lugg y trasladó a la ardilla ensopada y temblorosa al bote, se quitó su vieja capa azul y la envolvió con ella—. Bueno, ahora la secaremos y la calentaremos. Su bebé está bien.

—¿Dónde está el bebé? —preguntó, mirando a su alrededor.

—Vamos a llevarla a donde está ella —dijo Urchin. Notó la manera en que Linty miraba la pata de Lugg, en la cual se veía la huella del anillo de capitán sobre su negro y suave pelaje.

—Usted es un capitán —dijo Linty. Su voz sonó débil pero acusadora.

—¿Yo, señora? —dijo Lugg—. No soy más que un viejo topo achacoso, ese soy yo.

Ella siguió mirándolo fijamente mientras Urchin remaba cada vez más rápido. Esa huella que había dejado el anillo la seguía preocupando. Linty no confiaba en capitanes. Estaba tan perturbada que se formaba toda clase de ideas retorcidas y actuaba basándose en ellas. Urchin remó aún más rápido. La costa todavía estaba bastante lejos. Sintió un gran alivio cuando escuchó un llamado de Fingal que se hallaba cerca. Llegaba ayuda por si la necesitaban. Linty seguía acurrucada y su mirada se paseaba de Urchin a Lugg y de Lugg a Urchin sin cesar.

Mientras más pensaba Urchin en ese momento, más seguro estaba de que no había habido ningún aviso, ningún sonido, ningún movimiento, nada que pudiera predecir lo que Linty había hecho. Nadie la alarmó, nada había cambiado. Con un alarido de furia y el centelleo plateado de un cuchillo, repentinamente saltó sobre él.

Él la esquivó y soltó los remos, pero ella lo atacó de nuevo a arañazos y mordiscos, y amenazó matarlo con el cuchillo. Él intentó estirar una pata para agarrarle la muñeca, pero sus dientes se hincaron en su brazo. Mientras luchaba, daba golpes y se defendía a brazo partido, la escuchó gritar de nuevo, con ira y frustración.

—Suélteme, malvado topo.

Lugg la había agarrado y la estaba arrastrando lejos de Urchin. Mientras el bote se sacudía de manera alarmante, Urchin logró levantarse, arrebatarle el cuchillo y saltar hasta donde estaba Lugg para ayudarlo, pero antes de lograrlo, Linty se había abalanzado con tal furia contra Lugg que ambos cayeron al mar. Dando gritos para pedir ayuda, Urchin cogió un remo y puso la pala bajo el agua, lo más lejos que pudo.

—¡Lugg! —gritó—. ¡Agarra el remo! ¡Fingal!

Ya venían nadando hacia ellos varias nutrias. Debía haber una soga en el bote... la encontró y la lanzó, pero no sintió que nadie la halara. Fingal y Arran, que avanzaban en el agua, desaparecieron de la superficie en el lugar en que Linty y Lugg habían caído. Más nutrias iban llegando, más botes se acercaban y el agua se agitaba cada vez más, mientras Urchin miraba impotente hacia la profunda oscuridad del mar.

—¡Sáquenlos! —gritó mientras una nutria daba volteretas en el agua—. ¡Por favor, se los ruego, sáquenlos!

La pata de una ardilla apareció en el borde del bote. Júniper emergió del mar, sacudió sus orejas y Urchin lo ayudó a subirse.

—Las nutrias ya los rescataron —dijo—. Pero algo no está bien. ¡Urchin! —y se estremeció convulsivamente—. ¡Ese cuchillo!

—Es de Linty —dijo Urchin—. No sabíamos que lo tuviera.

—¡Oh! —comentó Júniper—. ¡De Linty!... Un cuchillo. Una capa azul.

Fingal y otra nutria emergieron suavemente del agua. Entre los dos sostenían a Linty, que tosía y chillaba mientras la arrastraban hasta el bote. Tras ellos, lentamente, como si arrastraran algo muy pesado, venían Padra y Arran con el capitán Lugg.

Urchin y Júniper se estiraron para ayudar a subirlo al bote. Se escuchó una tosidura y luego una especie de gruñido, como si quisiera hablar.

—Está vivo —dijo Júniper—. ¿Dónde está su capa?

Urchin saltó hasta la capa azul. Estaba en el piso en el lugar en que Linty la había tirado, pero ella la había empapado.

—¡Necesitamos capas y cobijas, ya mismo! —gritó Padra con la esperanza de que el bote más cercano los ayudara.

Él y Arran sostenían a Lugg en sus brazos, mientras él seguía tosiendo y expeliendo agua de sus pulmones.

—Llévenlo a la isla. Yo nadaré; el bote avanzará más rápido sin mí. Arran, quédate con él. Ustedes dos, remen como nunca antes lo han hecho.

Alguien tiró una cobija desde un bote y Arran envolvió a Lugg con ella. Urchin y Júniper se dedicaron a remar con todas sus fuerzas, dando poderosos y acompasados golpes de remo en dirección a la costa. Ya estaban cerca de la luz de las linternas y otros botes los escoltaban, cuando, al despejarse la neblina, lograron por fin ver las luces más altas de la torre. Los hombros de Urchin ardían por el esfuerzo, la neblina se estaba desvaneciendo y bajo la luz de las linternas alcanzó a ver a Crispín y a Cedar parados en la playa, mirando hacia el mar, con Catkin arropada en una cobija y en brazos de la reina. Padra y Fingal nadaban a ambos lados del bote, y pronto estarían tras él, empujándolo para llevarlo hasta la playa.

—Haré un turno en los remos —dijo Arran—. Ustedes dos deben estar exhaustos. Urchin, retírate.

Urchin, cambió de lugar con ella, y puso la cabeza de Lugg sobre sus piernas.

—Ya casi llegamos, Lugg —dijo.

—Ya era hora, jovencito —dijo Lugg, con una sonrisa temblorosa; Urchin pensó que diría algo más, pero las palabras nunca surgieron. Parecía que le costara trabajo hablar e incluso respirar.

Con una pata apretaba su brazo, como si le doliera, y en un esfuerzo que hizo para hablar tragó saliva y suspiró. Júniper dejó caer el remo y se estiró hacia delante para asir la pata de Lugg.

—No intentes hablar, Lugg —dijo Arran, pero Lugg no pareció escucharla.

—Bueno, ¡que el Corazón nos bendiga! —dijo de pronto, como si estuviera agradablemente sorprendido. Se escuchó un leve gemido de dolor y nada más. Su cabeza cayó sobre el regazo de Urchin.

—¡Lugg! —gritó Urchin y se agachó sobre él para escuchar su respiración y tocar su pulso. Asombrado miró a Arran y a Júniper. Ellos tenían que decirle que Lugg estaba vivo, que iba a estar bien, porque perder a Lugg era algo impensable. Ambos empezaron a buscarle el pulso. Arran escuchó el pecho y puso una pata sobre el corazón.

—¡Hagan algo! —rogó Urchin. Frotó las patas heladas de Lugg, lo envolvió en la cobija y trató de calentarlo—. ¡Tenemos que hacer algo! ¡Júniper, haz algo!

Arran se enderezó.

—Es demasiado tarde —dijo—. No hay nada que podamos hacer.

—¡Pero es Lugg! —gritó Urchin—. ¡Usted tiene que salvarlo!

—Es demasiado tarde —repitió ella—. Lo siento, Urchin. Está muerto.

Eso no tenía sentido. Lugg siempre había estado aquí, sin él no podía existir Mistmantle. Pero no había nada que ellos pudieran hacer.

Júniper levantó una pata y dijo las palabras de la bendición.

—Que el Corazón te reciba con amor y te perdone con amor —dijo—. Que tu corazón vuele libremente hacia el Corazón que te dio vida.

Urchin cogió la capa azul y cubrió con ella el cuerpo del viejo soldado. Júniper asió los remos mientras Arran y Padra nadaban a su lado. Crispín se acercó para halar el bote, y todos juntos, en silencio y con honor, llevaron al héroe a su hogar en Mistmantle

Capítulo 22

Catkin durmió tranquila y profundamente en su propia cuna esa noche. Tal vez ella y las pequeñas nutrias fueron los únicos animales de la torre que pudieron dormir.

Mientras un hermoso amanecer despuntaba en el cielo, Cedar y Crispín se sentaron abrazados a mirar a Catkin, que dormia y respiraba en paz, con su pata en la boca y su chal de bautizo cobijándola. Sepia, después de tomar un baño caliente, había sido escoltada hasta la cama por uno de los ayudantes de la reina, pero como no podía dormir, se fue hasta las cocinas reales en donde se reunió con Scatter y Crackle para conversar y reconfortarse con licores calientes frente a la estufa.

En Spring Gate, Padra, Arran, Fingal y Urchin se sentaron frente a la chimenea encendida pero era poco lo que hablaban. Needle había sido llevada a su hogar en donde su madre le tenía listo su nido. Fue tan solo después de llegar a la costa que Urchin empezó a sentir el dolor producido por los mordiscos y arañazos que le había dado Linty y le permitió a Padra que le lavara y cuidara las heridas. Whittle tocó tímidamente en la puerta.

—Se requiere al Maestro Urchin en la Cámara de Reuniones, por favor —dijo suavemente.

—Gracias, Whittle, estaré allá en un momento —dijo Urchin.

Se levantó y sintió que le dolían las heridas.

—Júniper está allá con la señora Cott y el resto de la familia de Lugg —explicó—. Pero cuando dijeron que querían que hubiera algunos animales que hicieran guardia a su lado, yo dije que quisiera hacer el primer turno. Yo debo hacerlo, porque...

—Lo sabemos —dijo Padra, pero Urchin sintió que de todas maneras quería decirlo en voz alta.

—Porque él me estaba salvando —dijo Urchin—. Él estaba quitando a Linty de encima de mí cuando cayó al mar. Y sigo repasando lo que ocurrió y deseando con todas mis fuerzas que las cosas hubieran sido distintas. No puedo creer que esto haya ocurrido.

Se aseguró la espada en el cinto y salió del cuarto; Padra lo siguió.

—Urchin —dijo, poniendo una pata sobre el hombro de Urchin—, el corazón de Lugg ya estaba cansado y viejo. Hubiera ocurrido tarde o temprano. Probablemente temprano. Habría podido ocurrir anoche, incluso si hubiera estado acostado en su cama.

—Me hubiera gustado que así hubiera sido —dijo Urchin, y siguió a Whittle silenciosamente a través de los corredores que parecían estar también entregados a la pena.

En la Cámara de Reuniones, habían extendido una tela púrpura sobre una mesa para colocar en ella el cuerpo del capitán Lugg. Reposaba con su mejor capa azul, con sus patas dobladas sobre el pecho, como si fuera una nutria bien alimentada y contenta que se dispusiera a dormir. Pero llevaba también su espada y su anillo de capitán, que habían sido brillados hasta resplandecer a la tenue luz de la vela.

La esposa de Lugg, la señora Cott, estaba de pie a su lado, con su pata puesta sobre las de él, y mirando su rostro con resignación. Las tres hijas también estaban allí, Wing, Wren y Moth, con sus esposos y con el carpintero Twigg. Tipp y Todd estaban recostados contra su madre. Moth tenía los ojos llorosos y estaba lejos de sus hermanos, sentada conversando con el hermano Fir, a quien le habían dado una silla un poco alejada de la mesa. El sonido de unos pasos en la puerta hizo que Urchin se inclinara en una reverencia, pues se trataba del rey Crispín, quien abrazó cálidamente a la Señora Cott y saludó luego a cada uno de los miembros de la familia.

—Supongo, Su Majestad —dijo Moth—, que si su corazón se iba a detener de un momento a otro, le debió gustar morir en la forma en que lo hizo. Sin embargo, yo hubiera querido que hubiera podido morir frente a su chimenea, relatándonos sus viejas historias y con todos nosotros a su alrededor. Me habría encantado que hubiera tenido esa oportunidad.

—A mí también me hubiera gustado —dijo Crispín—. Todos nosotros contaremos sus historias y su propia historia. Él entrará a las tapicerías. Yo también habría deseado que hubiera vivido muchos más años. ¿Quién va a hacer el primer turno de vigilancia?

—Yo, Su Majestad —dijo Urchin.

—Bien —dijo Crispín—. Lo haremos juntos. Señora Cott y todos ustedes pueden quedarse todo el tiempo que deseen.

Se arrodilló para hablarles a Tipp y Todd.

—Ustedes dos siempre recordarán a su abuelo y siempre estarán orgullosos de él, eso lo sé.

—Yo seré como él cuando sea grande, Su Majestad —dijo Tipp con una expresión de determinación en su rostro.

—Todo el mundo ya dice que yo soy como él, Su Majestad —dijo Todd.

—Lo eres —dijo Crispín—. Ambos lo son.

Se puso de pie.

—¿Estás listo, Urchin?

Después del turno de Crispín y Urchin, siguieron Padra y Docken, Arran y Cedar, Russet y Heath, Needle y Longpaw, Moth y Spade, pues durante todo ese día y hasta el día siguiente, fueron llegando animales compungidos que, en puntas de pies, se acercaban a la Cámara de Reuniones para presentar sus condolencias y darle una muestra de respeto al capitán Lugg. Apple pasó un momento, limpiándose las lágrimas con una manotada de pétalos, y luego se detuvo a dar un saludo a Urchin. Thripple pasó también, con los ojos enrojecidos y Mopple en sus brazos, acompañada de Hope. Hope había llevado hojas otoñales y semillas y se estiró para colocarlas al lado de Lugg. Quill, Yarrow y Hobb también asistieron en compañía de sus familias. Crackle y Scatter se acercaron tímidamente, y Gleaner, también, aun cuando a ella nunca le había gustado Lugg. Llegó también Fingal, llevando de las patas a Tide y a Swanfeather. Los animales de la torre, los de las playas, los de Anemone Wood, los de Tangletwigs y Western Woods y Falls Cliffs, así como los de los túneles y los árboles, todos fueron y algunos dejaron hojas secas o flores al lado del capitán Lugg, hasta dejarlo rodeado de los regalos y del amor de Mistmantle.

—Yo disfruté de un largo período con el mejor topo que jamás nació en la tierra —dijo la señora Cott—. Le deseé que viviera mucho más tiempo, hasta llegar a viejo pero no estoy segura de que eso a él le hubiera gustado. Y también deseé que estuviera vivo para ver a Moth y a Twigg casados y a los nietos crecer. Pero siempre hay mucho que desear y mucho que agradecer, y en este momento, prefiero estar agradecida.

Sepia había regresado de la cocina al cuarto que le habían asignado y encontró un erizo regordete y sonriente con una guirnalda otoñal en sus patas.

—Para la señorita Sepia, con los agradecimientos del rey y de la reina —dijo—. Su desayuno la espera en su cuarto.

El desayuno consistía de tantas cosas predilectas, que Sepia se maravilló de cómo habrían sabido lo que a ella le gustaba. Había pan de avellanas, miel —la miel la puso muy contenta porque su garganta estaba adolorida a causa de la noche húmeda y del agua salada—, nueces, bayas acompañadas de crema, y una jarra de plata con licor aromatizado con especias. Comió un poco, por cortesía, no porque tuviera hambre. Enviaron a Scatter a hacerle compañía y juntas fueron a la Cámara de Reuniones a darle un último adiós al capitán Lugg. Regresaron luego al cuarto de Sepia para poder llorar juntas sin que nadie las molestara. Pasado un rato, Sepia empezó a preguntarse qué le correspondía hacer ahora y si podría regresar a su hogar y en eso estaba cuando escuchó un llamado en la puerta. Una sirvienta topo entró y miró a Sepia con tales ojos de asombro que parecía que hubiera tenido una visión.

—La reina desea que la señorita Sepia la visite en sus aposentos, por favor —susurró.

Sepia se cepilló el pelaje, se observó en un espejo, arregló sus orejas y, enseguida, se presentó en los apartamentos reales.

La reina Cedar tenía a Catkin reposando sobre su hombro, mientras la mecía y le daba golpecitos en su espalda; su mejilla estaba dulcemente presionada contra el pelaje del bebé, lo cual hizo sonreír con deleite a Sepia. Era como si nunca se hubieran separado.

—¿Está dormida, Su Majestad? —preguntó Sepia.

Cedar se dio vuelta para mostrarle el rostro del bebé. Catkin, abrazada a su cobija, no estaba ni siquiera adormilada. Miró a Sepia con los ojos muy abiertos y chilló dulcemente.

—¿Qué tal amaneciste, Sepia? —preguntó la reina—. No te envié a buscar más temprano por si estabas dormida... o ¿Tal vez no pudiste dormir?

—No, Su Majestad, no pude —dijo Sepia—. Pero, eso no importa. Quiero decir... lo que quiero decir es que estaba demasiado excitada para poder dormir.

—Al igual que todos nosotros —dijo Cedar—. Querida Sepia, lo que hiciste por la isla y por nosotros es inapreciable. La isla entera está hablando de ti y con mucha razón.

—¡Oh! —exclamó Sepia sorprendida. Por un momento estuvo sin habla, y luego rápidamente dijo—: Olvidémoslo, señora, pronto dejarán de hacerlo.

—Sepia de la voz cantarina y del espíritu tranquilo —dijo la reina, sonriendo—, ¿existe algo que la isla pueda ofrecerte, en reconocimiento a lo que has hecho?

Sepia, al no saber cómo responder, se preguntó si estaría bien visto que dijera que no. No podía pensar absolutamente en nada que deseara.

—Tal vez necesites tiempo para pensarlo —dijo Cedar.

Catkin estiró sus patas y la reina la depositó en brazos de Sepia.

—Su Majestad —dijo—, ¿qué le pasará a Linty?

—Ella está al cuidado de los sanadores —repuso la reina grave-mente—. Permanecerá allá mientras sea necesario, que podría ser toda la vida.

—Me da mucha lástima —dijo Sepia—. Sé que sus intenciones eran buenas, pero...

—Sí —interrumpió la reina—; pero siempre hay una razón que explica el comportamiento de la gente. Puede no ser una buena razón. Puede ser una muy mala, o una debida a la locura, pero siempre hay una razón.

Catkin se agitó para que la dejaran en el piso y Sepia sostuvo sus patas mientras ella intentaba caminar. Había logrado dar uno o dos pasos, cuando se abrió la puerta y entró Crispín seguido de Urchin. Catkin hizo un gesto de reconocimiento mientras Crispín la alzaba en sus brazos.

—¡Hola Sepia! —dijo, y le dio un beso—. Tenía miedo de que Catkin hubiera olvidado quién era yo. Urchin y yo acabamos de terminar nuestro turno. No hemos tenido la ocasión de conversar con ninguna de ustedes desde anoche. Supongo que ustedes ya se contaron sus historias.

—Supe lo que hiciste, Sepia —dijo Urchin—. Fue maravilloso. Hubiera querido estar allí acompañándote, pero... —y miró hacia Crispín—, Su Majestad, esto todavía no se lo he contado. Lugg y yo hubiéramos llegado antes, pero no pudimos salir de mi cuarto en Spring Gate.

—Qué extraño —comentó Crispín. Sepia agachó su rostro sobre la copa de licor y bebió un sorbo.

—Sí, Su Majestad —continuó Urchin—. La puerta estaba tranca-da porque tenía una tabla de madera metida por debajo. No estaba ahí cuando entramos pues la habríamos visto. Para salir tuvimos que escarbar el suelo hasta aflojar la tabla. No sé cómo llegó allí.

—¿Crees que fue hecho a propósito? —preguntó Crispín y Sepia detectó la preocupación en su voz. Miró por la ventana, sin ver nada, mientras sentía el calor que subía por su rostro y se preguntaba si ellos lo habrían notado.

—No entiendo quién hubiera podido hacerlo ni por qué —dijo Urchin—. Ni siquiera sé quién andaba por ahí, pero es evidente que ella misma no pudo ponerse ahí.

—Gracias por contármelo, Urchin —dijo Crispín—. Si vuelve a ocurrir cualquier cosa sospechosa, cuéntamelo. Puede que esté ocurriendo algo que debamos saber.

Sepia se bebió el resto del licor tan rápidamente que se atoró y sus ojos se aguaron. La reina se puso de pie de un salto y le ofreció un vaso de agua.

—Estoy bien, en verdad —balbuceó— yo... um...

Hizo acopio de todo su coraje y levantó el rostro para mirar de frente a Crispín.

—¿Puedo hablar con usted a solas un momento, Su Majestad?

—Por supuesto que sí —dijo Crispín y Cedar dijo algo respecto a Catkin y la madre Huggen.

—¿Y yo puedo ir a buscar a Fingal? —dijo Urchin.

Sepia estaba de pie frente al rey, sintiéndose muy pequeña y tratando de controlar el temblor de sus patas. Crispín siempre era amable y comprensivo, pero estaba segura de que incluso su inmensa paciencia tenía un límite. Respiró muy hondo.

—Por favor, Su Majestad, me temo que usted se enojará, pero debo decirle que fui yo quien encerró a Urchin y al capitán Lugg en el cuarto. Yo empujé esa tabla bajo la puerta porque ellos no debían salir.

Ya lo había dicho. Los ojos del rey estaban sonrientes. Tal vez no había comprendido bien.

—Recuerda que debes respirar, Sepia —dijo—. Y ahora cuéntame por qué era tan importante encerrarlos.

—Porque no debían ir más allá de las brumas —dijo—. Y lo habrían hecho, si hubieran ido en busca de Linty, especialmente con toda esa neblina, pues no habrían ni siquiera sabido en dónde empezaban las brumas. Nadie ha regresado una tercera vez y por eso no quería que corrieran ese riesgo.

—No hay ninguna seguridad de que nadie regrese —dijo Crispín.

—Lo sé —dijo—, pero mucho menos ellos dos. Y justo ahora, cuando Urchin le estaba contando, usted estaba preocupado sobre lo que pudo haber ocurrido, por eso tenía que decirle que había sido yo. Y —miró hacia abajo, hacia sus patas— pudieron salir y Lugg murió de todas formas.

—Sí, parece que no eres una muy buena carcelera —dijo Crispín—. Me alegra que me hayas contado. Deberías haberlos dejado tomar sus propias decisiones y elegir sus propios riesgos, pero al final de cuentas, así lo hicieron.

—Mi intención era buena —dijo—. Realmente lo hice con la mejor de las intenciones. No siempre es fácil saber qué hacer.

—Yo no estaba para nada contento anoche, cuando te fuiste en el bote —dijo Crispín—, pero tú tenías que tomar tus propios riesgos y yo me aseguré de que hubiera animales lo más cerca de ti posible para protegerte. Después de lo que ha pasado, la reina y yo tal vez no querremos dejar a Catkin sola en su cuna sin que esté amarrada y cuidada, pero eso tampoco es bueno, ¿no es cierto? Ya puedes irte, Sepia, y yo le haré saber a Urchin que no estaba ocurriendo nada siniestro anoche. No le contaré que fuiste tú, pero tú podrías contárselo. Puede que se ría, pero te aseguro que no se enojará.

Al abandonar·el aposento, Sepia sintió que había pasado demasiado tiempo en la torre con sus tristezas. Necesitaba aire fresco y se fue corriendo hasta la playa limpia y aireada a buscar a Needle, Scatter y Hope que ya estaban allí. Hope estaba recogiendo conchas para llevárselas al hermano Fir y una nutria estaba nadando hacia la playa y empujando algo hacia delante.

—¡Fingal! —gritó ella haciendo señas.

Cuando él se fue acercando, vio que estaba empujando una tabla hasta la playa. Normalmente, a Sepia toda la madera le parecía igual, pero definitivamente había algo que le era familiar en esta tabla. Fingal llegó hasta la playa, arrastró la tabla hasta un lugar seco y salió corriendo hacia ella muy exaltado.

—¡Mira esto! —gritó, mucho antes de llegar junto a ella—. ¡Pero mira esto!

—Es una tabla —dijo Sepia.

—Huele a ardilla —comentó Hope, olisqueándola.

—¡Por supuesto que sí! —se rio Fingal—. ¡Oh, por favor, Sepia, tú sabes de qué se trata! Díselo de nuevo, Hope. Una tabla. Ardillas.

—¿Es...? —dijo Sepia—. No sé, estaba oscuro y yo estaba concentrada en lo que estaba haciendo, pero ¿es la tabla sobre la que me encaramé anoche?

—¡Exactamente la misma! —dijo Fingal con mucho orgullo—. Padra la dejó atrancada contra una roca. Dijo que yo tenía que ir a traerla y no entendí por qué, pero mira, ¡mira esto!

Con una mirada de triunfo en sus ojos, le dio la vuelta a la tabla. Rastros de pintura roja y naranja todavía se veían en ella, y una decoración de hojas verdes.

—¡Era de mi bote! —exclamó y abrazó a Sepia—. ¡Es una parte de mi bote! Si no se hubiera destrozado en la tormenta, tú no habrías podido salvarte ¡Gracias a ella!

Sepia lo abrazó y se preguntó cómo harían para vivir si Fingal no existiera. No tuvo el ánimo para decirle que esa misma tabla era la que había golpeado al bote y despertado a Linty.

—Todos te ayudaremos a construir tu nuevo bote —dijo.

—Ya hablé con Twigg al respecto —dijo Fingal—. Hay demasiado trabajo que hacer ahora y, por lo tanto, será una larga espera, hasta la primavera, diría yo. Pero eso está bien.

Pasados dos días más, el hermano Fir dirigió las oraciones del funeral y el ataúd de Lugg de Mistmantle fue llevado en hombros por cuatro topos, por el medio de una guardia de honor. A Urchin le parecía imposible que hubieran estado todo este tiempo sin Lugg, pero habían sobrevivido. El sol todavía se levantaba en la mañana. Los animales, silenciosos en señal de respeto, regresaron a sus hogares y Needle, que sintió que era hora de que la vida retornara a la normalidad, subió las escaleras hasta los talleres vacíos.

Se refregó los ojos, entró y buscó un trozo de lienzo. No podía coser, pues su pata izquierda estaba en un cabestrillo, pero solo necesitaba una pata para pintar y quería hacer un bosquejo para una tapicería. Pintó un topo con una capa azul, con sus patas aferradas al cinto, como lo había visto tantas veces. Pero se parecía tanto a él, lucía tan familiar, que tuvo que detenerse y alejar el lienzo, para no dañar su trabajo con las lágrimas que rodaron por sus mejillas.

Capítulo 23

La Cámara de las Velas resplandecía más bella que nunca, llena de velas colocadas en soportes en las paredes, arregladas en filas o en grupos en el piso, velas largas color crema acompañadas de diminutas luces blancas. El hermano Fir y Júniper cantaron oraciones de bendición y las llamas de su alrededor temblaron con su aliento y las de las paredes titilaron mientras Crispín, Padra y Arran, con sus cabezas descubiertas, se ubicaban del otro lado del pozo.

Urchin estaba allí, así como Needle, Docken y Russet, además de dos animales de cada clase. Agrupados juntos, de pie, un poco más alejados y muy nerviosos, se encontraban Yarrow, Hobb, Quill y el padre de Quill, un grueso erizo de espinas cortas y —Urchin que fingió no notarlo— un estómago protuberante.

—Gracias hermano Fir y hermano Júniper —dijo Crispín—. Ahora, concluyamos este tema, que hubiera debido quedar terminado antes, de no haber sido por la reaparición de Catkin y la muerte de Lugg. Júniper acababa de descubrir los restos del capitán Husk. Mi intención no es que esos restos se conviertan en una curiosidad para que los animales se dediquen a visitarlos, pero hoy, quienes deseen ver el esqueleto y asegurarse de que Husk está muerto, pueden hacerlo. Aquí está el lugar en donde él se cayó. Yo personalmente los conduciré de esta cámara al antiguo taller y por la ruta que el hermano Júniper descubrió para llegar hasta el fondo de este pozo. No tendrán esta oportunidad en otra ocasión.

Yarrow y Hobb se miraron el uno al otro en busca de ayuda y Yarrow tosió ruidosamente. Seguían en busca de las palabras adecuadas cuando Quill levantó su pata nerviosamente.

—Por favor, Su Majestad —dijo—, he tenido tiempo de pensar en esto. Y —alzó su mirada hacia su padre— mi papá siempre me dijo que debía escuchar a los adultos, y eso estoy haciendo, Su Majestad. Estoy escuchando lo que usted, el capitán Padra y el hermano Fir han dicho, y todos han dicho que vieron la caída del capitán Husk y que está muerto. Entonces, si eso es lo que ustedes afirman, Su Majestad, para mí es suficiente. Si usted quiere que yo vaya allá abajo, lo haré, porque no quiero que nadie piense que soy un cobarde. (Urchin sospechó que él sí sentía miedo, pero que estaba preparado para ir de todas formas y que eso demostraba su valentía). Pero no necesito hacerlo. Las palabras de Su Majestad y de todos los demás presentes aquí son suficientes para mí, señor.

—Buen muchacho, Quill —dijo Crispín.

—Y todo eso es válido en mi caso, Su Majestad —dijo Yarrow rápidamente.

—Y en el mío, Su Majestad —dijo Hobb.

—Pero en el caso de ustedes dos, eso no importa —dijo Padra

enérgicamente— porque irán abajo de todas maneras. Nosotros estaremos con ustedes. Y estaremos mucho mejor equipados de lo que estuvo Júniper cuando bajó por primera vez.

Yarrow súbitamente tuvo un acceso de tos, volvió su cabeza hacia otro lado y se puso una pata sobre el pecho.

—Haré lo mejor que pueda, señor —balbuceó.

—Y cuando regresemos beberemos licores calientes para reconfortarnos —dijo Padra—. Urchin envía un mensaje a Apple y pregúntale si es tan amable de proporcionarnos un poco de su manzana con menta. No hay ninguna tos que se le resista a eso.

Pasadas las enfermedades, la cuarentena, los deslizamientos de tierra y el rescate, los talleres de la torre habían regresado amablemente a la normalidad. Erizos y ardillas cantaban suavemente para sí mismos mientras cosían, tejían y pintaban. Los topos iban a buscar, transportaban y devanaban lana en lanzaderas. Al final de la tarde se sentía un agradable ambiente de calidez, trabajo y buen humor. Thripple le enseñaba pacientemente a un nuevo aprendiz erizo a dobladillar el terciopelo, mientras en el pasillo de afuera, Hope y Scufflen jugaban al boliche con ovillos vacíos y un guijarro. Y ahora habían dejado entrar a los animales más pequeños y todos se veían muy ocupados con una gran pieza de lienzo.

Cerca a la ventana, Needle estaba aprovechando la poca luz que quedaba para terminar su bosquejo para la tapicería del capitán Lugg. Demarcó la capa, la espada y la cabeza redonda. Whittle, quien ya había aprendido todo lo necesario sobre la sequía pestilente, había vuelto al estudio del Código de las Tapicerías, y estaba revisando varias tapicerías a medio terminar mientras murmuraba, "marrón para los topos, brezo para la fortaleza, ruda para la tristeza, roble para un capitán..." además de estirar sus patas para quien necesitara hacer un ovillo de lana.

—Así estará bien —dijo Needle por fin y revisó su trabajo.

Parecía que no había nada en el Código de las Tapicerías que realmente expresara lo que todos sentían por Lugg, y como ella era ahora una de las tapiceras principales sentía mucha responsabilidad. Se escuchó un suave golpe en la puerta y Sepia entró con una prenda de vestir en sus patas del color de la avena.

—Señora Thripple, Needle —dijo—, ¿qué haremos con esto?

Thripple se unió a ellas mientras Sepia la extendió sobre una mesa cerca de la ventana. Era una túnica de sacerdote muy bien cosida y casi terminada, que despedía el aroma de lana recién devanada. Pero un adorno de bayas en un hombro no estaba terminado y un hilo azul colgaba.

—¿De dónde salió? —preguntó Thripple.

—Estaba en la madriguera de Damson —dijo Sepia—. Es probable que la estuviera haciendo para la ordenación de Júniper pero no la terminó. Pensé que yo podría hacerlo —agregó, halando el hilo suelto—, pero tal vez no lo haría muy bien y por eso lo he traído.

—Ponla frente a la luz, por favor —dijo Needle.

Sepia acercó la túnica a la ventana y Thripple se acercó a mirarla sobre el hombro de Needle.

—No sabemos qué diseño tenía ella en mente —dijo Needle—. Pero no sería difícil terminarla colocando una baya aquí y allá y una pequeña rama allí. ¿Valdrá la pena que ensaye primero en un retazo de tela? Lo difícil sería hacerlo de manera que nadie note la diferencia entre las puntadas, pero... —se detuvo pues tuvo la sensación de que estaba diciendo cosas inadecuadas. Thripple puso un brazo alrededor de sus hombros.

—¿No crees que —sugirió— debemos dejarla tal y como está?

Sepia extendió la túnica sobre la mesa y Needle la alisó amorosamente. Nadie podía terminarla como Damson lo hubiera hecho. Era su regalo, el mejor que podía hacer para Júniper, como todo lo que había intentado siempre en pro de la abandonada e incapacitada ardilla que había llegado a cuidado suyo. Husk había intentado matar a todo bebé que hubiera nacido débil o incluso con una leve malformación o corto de vista, y Padra, entre otros, había arriesgado todo por salvarlos. Y ahora esos pequeños estaban bien. ¿Qué importaba una pata deforme o una vista corta? Si algunos de la comunidad eran más débiles, o más lentos, o no muy brillantes, eso no hacía mayor daño. Eran parte de Mistmantle, tal y como eran. Nada estaba nunca terminado. Nada era nunca totalmente correcto. Todos los animales de Mistmantle, incluidos los débiles y los que tenían alguna malformación, así como el encorvamiento de Thripple y el diseño inacabado de las bayas de la túnica, eran perfectos debido justamente a sus imperfecciones.

—Debemos dejarla tal y como está —dijo—. Es una clase distinta de terminado.

El día otoñal era lo suficientemente suave como para que Fir pudiera hacer el largo viaje escaleras abajo de la torre y llegar a la playa. Júniper bajó las escaleras lentamente.

—No tendremos problema en el regreso, hermano Fir —dijo Júniper—. Dos de nosotros podemos cargarte, o incluso uno bien fuerte.

—Me alegra saberlo —dijo Fir—. Temía que pensaras echarme sobre tus hombros y subir las escaleras de dos en dos.

Se detuvo cerca de una ventana. Un montón de animales pequeños, que incluían a Hope el erizo y al coro de Sepia, estaban correteando en las rocas bajo la torre, y otros estaban luchando por descender la colina con algo que era demasiado pesado para ellos.

—¿Están organizando un juego? —inquirió Júniper interesado.

—Tal vez —dijo Fir—, pero lucen muy decididos.

Levantó una débil y delgada pata hacia ellos.

—Benditos sean. Hm.

Lentamente, ellos se fueron haciendo camino hasta Spring Gate. Fir levantó su cabeza y olfateó, respiró profundamente y sonrió con honda satisfacción.

—Aire fresco del mar —dijo—. Maravilloso. ¡Y aquí está Urchin!

Urchin venía de su hogar con la pequeña nutria Swanfeather asida de la mano. Usualmente la cargaba sobre su hombro, pero ahora se estaba volviendo más pesada y además no se quedaba quieta. Él caminó con Fir y Júniper hasta el borde del agua, que era lo más lejos que podía llegar Fir en una caminata y en donde había una roca adecuada para sentarse. Fir se sentó allí con su capa envolviéndolo completamente, algunas veces con los ojos cerrados y otras mirando hacia el mar con inmenso disfrute, balanceándose un poco. Swanfeather haló la pata de Urchin.

—Camina conmigo, entonces —dijo y se volvió hacia Júniper—. La llevaré al embarcadero. Allá podrá encontrar algunos de sus amigos.

—Nos reuniremos con ustedes más tarde —dijo Júniper—, si Fir se siente con deseos de hacerlo.

—¡Hum! —murmuró Fir—. Ustedes dos, si tienen algo que hacer, váyanse. Estoy seguro de que alguno de estos buenos animales puede ayudarme a llegar hasta la torre. Y los pequeños aquellos ¿Siguen ocupados en lo que sea que estaban haciendo?

Cuando Urchin y Júniper se volvieron a mirar, algo que parecía como una tela gruesa se meneó en la esquina de la torre. Cuando se fue acercando, vieron que era un trozo de lienzo o de lino grueso con pequeños pies que andaban bajo ella hacia la playa.

—Camina —dijo Júniper.

—Y se ríe —dijo Fir al escuchar las risas que salían de ella.

Cuando el lienzo llegó más cerca pudieron ver a Hope, a la pequeña Siskin del coro de Sepia, a Scufflen y a otra docena de animales que la cargaban. De vez en cuando se les caía y se arrastraba sobre la arena.

—¿Les damos una pata? —propuso Urchin, pero cuando él y Júniper corrieron hasta ellos, Siskin les hizo señas de que se fueran.

—¡Nosotros podemos arreglárnoslas! —exclamó casi sin aliento.

—Sí, gracias, Urchin, gracias, hermano Júniper, nos las arreglaremos, gracias —insistió Hope—. ¡Queremos hacer esto nosotros solos!

—Aquí está Apple —dijo Júniper—. ¡Hola, señora Apple!

Apple caminaba muy campante hacia ellos, con una sonrisa satisfecha en su rostro. Abrazó a Urchin y luego a Júniper.

—Buenos días, hermano Fir —dijo ella—, qué bueno verlo levantado, o más bien qué bueno verlo afuera. He estado ofreciendo ayudarles a esos pequeños pero no aceptan ayuda, quieren hacerlo ellos mismos. Hola pequeña Swanfeather, quieres ir a donde Apple, ooh, qué abrazo tan cariñoso, claro que ahora estoy mojada. Hola joven Fingal y todos ustedes; no se vaya, Fingal, creo que es posible que lo necesiten.

La procesión de animales pequeños se detuvo, colocó el lienzo en el suelo y lo extendió cuidadosamente sobre la playa. Se veía un turupe que súbitamente se detuvo, cambió de dirección y luego el topo Todd salió precipitadamente a la luz del día.

—¿Fingal? —dijo Hope titubeando.

—Aquí estoy —dijo Fingal y se arrodilló frente a él.

—Te trajimos una vela —dijo Hope— a causa de lo que le ocurrió a tu bote, por eso le pedí a mamá que nos ayudara a hacerla.

—¡Eso es maravilloso! —exclamó Fingal—. ¡Qué hermosa vela! ¡Mil gracias a todos!

Y le dio un abrazo a Hope tan apretado que una espina se le clavó en la pata.

—Y dale las gracias a tu mamá de parte mía, Hope... no, yo iré a darle las gracias personalmente. ¡Qué gesto tan amable!

Demasiado conmovido para encontrar las palabras que expresaran su emoción, le dio un abrazo al animal más cercano, Todd, quien rápidamente se escabulló.

—Todavía no vayas a darle las gracias —balbuceó—. Tenemos otra cosa para ti.

Todos se volvieron a mirar hacia lo alto de la torre. Más animales jóvenes venían en procesión desde la torre, cargando un tronco de árbol caído. El pequeño hijo de Padra, Tide, estaba tratando de ayudar y la procesión estaba encabezada por Tipp el topo quien blandía un palo a guisa de espada.

—¡Patrulla de madera! —gritó— ¡A la carga!

No se trataba realmente de una carga sino más bien de un avance tambaleante y el resto de los animales corrieron a unírseles. Jadeante, Tipp ordenó: "¡Presenten el tronco de árbol!". Y lo dejaron caer a los pies de Fingal. Tipp hizo una profunda reverencia.

—Un tronco de árbol rescatado de la tormenta —anunció— para construir tu bote, Fingal.

—¡Qué inmensa amabilidad la de todos ustedes! —exclamó Fingal—. ¡Mil gracias!

Júniper y Urchin se miraron el uno al otro. Ellos sabían que la madera nueva no servía para construir botes. Los botes tienen que hacerse con madera madura que pueda soportar el tiempo inclemente. Fingal debía saber eso, por supuesto, pero estaba arrodillado dándoles abrazos a los jóvenes animales que se agolpaban a su alrededor. Fir se acercó tambaleante, y se agachó con esfuerzo para darle una buena mirada al tronco.

—¿Qué opinas, Fingal? —preguntó—. No soy ningún experto en botes, pero estoy seguro de que esta es la clase de madera que usábamos para construir balsas. ¿Alguna vez tuviste una balsa, Fingal?

—¡Oh, sí! —exclamó Fingal—. Alguien me hizo una cuando era pequeño, mis padres o Padra, o todos ellos. Uno se divierte mucho con una balsa. No se pueden llevar a aguas profundas, pero son estupendas para navegar en las aguas pandas. Se necesita un palo largo para poder irla impulsando.

—¿Alguna vez te caíste al agua? —preguntó Urchin.

—¡Esa es la mejor parte! —comentó Fingal entusiasmado. y empujó el tronco—. Otro poco de madera, una soga, musgo, unos cuantos barriles vacíos de una cava…

Los pequeños animales corrieron en todas direcciones, diciendo que sabían en dónde podían conseguir una soga, o musgo, y uno incluso dijo que su abuelo era el mejor amigo de la nutria macho dueña de la cava y que les daría barriles si se lo pedían. Pasado un corto tiempo, tres de ellos regresaron, riéndose y dando chillidos, mientras empujaban un barril que parecía que les estaba cogiendo ventaja y gritándole a Urchin que habían visto a Whittle la ardilla, quien les había dicho que el rey necesitaba a Urchin.

Urchin sintió lástima, pues la construcción de la balsa iba a ser muy divertida, pero tenía que irse. Dejó a Swanfeather al cuidado de Fingal y se fue corriendo a la torre con su pelaje lleno de arena.

Capítulo 24

Al día siguiente Needle y Urchin tenían que ir al Salón del Trono y Urchin se aseguró de llegar temprano. Al oír un chillido y una risa cuando golpeó en la puerta, supo que Cedar y Catkin estaban allí con Crispín.

—Urchin —dijo Crispín—. Es hora de que hablemos sobre el ingreso tuyo y de Needle al Círculo.

—Lo sé, señor —dijo Urchin, quien no estaba disfrutando el momento. Retiró su pata de la empuñadura de su espada para que no se notara su nerviosismo y dijo algo que sonó más fuerte de lo que esperaba—. Por favor, Su Majestad, Majestades. No quiero poner problemas ni parecer desagradecido, pero ¿Sería posible que yo no ingresara al Círculo por el momento? ¿A usted le importaría, Su Majestad?

Rara vez había visto a Crispín quedarse sin habla, pero en esta ocasión parecía no saber qué decir. Finalmente, el rey dijo:

—Nunca he sabido de nadie que no haya querido ingresar al Círculo.

—¡Oh, yo sí lo deseo, Su Majestad! —exclamó Urchin—. Creo que siempre lo he deseado. Todo el mundo sueña con ser miembro del Círculo. Pero, señor, se trata de Júniper. Él es mi amigo, somos como hermanos, y debo cuidarlo. Sé que él se siente opacado por mí, señor, y el hecho de que yo sea miembro del Círculo y él no... Súbitamente, comprendió que tal vez el rey podría no entender bien lo que estaba diciendo y entonces rápidamente explicó:

—No estoy pidiéndole que admita a Júniper al Círculo al tiempo conmigo. Sé que Needle y yo somos muy jóvenes para ser admitidos y él lo es aún más. Simplemente creo que para Júniper sería mejor que yo esperara hasta que él pueda ser admitido o hasta que sea ordenado sacerdote, de manera que él tenga algo de que enorgullecerse.

—¿Te das cuenta —dijo Crispín— de que si tú rehúsas ser admitido, Needle también rehusará? No serás admitido sin Júniper, y puedes estar seguro de que ella no será admitida sin ti.

—Sí, lo sé —dijo Urchin, quien ya había pensado en eso—. No sé realmente qué hacer al respecto. No quiero perjudicarla a ella. Ambos son amigos míos.

—Y muy buenos amigos —dijo Crispín—. Los sacerdotes usualmente no son admitidos al Círculo porque ellos se vuelven miembros por derecho tan pronto como son ordenados sacerdotes, y es bueno para ellos ser diferentes de los otros miembros. Los sacerdotes deben poder tomar distancia del resto de nosotros para estar en capacidad de guiarnos. Como tú lo anotaste, Júniper es extremadamente joven. Y yo no puedo nombrarlo compañero del rey porque Fir lo necesita a su lado, no yo.

Echó una mirada en dirección a Cedar.

—Danos tiempo para pensar en todo esto, Urchin.

Un guardia tocó a la puerta y anunció: "¡La señorita Needle!", y Needle entró al salón. Catkin chilló feliz al verla.

—Hola, Needle, estábamos hablando acerca del Círculo —dijo el rey—. Y también deberíamos honrar a Sepia. Ella está muy ocupada pero me pregunto si le gustaría ser nombrada compañera del rey.

—Pues… —dijo Needle cautelosamente y no pudo evitar mirar a Cedar y Catkin.

—Ya veo —dijo Crispín—. ¿Piensas que sería mejor que fuera compañera de la reina? ¿Quieres llevarme a ver la tapicería del capitán Lugg?

En la playa, Fir sonrió al levantar su rostro hacia el cielo. Supuso que nunca debería sorprenderse por la forma como el Corazón hacía surgir cosas buenas de las circunstancias más terribles. Pero no pudo evitar sentirse sorprendido, agradablemente sorprendido. Habían encontrado a Catkin, la enfermedad se había acabado, los isleños estaban trabajando unidos para reparar los daños causados por los deslizamientos de tierra en sus casas y, todos los días, se rezaban oraciones en el lugar en donde Husk había caído. Los animales pequeños estaban felices construyendo una balsa. Sin duda, una vez terminada, era de esperar que Fingal pasara mañana tras mañana paseándolos a lo largo de la playa y comprobando cuántos animales podrían subir a la balsa antes de que se hundiera. En una cala apartada, cerca al nuevo taller de Twigg, un equipo de carpinteros trabajaba en la construcción de un bote del cual Fingal no tenía noticia. Los animales jóvenes saltaban entre las rocas jugando a encontremos al heredero de Mistmantle mientras Siskin se dedicaba a contarle a todo el mundo que el rey se sabía su nombre.

Todo estaría bien. Sucediera lo que sucediera.

Capítulo 25

odos están navegando escaleras arriba —exclamó Whittle.

Era imposible ver las escaleras de la torre mientras los animales, ataviados con sus mejores sombreros y capas, se agolpaban en dirección a la puerta.

—¿Están haciendo qué? —preguntó Crispín.

—Quise decir, subiendo las escaleras como si fueran un río —explicó Whittle—, solo que los ríos no van hacia arriba. Será mucho más parecido a un río cuando vayan hacia abajo, a su regreso.

—¿No se supone que tú deberías estar atendiendo al hermano Fir? —preguntó Crispín.

—Creo que este es un momento únicamente para él y Júniper —dijo Whittle—, por eso pensé que tal vez debería ofrecer mi ayuda a la señora Tay hoy, y el hermano Fir lo aprobó. Me reporté ante la señora Tay pero ella dijo que mil gracias pero que no podía soportar más distracciones ni responsabilidades hoy y que me reportara ante otro animal decano. Pero todos están tan ocupados que no he podido acercarme a nadie distinto de usted, Su Majestad.

—¿Puede reportarse ante mí, Su Majestad? —preguntó un topo de la guardia que estaba tras él—. Los invitados especiales deberán llegar a Spring Gate. Vete para allá, hijo, busca a los invitados especiales y condúcelos hasta la Cámara de Reuniones.

—¿Cómo sabré que son invitados especiales? —preguntó Whittle.

—Esos serán los que estén buscando Spring Gate, ¿no es así? —dijo el topo.

—¡Desenvuélvete entonces!

Whittle saltó hasta la ventana más cercana, evaluó el salto y decidió bajar por la pared. Un topo que se encontraba al pie de la escalera principal intentaba hacerse oír mientras gritaba: "¡Los invitados especiales del rey Crispín diríjanse a Spring Gate!". Los invitados especiales tenían todos, hojas con la marca de la huella del rey Crispín y se las estaban mostrando al guardia. Una ardilla hembra con una capa azul oscura se dirigía hacia él y Whittle la alcanzó rápidamente.

—Excúseme —dijo—, usted no es…

—Soy Apple, esa soy yo, hijo, soy la madre de Urchin, es decir su madre adoptiva, ya sabes cómo es eso. Te conozco, tú eres el que está estudiando historia y leyes, debe ser maravilloso tener todos esos conocimientos en tu cabeza, no entiendo en dónde encuentras espacio para poner todo eso.

Tomó el brazo que le ofrecía Whittle y permitió que la escoltara hasta Spring Gate, para luego pasar el manantial y el alojamiento de Padra y Urchin, continuar por unas escaleras traseras, atravesar un largo corredor para subir otro trecho de escaleras que los llevaría a la Cámara de Reuniones y llegar en sentido contrario al de todos los demás. Whittle tuvo que ajustarse al paso lento de Apple.

—Nunca pensé que esto ocurriría; nunca cuando era niña, lo soñé siquiera —dijo—. Pensar en que yo estaría llegando a la torre por el camino de los invitados especiales. Acostumbraba a trabajar aquí en la lavandería cuando era joven, pero siempre dejaba mi corazón en los bosques, siempre regresaba a ellos, me quedé toda la vida en los bosques, hice buenos amigos, y ahora heme aquí, y a mi Urchin...

Se detuvo tan súbitamente que Whittle se alarmó, pero después de recuperar el aliento y de refregarse los ojos, continuó:

—... ¡Y mi pequeño Urchin en el Círculo! Y nuestra Needle, que es un encanto, me hizo esta capa especial para el día de hoy.

Y se volvió hacia la puerta de la Cámara de Reuniones, pero Whittle le impidió el acceso.

—Los invitados especiales van a la galería —dijo y la condujo escaleras arriba hasta la nueva galería que había sido construida para la coronación de Crispín.

Si ella estaba algo desilusionada porque talvez los demás isleños se perderían la oportunidad de admirar su hermosa capa nueva y su recién remozado sombrero, pronto se sintió reconfortada, pues, al inclinarse en el borde de la galería, una hoja de roble cayó de su sombrero y fue a dar a la cabeza de un pequeño topo de Anemone Wood.

—¡Apple! —chilló él.

Las cabezas se volvieron hacia arriba.

—¡Oh, miren, es Apple! —gritó alguien, y durante unos pocos asombrosos y felices segundos, Apple estuvo de pie en la parte frontal de la galería saludando a señas a sus amistades. Luego, las familias de Needle y de Sepia se reunieron con ella y todos se dedicaron a ubicar a los más pequeños adelante para que pudieran ver bien, cuidando que estos estuvieran a una distancia prudente de los erizos con agujas más puntiagudas. Entretanto, Scufflen se dedicó a señalar todas las tapicerías que alcanzaba a ver y a indicar cuáles había hecho su hermana.

Apple se acomodó y se puso a admirar el vestíbulo decorado con guirnaldas de hojas de otoño, bayas y siemprevivas.

En el estrado, habían dispuesto sillas para Crispín, Cedar y Fir y otras detrás para Padra y Arran. La última silla de la fila estaba cubierta con una capa azul, una espada y un anillo de capitán.

En la antesala, Urchin y Needle se sentaron encima de un baúl. Era el baúl en el cual se guardaban las túnicas, y en donde, mucho tiempo atrás, Urchin había descubierto las hojas que ayudaron a generar la caída de Husk. Él se había levantado temprano en la mañana —lo cual no le resultó difícil, pues no había podido conciliar el sueño— y Arran lo había ayudado a acicalarse de forma que su pelaje brillara, que sus orejas y la punta de su cola estuvieran bien cepilladas y recortadas. Su espada estaba tan bien lustrada que lanzaba destellos con la tenue luz solar del otoño. Needle, también, estaba arreglada a la perfección y sus espinas lucían nítidas y lisas.

Cuando Needle dijo, "Todo esto es un poco extraño, ¿no es cierto?", Urchin comprendió por qué Crispín había esperado hasta este momento para admitirlos en el Círculo. Las cosas tendrían que cambiar ahora. Tendrían responsabilidades que asumir, decisiones que tomar. Los animales vendrían a ellos en busca de ayuda para sus problemas.

Usualmente, los capitanes y la señora Tay se vestían en este cuarto, pero hoy estaban usando los aposentos reales, para que la antesala la usaran los nuevos miembros del Círculo. Urchin deseaba que Padra y Arran entraran a la antesala, conversando y riendo y haciendo que todo fuera fácil y relajado.

—¿Estás bien, Needle? —preguntó.

Needle no asintió ni dijo que por supuesto que sí, solo dijo suavemente, "¿Tú, lo estás?" y asió su pata.

—Ahora, sí —dijo—. Ahora sé que Crispín tiene algo en mente para Júniper.

—¿Crees que alguna vez volveremos a jugar en el bosque y exploraremos túneles y todo eso? —preguntó.

—¡Oh, sí, claro que lo haremos! —dijo Urchin. Era imposible que no lo hicieran. Y en eso, Needle dio un salto.

—¡Escucha! —exclamó.

En la Cámara de Reuniones, un topo estaba llamando al orden. Después de un momento de silencio, un toque de trompetas acompañado de las voces puras del coro anunció la llegada del rey. Urchin y Needle saltaron hasta la puerta desde donde podían ver el estrado.

Los animales del Círculo llegaron primero, con capas bordadas: Russet y Heath, Docken, Tay, Moth y Spade y la madre Huggen. Júniper entró después ataviado con una túnica que Urchin no recordaba haberle visto antes, enseguida siguieron Padra y Arran y, por último, el rey Crispín y la reina Cedar, coronados y con capas y luciendo tan felices como no lo habían estado desde la desaparición de Catkin. Parecía como si la pesadez de la isla los hubiera abandonado. Luego llegó cojeando el hermano Fir, con sus ojos plenamente felices, y se situó cojeando en su lugar.

Cuando todos estuvieron acomodados, el topo del Salón del Trono se dirigió a la puerta de la antesala. Respiró profundamente y pronunció las palabras que había estado ensayando.

—El rey Crispín y la reina Cedar, el capitán Padra y la capitana Arran, el hermano Fir y el hermano Júniper y todos los animales del Círculo esperan al maestro Urchin y a la señorita Needle.

Urchin respiró hondo. Lado a lado, él y Needle caminaron hasta el estrado —una distancia que les pareció interminable— y se detuvieron frente al rey. Urchin se preguntaba si su pelaje estaría erizado y si su cola se habría empolvado, pero ya era demasiado tarde para revisarla. Crispín y Fir ya se habían parado frente a ellos.

—Hemos venido a la Cámara de Reuniones —anunció Crispín— porque Urchin de las estrellas fugaces y Needle de la Piedra de Corazón han sido considerados dignos de ser miembros del Círculo. Con todo y lo jóvenes que son, han servido a la isla valiente y fielmente, y defenderán los valores de nuestra isla. Urchin, Needle, arrodíllense.

Se arrodillaron. Urchin fijó su mirada en Crispín y logró olvidar sus nervios.

—Urchin de las estrellas fugaces, Needle de la Piedra de Corazón —dijo Crispín—. ¿Amarán, servirán y venerarán ustedes al Corazón?

—Lo haremos, Su Majestad —dijeron al unísono.

—¿Amarán, servirán y cuidarán esta isla y a todos sus animales?

—Lo haremos, Su Majestad.

—¿Vivirán para la justicia y la misericordia?

—Lo haremos, Su Majestad.

—Urchin, Needle, sean misericordiosos, demuestren fortaleza hacia lo correcto, luchen contra el mal, protejan a los débiles y cuiden a los jóvenes y a los viejos. Aprendan a dar órdenes y a recibirlas.

Sean sinceros, generosos de corazón y patas, sean bondadosos.

—Recuerden —dijo el hermano Fir—, que si su corazón se quiebra, el Corazón que nos cuida se quebró por amor a nosotros, pero todavía late por nosotros, nos cuida y nos ama.

Alzó su pata.

—Que el Corazón los ilumine, los acoja y los mantenga en vida.

—Pónganse de pie —ordenó Crispín.

Dos nutrias se acercaron cargando capas bordadas. Urchin permaneció muy quieto, con las palabras de Crispín resonando todavía en sus oídos, esperando la sensación que le produciría el contacto del frío terciopelo con su pelaje, pero al final lo que más le había sorprendido había sido lo pesada que era la capa. La pata de Fir, firme al bendecir, hizo presión sobre su cabeza. Padra sostenía una guirnalda de romero y laurel que elevó sobre la cabeza de Urchin para luego colocarla sobre sus hombros. En seguida recibió el apretón de patas de cada miembro del Círculo en su orden, y finalmente un abrazo y un beso en cada mejilla de Crispín, Padra y Arran, y entonces sintió que el aroma del laurel y el romero y del pelaje tibio y limpio permanecería con él para siempre. Cuando Padra le dio vuelta para que mirara a la multitud reunida, todavía sentía la presión de la pata de Fir sobre su cabeza.

Dobló su pata sobre el brazalete que llevaba en la muñeca. Tal vez, de alguna manera, sus padres podían verlo. Eso esperaba.

Cuando los animales más tarde comentaron ese momento, hablaron sobre todos los aplausos y los vítores que se escucharon en honor de Urchin y Needle. Pero Urchin, por su parte, no recordaba eso. Solo recordaba que buscaba entre la muchedumbre el rostro de Apple y que encontró su mirada por fin, y le sonrió mientras ella le hacía señas con ambas patas y le enviaba besos.

Cuando por fin se aplacaron los aplausos, Urchin se dio cuenta de que no sabía qué debía hacer ahora. Dio una mirada en dirección a Padra y vio que ya venía hacia él para llevarlo a su lado, en la esquina del estrado. Arran estaba haciendo lo mismo con Needle, y estaba claro que Crispín tenía algo más que decir.

—Buenos animales de Mistmantle —dijo—, tenemos más jóvenes héroes que honrar hoy por sus servicios a todos nosotros.

Tres topos se acercaron, cada uno con una guirnalda de otoño en sus patas. Una estaba hecha de bayas de espino de un rojo profundo, otra de jazmín amarillo y la tercera —el corazón de Urchin saltó de emoción al verla— con hermosas y resplandecientes bayas de enebro. Crispín levantó la guirnalda de jazmín.

—Fingal —dijo y Urchin vio a Fingal, quien estaba mirando hacia otro lado y súbitamente volvió la cabeza para poner atención, de tal manera que Crispín torció los labios para disimular la risa—, tú has dado todo de ti mismo para salvar a los animales de Mistmantle del agua contaminada y de los deslizamientos de tierra, y además contribuiste en el rescate de la princesa Catkin. Recibe nuestros honores, nuestros agradecimientos y nuestro amor, Fingal de las inundaciones.

Hubo un momento en el cual Fingal no se movió, y Urchin vio que sus labios formaban la palabra "¿Yo?". Pero gracias a un codazo de Sepia, se levantó, se acercó al estrado, le hizo una venia a Crispín y permaneció quieto mientras Crispín le colocaba la guirnalda en el cuello. Crispín le susurró algo, y luego le hizo darse vuelta para quedar de frente a la multitud de animales que lo aplaudían, mientras las nutrias gritaban en coro "Fingal de las inundaciones", hasta cuando Crispín alzó una pata para pedir silencio.

—Sepia —dijo—, tú cuidaste a la reina en su dolor y a Damson a la hora de su muerte. Fuiste lo suficientemente amable y dulce como para que Linty te escuchara y lo suficientemente valiente para aventurarte en el mar y llegar hasta ella, aun cuando sabías que podrías ser atacada o llevada a través de las brumas. Recibe nuestros honores, nuestros agradecimientos y nuestro amor, Sepia de las canciones.

Sepia corrió hasta el estrado, y Urchin la escuchó decirle en voz baja a Crispín que ella no debía recibir una guirnalda porque solo había hecho lo mismo que cualquier otro hubiera hecho... pero Crispín puso la punta de su garra delicadamente sobre sus labios, levantó la guirnalda de espino sobre su cabeza y la hizo darse vuelta para que quedara de frente a los animales. Entre los vítores se oyeron varias voces que pedían que cantara.

—No les cantará por el momento —dijo Crispín—, pero espero que más tarde la escuchen. Sepia, puedes sentarte.

—Finalmente —dijo— vamos a honrar a un joven animal muy excepcional, quien, justo recién salido de su escondite, atravesó el mar, lo cual lo hizo famoso, para acompañar a Urchin a Whitewings. Fue Júniper quien encontró buenos amigos que los ayudaran a escapar de la isla, de manera que Urchin y Lugg regresaron a salvo y trajeron a una reina para Mistmantle.

Se escuchó una risa y luego Cedar hizo una sonrisa maliciosa.

—Desde entonces —dijo— se ha convertido en el asistente del hermano Fir y pronto será un sacerdote. Él, también, arriesgó su vida en el deslizamiento de tierra. Ha viajado no solo por mar sino también bajo tierra para traernos a todos la verdad y sé que, además, ha realizado jornadas más profundas aún y más difíciles dentro de sí mismo. Hermano Júniper de las jornadas, acércate al estrado. Recibe el amor y los honores de esta isla.

"¡Sí!", pensó Urchin, pues así era tal y como debía ser, que Júniper llegara cojeando, tranquilo y seguro de sí mismo, luciendo su nueva túnica con su inconclusa decoración y recibiera la guirnalda que Crispín le colocaría en el cuello. Y Urchin sintió que estaba mirando a Júniper de la misma forma en que Padra estaba mirando a Fingal. Realmente era como si fueran hermanos.

Crispín le dio vuelta a Júniper para que quedara de frente a los isleños.

—Cuando volvamos a reunirnos aquí será para presenciar la ordenación de sacerdote de Júniper, momento en el cual, él también, se convertirá en miembro del Círculo.

Esta vez no hubo aplausos. El murmullo de aprobación y las sonrisas significaron mucho más para Júniper.

—Y ahora —dijo Crispín— el resto del día será la celebración. Habrá entretenciones en la torre y las rocas durante todo el día y se servirá comida en todos los lugares en donde nuestros excelentes animales de la torre encuentren espacio para colocar una mesa. Las oraciones se rezarán a la caída del sol.

Hubo agradecimientos para el equipo de la cocina, seguido de tantos aplausos que Crispín tuvo que pedir silencio antes de que el hermano Fir diera las bendiciones, pero Fir dijo que Júniper debía darlas. Luego se inició el festejo.

Se sirvieron vino y licores en bandejas de plata, las nutrias llevaban bandejas de pescado y algas a las mesas y las ardillas subían y bajaban las escaleras llevando y trayendo todo lo necesario. En todas las mesas de la torre había nueces, bayas y pan de avellanas, conos y toda la clase de cosas que les gustan a los topos y a los erizos y que Urchin no podía ver ni en pintura. Había también galletas de miel, uvas pasas y unos esponjosos y cremosos pastellos que dejaban rastros en los pelajes y en los bigotes.

Los acróbatas saltaban y se balanceaban en las rocas y en los vestíbulos tocaban música. Los coros cantaban, pequeños animales representaban obras teatrales infantiles, había malabaristas, bailarines y cantantes en todos los lugares de reunión incluidas las rocas y los torreones. Ardillas equilibristas iban de un torreón a otro por sogas tendidas entre ellos de manera que los animales al verlas se quedaban boquiabiertos con los bizcochos a mitad de camino entre sus bocas.

Deslumbrados por toda la excitación del día, finalmente todos se reunieron en la Cámara de Reuniones para la oración de la tarde, mientras el sol se ocultaba expandiendo sus reflejos rosados y dorados en el cielo despejado y sobre el mar tranquilo. Las oraciones se rezaron y se cantaron, los silencios se respetaron y los bebés roncaron suavemente en brazos de sus madres. Hope, embadurnado de crema y jugo de bayas, se quedó dormido reposando sobre el hombro de Docken y las dos más pequeñas ardillas del coro se acostaron junto a Sepia. Moth mecía a la princesa Catkin, quien se había dormido acariciando su cobija. Needle sostenía a Scufflen en su regazo, mientras le daba discretamente uvas pasas para mantenerlo tranquilo, hasta cuando la última bendición fue impartida y los animales se fueron de regreso a sus hogares.

—Sepia —dijo la reina—, puedes dormir en la alcoba de Catkin esta noche, si lo deseas. Trasladé su cuna a nuestro dormitorio pues no resisto tenerla ni un minuto lejos de mi vista.

—La única dificultad es mantenerla en la cuna —dijo Crispín—. ¿Qué vamos a hacer cuando aprenda a saltar por las ventanas?

Sepia, quien ya estaba bostezando, se fue para el cuarto de Catkin, se envolvió en una colcha y se acomodó junto a una ventana, con la quijada apoyada en sus patas. Era una noche hermosa.

Urchin, al abandonar la Cámara de Reuniones, se encaminaba hacia Spring Gate para ir a cambiarse cuando un estruendoso golpeteo de patas en lo alto de las escaleras lo hizo hacerse a un lado justo a tiempo antes de que Fingal y Needle lo tumbaran al suelo. Fingal pasó presuroso frente a él, se dio vuelta, lo tomó por los hombros y gritó: "¡Ven a ver esto!".

—¡Es maravilloso! —exclamó Needle—. Es...

Fingal puso una pata sobre su boca.

—¡Ooboofooboobooo! —balbuceó Needle.

—¡Ven a ver! —insistió Fingal.

—Debo ir a Spring Gate primero a cambiarme —dijo Urchin.

—Encontrémonos allí dentro de un minuto, entonces —dijo Fingal.

Urchin se dirigió hacia Spring Gate, pero al final de las escaleras vio a una ardilla tan acicalada y elegante que tuvo que detenerse para darle un buen vistazo. Entonces, se quedó asombrado mirando a una pálida ardilla ataviada con una capa de terciopelo.

Estaba frente a un espejo.

Escuchó ruidos de pasos tras él y se dio vuelta rápidamente, pues no deseaba que nadie pensara que él estaba admirándose a sí mismo. Pero luego escuchó la voz de Padra y la de Crispín, y los vio cuando aparecieron en lo alto de las escaleras.

—¿Todo anda bien, Urchin? —preguntó Padra—. Ha sido un largo día, vete a acostar.

—Pronto lo haré —dijo Urchin—, pero debo ir a la playa. Fingal quiere que vaya a ver algo.

Hubo un rápido intercambio de sonrisas entre Crispín y Padra.

—Típico —dijo Padra —. Tan pronto como los admites en el Círculo empiezan a desobedecer las órdenes.

—Entonces te ordeno que vayas y mires qué es lo que le ha llamado tanto la atención a Fingal —dijo Crispín—. Y aprovecha para llevar aire fresco a tus pulmones. ¿Lo ponemos en la patrulla de la madrugada de mañana, Padra?

—Señor... Su Majestad —dijo Urchin, con la tranquilidad de saber que había cosas que podía decirles a Padra y a Crispín que no diría a nadie más—, cuando vi ese espejo hace un momento, no supe que el reflejo era yo. Me veo como un adulto, como todo un miembro del Círculo. Pero, en mi interior, yo no me siento diferente.

—Lo sé —dijo Padra amablemente—. Eso es lo que ocurre cuando uno se va volviendo adulto. Vete ya a ver en qué anda Fingal.

Urchin guardó cuidadosamente su capa en un baúl en su cuarto de Spring Gate, y se puso una vieja de color rojo para ir a la playa. La fresca brisa fue bienvenida después de haber pasado todo un día en la torre. En la oscuridad, el mar se mecía suavemente. Había linternas en el embarcadero y escuchó un grito ansioso: "¡Aquí estamos, Urchin!", de Fingal quien le hacía señas con su pata libre, mientras sostenía una linterna con la otra. Needle y Júniper también estaban allí con linternas. Había más luces colgadas en un pequeño bote con remos y una vela enrollada, amarrado al embarcadero. Incluso desde lejos, pudo apreciar sus líneas puras y lisas y, al irse acercando, logró ver cómo su pintura roja y naranja brillaba adornada con hojas verdes y distinguió el retrato de un topo pintado en su proa. También vio el resplandor de felicidad en los ojos de Fingal.

—¡Mi bote! —exclamó con asombro—. ¡Mi bote nuevo! ¡Todo el mundo ha ayudado a construirlo!, Twigg ha estado trabajando en secreto y Padra y Crispín tuvieron algo que ver en esto y ¡Yo no sabía nada! No es…

Hubo un resquebrajamiento en su voz y Urchin pensó que, por primera vez en su vida, vería a Fingal emocionado hasta el llanto, pero Fingal súbitamente se rio.

—¿No es maravilloso? ¿No es una belleza? ¿Quieren que lo ensayemos? Todos vendrán conmigo, ¿no es cierto?

—¿Y ya tiene un nombre?

—Solo hay un nombre que puede tener —dijo Fingal—, capitán Lugg.

—Júniper —dijo Urchin, mientras Fingal desamarraba el bote— estoy muy feliz de que te hayan hecho compartir los honores. Me pareció muy bien.

Júniper sonrió y encogió los hombros.

—Fue muy amable —dijo—, pero eso no es lo que realmente importa.

—Pronto estarás diciendo "hm" —observó Needle.

El bote se meció mientras todos se montaban en él. Suavemente, bajo un cielo estrellado y con el reflejo de la luna sobre el agua, Fingal empezó a remar.

—¿Qué te dijo el rey cuando te entregó la guirnalda? —preguntó Needle.

—Oh —dijo Fingal—. Um…

—¡Eso no nos importa a nosotros! —dijo Urchin.

—No, no hay problema —dijo Fingal—. Él dijo que no le sorprendería que un día yo también llegara a ser miembro del Círculo.

Tendría que volverme muy sensato, ¿no les parece?

—No creo que haya muchas probabilidades de que eso ocurra —dijo Needle.

Remaron en silencio, excepto por el comentario de Needle de que con todos los últimos acontecimientos era curioso que no hubiera estrellas fugaces, y la contestación de Júniper, quien dijo que Fir no había dicho nada a ese respecto.

Cuando llegaron a la bahía del otro lado de la torre, Urchin dijo, "Aquí, por favor. ¿Puedes acercarme a la parte panda? No me importa mojarme las patas".

Fingal remó hasta que el bote llegó suavemente a aguas pandas. "No me esperen", dijo Urchin al saltar por un costado al agua. Y se quedó solo mientras los demás regresaban al embarcadero. Las olas se mecían sobre sus patas mientras miraba hacia el mar y luego a las estrellas, tomándose el tiempo necesario para que tanto el día como la noche se fueran asentando dentro de él.

Este era el lugar en donde Crispín y Fir lo habían encontrado, recién nacido. Acariciando su brazalete con una de sus patas, deseó de nuevo que su madre pudiera verlo y se sintió orgulloso de sí mismo. Mientras observaba, una única estrella de plata empezó a girar lentamente en dirección al mar.

Al llegar por fin a su madriguera, Apple se detuvo para ver flotar la estrella en el cielo. Padra y Arran, que acababan de salir a respirar el aire frío de la noche, también la vieron. Al igual que Júniper, Fingal y Needle que siguieron su curso desde el bote. Sepia, envuelta en una colcha y con los ojos muy abiertos de admiración, se inclinó hacia la ventana para observarla.

"Buenas noches, capitán Lugg", pensó, y miró hacia abajo y vio a Urchin en la playa.

Crispín y Cedar la vieron desde su ventana y alzaron a Catkin para que ella también pudiera admirarla. El hermano Fir sonrió contento, alzó una pata para dar una bendición y se fue a dormir con su corazón anegado de paz y amor. Urchin, parado a la orilla del mar en el lugar en donde lo habían encontrado, siguió el lento camino de la estrella hasta que la vio desaparecer en el mar y sintió que algo tenía que ver con Lugg y con él mismo. Era como si hubiera surgido del Corazón y se hubiera instalado en su corazón. Una única estrella adentrándose en el mar al final de su tiempo.

Él era uno de los del Círculo ahora. Cuando era niño había soñado con cosas como esta, pero sin esperar nunca que realmente llegaran a ocurrir. No obstante, él seguía sintiéndose igual en su interior. Tenía la esperanza todavía de encaramarse a los árboles, de lanzar guijarros sobre la superficie del mar, de seguir siendo joven.

No se sorprendió de encontrar de pronto a Crispín a su lado. Le pareció la cosa más natural del mundo que Crispín, quien había hecho realidad sus sueños, estuviera ahora con él.

—Encuentren al rey, encuentren a la reina, encuentren al heredero de Mistmantle —recitó Crispín—. Creo que has cumplido con tu misión, Urchin. Aprovecha y diviértete antes de que tengas que empezar a dar órdenes.

—¿Dar órdenes? —preguntó Urchin y Crispín se rio.

—¿Quieres apostar una carrera hasta la torre? —propuso Crispín. Se volvió y señaló.

—Hay una ventana abierta en el corredor de la Cámara de Reuniones, ¿la ves?

Dieron saltos sobre la arena, se encaramaron a las rocas, brincaron sobre arbustos y subieron al tope de los árboles, disputándose las mejores ramas y aferrándose a ellas con las patas hasta que de un salto llegaron a la pared de la torre, subieron por ella y entraron lado a lado por la ventana.

—¡Ouch! —exclamó Crispín.

—¡Guardias! —gritó Needle, al levantarse del suelo—. ¡Oh, Su Majestad, no me di cuenta que era usted! Y Urchin, he debido adivinarlo.

—Buena guardia, Needle —dijo Crispín y se desempolvó—. Lo siento, ¿fui yo quien te tumbó?

—Creo que fue un empate, Su Majestad —dijo Urchin.

—Buenas noches a los dos —dijo Crispín y se dirigió a los aposentos reales.

Urchin apoyó su pata sobre el marco de la ventana y sonrió feliz al cielo lleno de estrellas, que bailarían en él cuando les llegara su tiempo. Había alegría en su corazón, aire del mar en sus pulmones y un cielo lleno de estrellas sobre él.

Apenas estaba comenzando a vivir.

Título de la edición original: THE MISTMANTLE CHRONICLES,
BOOK THREE, THE HEIR OF MISTMANTLE
Copyright © 2007 M. I. McAllister
Copyright ilustraciones © 2009 Villegas Editores
Copyright de la traducción y la edición en español © 2009 Villegas Editores

Traducción: Helena Salazar
Ilustraciones: Iván Chacón
Departamento de arte: Sandra Pineda, Jéssica Martínez
Departamento editorial: Sylvia Gómez, Luis Fernando Charry

Primera edición en español, Enero de 2009
ISBN: 978-958-8293-47-9
Impreso en Colombia por
PANAMERICANA FORMAS E IMPRESOS S. A.

VillegasEditores.com